U0083878

古典詩歌研究彙刊

第一輯

龔鵬程 主編

第 4 冊

魏晉詩歌中的審美意識（上）

朱 雅 琪 著

國家圖書館出版品預行編目資料

魏晉詩歌中的審美意識（上）／朱雅琪 著 ── 初版 ── 台北縣永
和市：花木蘭文化出版社，2007〔民96〕

目 6+220 面；17×24 公分（古典詩歌研究彙刊 第一輯；第4冊）

ISBN-13：978-986-7128-92-8（全套：精裝）
ISBN-13：978-986-7128-77-5（精裝）
1. 中國詩－歷史－魏晉南北朝（220–588）2. 中國詩－評論
820.9103   96003129

ISBN　986712877-5

9 789867 128775

古典詩歌研究彙刊
第一輯　第 四 冊　　　　　ISBN：978-986-7128-77-5

魏晉詩歌中的審美意識（上）

作　　者　朱雅琪
主　　編　龔鵬程
出　　版　花木蘭文化出版社
發 行 所　花木蘭文化出版社
發 行 人　高小娟
聯絡地址　台北縣永和市中正路五九五號七樓之三
　　　　　電話：02-2923-1455／傳真：02-2923-1452
電子信箱　sut81518@ms59.hinet.net
初　　版　2007 年 3 月
定　　價　第一輯 20 冊（精裝）新台幣 28,000 元

魏晉詩歌中的審美意識（上）

朱雅琪 著

作者簡介

朱雅琪,民國五十五年生於台灣省台中市。國立台灣大學中文研究所碩士、國立台灣師範大學國文研究所博士,曾為元智大學兼任講師,現為中國文化大學中國文學系文藝創作組副教授。以詩學、文學理論及時空美學為主要研究方向,著有《大小謝詩之比較》、〈杜甫題山水畫詩之審美意識〉、〈記憶中的城市 ——《洛陽伽藍記》中的時空建構〉、〈謝靈運山水詩中的審美經驗〉、〈從〈山居賦〉看謝靈運始寧棲隱處所的選擇哲學———一個文化思想史的考察〉與〈從遊仙詩論郭璞眼中溫州境域的意義〉等論文。

提　　要

　　魏晉是中國歷史上第一個審美自覺的時代,除了美學理論外,文學、繪畫、書法與音樂等創作亦有了蓬勃的發展。在這些文藝創作中,詩歌可說是相當重要的一環。經由建安、正始、西晉與東晉諸多詩人的努力,逐漸擺脫了政教功能的詩歌確立了其展現個體才性的關鍵地位,並積澱了特屬於魏晉整個時代的審美意識。本文主要即希望透過細膩的歷史研究,呈顯出魏晉詩歌審美意識的具體內涵及其生發的意義。

　　筆者首先藉由對美學發展之觀察,建構了一個將詩歌美學研究投置於文化視域中的方法論;其次,則將焦點置於具體的歷史分析,透過對建安、正始、西晉與東晉詩歌的研究,呈現出各階段審美意識變遷的具體內涵、生成脈絡及整體意義;最後,則點出整個研究所獲得的啟發:魏晉詩歌審美意識變遷的具體實例,除了昭示著文人傳統的形成、以及中國詩歌以情感為本質的發展過程外,更提供吾人對詩歌本質進行再思考的契機。身處在人、文自覺的脈絡下,魏晉詩人其實是透過詩性的美學實踐在昭顯著他們自身的存在的。這段詩歌審美意識積澱、生發的過程清楚地表明著:不僅語言本身是詩,生活的本身是詩,存在本身的開顯也是詩,透過了語言與身體的雙重實踐,「詩」展現了它對於存在真理探尋的永恆貢獻。

謝　誌

　　凝視著輕泡在剎那間揉碎夕陽、煥出五彩，突然驚覺時光已然不再。年過而立，許多兒時的記憶如旋轉木馬追不及歡然的笑靨，早已遺忘。惟獨記得，花園中的某個角落，鞦韆正載著小女孩的陶醉，越盪越高，越盪越高……我望著那鞦韆來回擺盪在空氣中所劃出的無限多弧，不禁燃燒起對於人生的無比愛戀。生命豈不如鞦韆般擺盪在各個對立環節之間：現實與理想、痛苦與愉快、黑暗與光明……所有的物事佔據了圓周的不同角度，莫不以看似矛盾、糾結的方式擺盪出生命深層如詩的本質。生命的擺盪是一首詩，而推手的施力愈大，來回的擺盪也越高，更能在看似臨界即將回擺的高度上，醞釀出一種亟欲掙脫既有極限的無窮憧憬，令人心醉神迷。

　　陳之藩先生的「謝天」是有著不可替代的道理的，人的一生所以能如鞦韆般在空中擺盪出如詩的美感，幕前、幕後數不清推手的協助是不可或缺的。回想自己就學、從事研究以來，受到的幫助頗多，許多人總如推手般推動著我人生的擺盪，在我生命的不同環節開啟了我不同面向的感動，因而直接或間接地催生了這本論文。

　　這本論文之所以能順利地完成，首先要感謝指導教授邱燮友老師。邱師充滿了智慧的開明指導，總讓我在論文的書寫過程中，能不怕犯錯，勇於向新的領域開創與嘗試；論文發表會講評人陳弘治老師對我論文的關注，是令我特別感激的。從陳師逐句審閱、耐心指正的細膩作風中，我深刻地體會到作學問所必須要有的紮實基礎與務本精神；口試委員金榮華老師、陳滿銘老師、沈謙老師與朱榮智老師對於這本論文的產生亦貢獻良多，他們的寶貴意見，連同賴明德副校長、傅武光所長與簡明勇老師的高明指正，在在補正了我原先書寫時在視域與資料上的不足，使得論文有更為深化的可能。

　　而我會以魏晉詩歌美學作為研究的領域，乃是其來有自的。除了廖蔚卿老師、裴溥言老師、葉慶炳老師、羅聯添老師、張亨老師、彭毅老師、林文月老師、楊承祖老師、張健老師、黃啟方老師、曾永義老師、吳宏一

老師、方瑜老師等台大師長在先前為我所奠定的堅實的知識基礎外，齊益壽老師可說是引領我進入六朝領域的師長，自從撰寫碩士論文以來，齊師即持續地在六朝的相關議題上予我以啟發、指導，並在討論對話的過程中召喚了我對於知識分子自由精神的無限嚮往；柯慶明老師則是直接予我以知識論、方法論的啟發。柯師在課堂上對中西美學及文藝理論的淵博引介與討論，在在為我開啟了一條通往美學研究的康莊大道。此外，汪中老師、李鍌老師、王更生老師、楊昌年老師與陳文華老師在學問上的啟發是令人印象深刻的，不論是杜詩、文選、文心雕龍、還是現代文學與詩學等課堂上的討論，皆為我論文的寫作提供了豐富的土壤；而莊耀郎老師所提示的為學之道亦惠我良多；在此同時，導師黃慶萱老師與陳滿銘老師、以及林礽乾老師所給予的關懷亦是相當重要的，常常令人有如沐春風的感動。

除了師長的教誨外，友朋的情誼亦是我論文得以完成的重要支柱。感謝李錫鎮、鄭毓瑜、徐芳敏、蕭麗華、徐富美、駱水玉、劉渼、范宜如等學長姐、林宗毅、張堯欽、林于弘、石曉楓、鍾怡雯等同學、以及陳大為、郭瓊瑜、侯婉如、李栩鈺、陳淑娟、林淑雲、溫光華、李天祥與許文齡等學弟妹，他們總在適時間，激發了我對於文學與人生的特殊想像；感謝陳巍仁、陸景琳、李欣錫、邱佩文、洪素真、黃青萍、李岳儒、闕曉瑩、李泰德、范怡舒、劉德玲等「噫詩社」的學弟妹，與他們共享的雅賞聚遊，除了讓我在師大享有無比的溫暖外，更讓我有詩性實踐的深刻體會。而特別要感謝的則是石建熙助教，他總是發揮了精湛的協調藝術，在看似不可能的任務中為我論文的發表安排出了最為完美的時程。

最後要感謝的則是我的家人，若不是父親、母親與妹妹協助照顧小baby、以及先生的支持與體諒，這本論文是不可能完成的，而我也將不可能完成人生另一次的美學擺盪，在煎熬與甜蜜之間，呈現出詩性的悸動！

目

錄

第一章　導論 —— 建構一個投置於文化視域中的詩歌美學理論

第一節　魏晉詩歌美學凝視的意義

　　自漢末五言詩成熟以來，魏晉乃成為詩歌史上第一個大放異彩的時代，如鍾嶸《詩品·序》中即曾說道：「降及建安，曹公父子，篤好斯文；平原兄弟，鬱為文棟；劉楨王粲，為其羽翼。次有攀龍托鳳，自致於屬車者，蓋將百計。彬彬之盛，大備於時矣。……迄於有晉，太康中，三張二陸，兩潘一左，勃爾復興，踵武前王，風流未沫，亦文章之中興也。……」魏晉詩歌〔註1〕如此花繁葉茂，當然引人注目，是以歷來研究之學者極多，著作亦盛，自非意外之事！

　　魏晉詩歌研究之著作，就其研究之形態而言，大致上可粗分為如下幾類：其一，係以詩歌「作者」或「作者群」為主的研究專書。前者如《曹子建詩之研究》〔註2〕、《陸機詩研究》〔註3〕等；後者如《建

〔註1〕　魏晉詩歌雖然包括了民間歌謠在內，然「魏晉詩歌」一辭就既有詩歌史之通例而言，主要係指士詩，亦即本論文的主要研究對象。因此本論文對審美意識的研究雖不包括民間歌謠在內，但亦以「魏晉詩歌」稱之。

〔註2〕　鄭美珍《曹子建詩之研究》。香港新亞書院碩士論文，民國76年。

〔註3〕　陳玉惠《陸機詩研究》。高師大國文研究所碩士論文，民國76年。

安時代鄴下文士的研究》〔註4〕、《建安七子詩研究》〔註5〕等。常就
作者或作者群之生平、所處之時代背景及其詩歌作一深入之探討。其
二，則以詩歌之主題或類型研究為主。這又可細分為以一類或者以多
類主題、類型並列的方式呈顯的專書：前者如《六朝遊仙詩研究》〔註
6〕、《魏晉詠史詩研究》〔註7〕、《魏晉飲酒詩探析》〔註8〕、《六朝山
水詩史》〔註9〕、《六朝玄言詩研究》〔註10〕與《兩晉五言詩研究》〔註
11〕等；後者則有《六朝詩發展述論》〔註12〕與《六朝詩論》〔註13〕
等。常對詩歌中某些較具特色之主題或類型，作一探本溯源的界說工
作，並說明其發展狀況。相對而言，第一類作品長於對以作者為主之
某一範圍作深入之探討；第二類作品則將焦點置於同類詩歌之流變
性，是一比較屬於詩歌「歷史性」的研究。

其三，亦有類似以詩歌歷史性為參考軸之研究，然並非僅集中於
某類主題，而是從整個時代之社會、政治、思想、心理等範疇，對一
個時代詩歌之整體面貌作一較為廣泛之探討。惟此類作品與整個魏晉
詩歌之研究成果相較，數量仍少，例如錢志熙的《魏晉詩歌藝術原論》
〔註14〕以及王力堅的《六朝唯美詩學》與《魏晉詩歌的審美觀照》〔註

〔註 4〕 朴泰德《建安時代鄴下文士的研究》。台大中文研究所碩士論文，民
國 79 年。
〔註 5〕 陳大為《建安七子詩研究》。香港新亞書院碩士論文，民國 68 年。
〔註 6〕 張鈞莉《六朝遊仙詩研究》。台大中文研究所碩士論文，民國 76 年。
〔註 7〕 黃雅歆《魏晉詠史詩研究》。台大中文研究所碩士論文，民國 79 年。
〔註 8〕 金南喜《魏晉飲酒詩探析》。台大中文研究所碩士論文，民國 74 年。
〔註 9〕 王玫《六朝山水詩史》。天津：天津人民出版社，1996 年 8 月初版。
〔註 10〕 黃偉倫《六朝玄言詩研究》。華梵大學東方人文思想研究所碩士論
文，民國 88 年 1 月。
〔註 11〕 王次澄《兩晉五言詩研究》。東吳大學中文研究所碩士論文，民國
65 年。
〔註 12〕 劉漢初《六朝詩發展述論》。台大中文研究所博士論文，民國 73 年。
〔註 13〕 洪順隆《六朝詩論》。台北：文津出版社，民國 74 年 3 月再版。
〔註 14〕 錢志熙《魏晉詩歌藝術原論》。北京：北京大學出版社，1993 年 1
月初版。
〔註 15〕 王力堅《六朝唯美詩學》。台北：文津出版社有限公司，1997 年 7

15）等。這即顯示了，有一些學者已開始著重詩歌研究的「宏觀性」與「系統性」，以強調魏晉詩歌作爲一個「整體」的風格展現。例如，錢志熙的《魏晉詩歌藝術原論》一方面從歷史發展之角度出發，同時也希望以「藝術系統性」的概念，來探求詩歌特色的歷史生成原因。立基於黑格爾（Georg Wilhelm Friedrich Hegel, 1770～1831）藝術爲「理念的表徵」（representation of idea）的哲學基礎〔註16〕，他認爲魏晉詩歌藝術是一個系統發展的呈現。此一系統概念在理論上之釐清雖仍待努力，惟藉其內涵，卻可發現它具有一「整體」而特殊的「詩性」。換句話說，魏晉詩歌具有一種創造的精神性，是「時代精神」（Zeitgeist）的展現。不僅如此，它更是一精神成長之樹，生命發展之體。從東漢末年以來，魏晉詩歌的藝術精神即已發軔，突破了長期以來籠罩漢代文壇僵化而失去創造性的風尚，重獲了原存於詩、騷之中詩之所以爲詩的本質。對他而言，古詩十九首等漢末五言詩和陶淵明的詩歌，雖然分處開端期和終期，具有不同的風格特色，卻都體現了自然的大原則，彼此的內容即或不同，兩者間卻存在著可以尋究的脈絡關係，也可以說是某些思想主題貫穿在魏晉這個藝術系統的各個發展階段之中，其發展也影響了這個藝術系統的發展。是以，錢氏希望能描述這棵精神之樹的「生長史」，從而解開這個藝術生命體的一些奧祕〔註17〕。

又如王力堅的《六朝唯美詩學》亦是宏觀、系統性研究的另一例證。王氏在直接點出了唯美的創作詩風乃是六朝最顯著的現象後，「即從六朝文人的生命意識、理論架構、文學史觀三方面，探討

月初版；王力堅《魏晉詩歌的審美觀照》。台北：文津出版社有限公司，2000 年 1 月初版。

〔註16〕 參見李醒塵《西方美學史教程》。台北：淑馨出版社，1996 年 10 月初版，頁 356～頁 391；著者不詳（顧俊發行）《西方美學名著引論》。台北：木鐸出版社，民國 77 年 9 月初版，頁 149～頁 192。

〔註17〕 參見錢志熙《魏晉詩歌藝術原論》。北京：北京大學出版社，1993 年 1 月初版。

六朝唯美詩學體系的形成、嬗變與發展」〔註18〕，並在此基礎上，繼續對六朝唯美詩學的主體——唯美詩歌形態進行了考察。王氏認為，六朝唯美詩歌自身之發展具有相當明顯的內在邏輯，並體現出了一定的美學意義與價值，他因而從唯美詩歌的「內構形態」、「外構形態」以及「風格形態」三方面詳述了這樣一種觀察，並在最後透過對詩歌、駢文與詞體三條發展線索的追索，探討了「六朝唯美詩歌對後世文學的深遠影響」〔註19〕。

王氏希望以系統性方式對一個時代詩歌進行考察的企望，更表現在《魏晉詩歌的審美觀照》一書之中。他認為唯美主義（Aestheticism），乃是魏晉詩歌發展的主導趨勢，在「文的自覺」的潮流下，「魏晉詩歌……美的追求、美的表現……創（了）文學獨立的新紀元。」〔註20〕他於是將魏晉不同階段具有唯美傾向的詩人「放在同一文化圈子中進行考察」〔註21〕，企圖描繪建安、正始與西晉三個階段詩歌的「表現特點，及其發展變化的經過」〔註22〕，並呈顯魏晉詩歌追求形式之美的根本特質。綜觀王氏全書，雖已指出了魏晉詩歌研究的美學面向，但仍有如下幾點值得斟酌。一來，除了正始時期，他主要仍以詩歌藝術本身的形式或主題為觀察重點，而較乏對詩歌所透顯的審美經驗與審美理想進行細膩的分析。二來，王氏雖已意識到應「把魏晉唯美詩歌放在特定的、具體的歷史背景、歷史條件和歷史發展階段，進行客觀的、實事求是的考察」〔註23〕，但對歷史社會脈

〔註18〕 引自王力堅《六朝唯美詩學》。台北：文津出版社有限公司，1997 年7 月初版，頁4～頁5。

〔註19〕 引自王力堅《六朝唯美詩學》。台北：文津出版社有限公司，1997 年7 月初版，頁5。

〔註20〕 引自王力堅《魏晉詩歌的審美觀照》。台北：文津出版社有限公司，2000 年1 月初版，頁7。

〔註21〕 全上注。

〔註22〕 引自王力堅《魏晉詩歌的審美觀照》。台北：文津出版社有限公司，2000 年1 月初版，頁9。

〔註23〕 全上注。

絡本身、以及其與審美意識間彼此生發關係的分析卻是較為模糊的。最後，他以「理過其辭，淡乎寡味」的理由認為東晉詩歌缺乏對形式藝術的追求表現，並將之割捨於整體魏晉詩歌審美研究之外的作法是值得商榷的。事實上，根據近人的研究，東晉詩歌是相當具有形式之美的〔註24〕，因此，對魏晉詩歌進行審美的研究，是不宜將其排除在外的。

除了整體性、系統性的研究外，上述的研究中顯然已開始出現了對魏晉詩歌美學面向的關注。這些研究雖然不是屬於零星、單篇之作，就是缺乏以精緻美學架構為主軸所進行的整體鳥瞰，但卻揭示了魏晉詩歌研究中不可忽視的美學面向。誠如李澤厚、劉綱紀指出者：「人類對客觀世界的審美意識大都被紀錄和保存在許許多多藝術作品中，這些藝術作品又起著交流和促進人類審美意識發展的重要作用」〔註25〕，詩歌自不例外。以此觀之，魏晉詩歌之重要，不僅在於詩歌創作的繁盛而已，更有其背後深刻的美學意義。關於此點，筆者在從事碩士論文《大小謝詩之比較》的研究撰寫時，即多所感觸。當時筆者研究之重點雖集中於謝靈運與謝朓兩人詩作特色之比較，研究之題旨亦聚焦在經由對世族、家族以及兩者個性、交遊等之觀察，以找出兩者詩作異同之緣由。然而，透過對漢末以迄隋唐之際相關歷史、思想、文論等文獻之閱讀及此時期詩歌創作與理論之關係的理解，卻也隱約察覺了魏晉在整體中國詩歌美學發展歷程中所特有的地位。以下即從兩方面分別敘述：

一、詩歌創作雖然早在遠古時代即已有之，然而，魏晉以後詩歌不管在形式或作用方面皆與以前有明顯的不同。換句話說，詩歌創作到了魏晉具有全新的意涵，而且進一步建立了其在文學中的獨

〔註24〕例如錢志熙即曾指出東晉詩歌重視形式之美的表現。參見錢志熙《魏晉詩歌藝術原論》。北京：北京大學出版社，1993 年 1 月初版，頁 376～頁 390。

〔註25〕引自李澤厚、劉綱紀主編《中國美學史》第一卷（上）。台北：谷風出版社，1987 年 2 月再版，頁 6。

特地位。此種趨勢與特殊性，可進一步從如下三個歷史演變的事實加以闡述：

1、詩在古代原是在禱告上天、祭頌祖先等宗教和政治性儀式中，用以記述重大歷史事件或功績之唱詞。這些由巫官所作之詞句，主要是被當作政治歷史的重要文獻，「詩言志」〔註26〕之「志」所指涉者，乃是對重大歷史社會事件和行動所發表的諸般看法，具有十分嚴肅之意義。到了漢代，尤其是在東漢，儒家對詩歌的看法獲得了空前的重視，孔門之徒雖不乏對美的感動，但詩之所以重要主要在於其所具有的教化功能。〈毛詩序〉中所言：「故正得失，動天地，感鬼神，莫近於詩。先王以是經夫婦，成孝敬，厚人倫，美教化，移風俗。」即清楚地表達了這種意圖。可見，魏晉之前，不管是作為政治歷史文獻或教化之工具，詩歌實有著相當嚴肅而神聖之象徵意義。

然而，詩歌中這種強調教化的政治意涵，到了魏晉卻逐漸地降低了。從建安經正始、西晉到東晉，詩歌創作的政治作用雖沒有完全消除，但卻已在日益地減少當中。取而代之的，則是詩歌愈發與思想以及美學藝術活動的緊密結合，直接彰顯了詩歌表現「個體」人格的特質。詩終於在歷史的發展上逐漸確立了其獨特性，成了一種以詩人情感（或理感）表現為主的文體。李澤厚說道：「詩的作用的重要性、神聖性都大為貶值和下降了。……它……撕去了歷來籠罩在詩上的神聖榮光，指出了詩具有給人以精神上的陶冶、安慰和娛樂的作用。……較之於僅僅把詩視為政教的……工具，這是一個歷史性的進步。」〔註27〕

〔註26〕從早期的文獻看來，「詩言志」說法的來源主要有二：其一見於《左傳》襄公二十七年，蓋在記敘趙孟及子展等七個人賦詩之情況與過程時所言及；其二則出自《尚書・堯典》，係為舜所言「詩言志，歌永言，聲依永，律和聲」中之一語。由上述兩例可見，「詩言志」一說起源甚早，詩與樂在最初是脫不了關係的。

〔註27〕引自李澤厚、劉綱紀主編《中國美學史》第二卷。台北：谷風出版社，台一版，民國76年12月出版，頁914。

2、這種詩歌獨特性的逐漸確立，與漢末以來文學藝術之自覺有密切的關係。魏晉歷來被公認爲一個文學藝術乃至個人自覺的時期，除了個人藝術家之日漸興起外，各種文藝理論亦大備一時。因此，詩歌獨特性的逐步確立，除了可以在實際的創作上找到例證外，亦可在相關文學理論的發展過程中找到印證。從魏晉一些較爲重要之文學理論著作，如曹丕《典論・論文》、陸機〈文賦〉，以及南朝劉勰《文心雕龍》與鍾嶸《詩品》中，吾人可窺見詩歌地位演變的痕跡。

建安之際，曹丕一反素來儒家將文章從屬於政治之立場，在《典論・論文》中提出了「蓋文章，經國之大業，不朽之盛事」的看法，包含了「奏議」、「書論」、「銘誄」與「詩賦」四科的「文章」獲得了一種與個體存在相連的獨立價值、而不僅是名教的附庸而已。曹丕認爲「文非一體，鮮能備善」，並說道：「夫文本同而末異，蓋奏議宜雅，書論宜理，銘誄尚實，詩賦欲麗：此四科不同，故能之者偏也。惟通才能備其體。」可見，詩雖被歸於與賦同一類，且並非被視爲最重要之文類，然而曹丕顯已體認到詩作爲文章四科之一的獨特性，因而爲日後詩地位之提昇奠下了基礎。

到了西晉時期，陸機寫就了〈文賦〉，直接從審美之角度來研究文學創作。在〈文賦〉中，陸機所闡述的理論雖仍是以「文」爲主，「詩」尚未成爲單獨研究之對象，然不可否認的，詩卻已位列十種文體之首，且與賦分別被歸屬於兩種不同的文類〔註28〕。更重要的，「詩緣情而綺靡」一語對於情采的重視所彰顯的，即是陸機對整體文藝共同創作原則的揭示。此種對詩歌日益重視的趨勢亦可在齊梁之際劉勰的《文心雕龍》中窺見。《文心雕龍》雖未完全脫離儒家主張文藝具有教化作用之看法，因而強調詩的諷諭意義，卻也承續了陸機對情采之重視以及對詩之重視。是以〈明詩〉篇雖非如〈原道〉、

〔註28〕陸機將文體分爲十種，並論其特點如下：「詩緣情而綺靡，賦體物而瀏亮，碑披文以相質，誄纏綿而悽愴，銘博約而溫潤，箴頓挫而清壯，頌優游以彬蔚，論精微而朗暢，奏平徹以閑雅，說煒曄而譎誑。」

〈徵聖〉、〈宗經〉、〈正緯〉與〈辨騷〉等屬於《文心雕龍》中「文之樞紐」的相關篇章，卻與其下的〈樂府〉位列於諸文體之首。詩的地位在此顯然已有明顯的增長，其直接導致了鍾嶸《詩品》這部詩歌理論專著的出現。

比《文心雕龍》略晚十年出現的《詩品》，全書內容皆是對於「詩」的論述。對鍾嶸來說，詩意味了宇宙間動人之力量：

> 氣之動物，物之感人，故搖蕩性情，形諸舞詠。照燭三才，暉麗萬有，靈祇待之以致饗，幽微借之以昭告，動天地，感鬼神，莫近於詩。〔註29〕

詩憑其動天地、感鬼神之渲染力量而獲得了創作者特別的青睞。此與東漢〈毛詩序〉中對情感的描述看似相同，但卻有著完全不同的本質：擺脫了名教的束縛，詩在此被提到了最高的位置，終於成了一個獨立研究的對象，獲致了獨特的地位。

3、詩歌創作到了魏晉具有全新的意涵，並建立了獨特地位一事，亦可從五言詩日益取代四言詩一事略窺梗概。西漢之際，詩主要是經學家研究之對象，尚未成爲個人創作的文學體裁，是以，寫詩的人極少，騷賦可說是當時寫作之重心。在此情形下，漢武帝時雖有由民歌發展而來的五言詩被大量採入樂府，但文人並無寫五言詩者，只有少量模仿古體四言的詩作。

直到漢末、魏晉以降，此情況方有轉變，當時詩日益取代了騷賦既有之地位，文人紛紛採用詩、或小賦作爲個人創作之體裁，五言詩也隨著古詩十九首的出現而逐漸地受到重視。且直接導致了日後五言詩的取代四言詩。鍾嶸《詩品・序》：

> 夫四言，文約意廣，取效風騷，便可多得。每苦文繁而意少，故世罕習焉。五言居文詞之要，是眾作之有滋味者也。故云會於流俗。豈不以指事、造形、窮情、寫物，最爲詳切者耶。

可見，五言詩已逐漸獲得了主流的地位，並影響了唐代以降近體詩的

〔註29〕鍾嶸《詩品・序》。

發展。

　　二、隨著詩歌在魏晉獲得了全新的意涵並確立了獨特性之際，詩歌所表現的「情感」（或「理感」）亦逐漸具有了純粹藝術與美學上的意涵。對於情感或理感的追求，同時亦意味了對於「采」的重視。魏晉文藝向以唯美著稱，論者多稱其為美學意識勃發的時期，以畫論來說，就有顧愷之所標舉的「傳神寫照」與「以形寫神」之說等；再以樂論言之，則有阮籍的「樂論」、嵇康的「聲無哀樂論」等；其他如書論、文論等亦各有成就。這些努力皆已出現了將文藝創作之重心由對德行、個體才情之注重，轉而為對藝術原則與媒材運用之強調，可說是一個審美自覺的時代。

　　以魏晉詩歌對藝術純粹性之追求來說，其實是與整體文學創作及思潮追求唯美之發展過程脫不了關係的。擺脫了漢代名教之束縛，文學創作在魏晉逐步邁入了追求辭采、講究意象營造的大方向。建安詩歌發揚顯露、麗句滋多的情況可謂此一趨勢的開端。其後，西晉的太康八詩人亦以競騁文辭、藻豔相高而聞名。甚至於江左的玄言詩亦頗重名理與奇藻的經營。再以當時的文論與詩論的發展來說，從曹丕之主張「文氣」說，陸機之主張「緣情而綺靡」，乃至於南朝劉勰之正式提出「定勢」、「情采」、「鎔裁」等說法，以及鍾嶸在《詩品·序》中直言：「故詩有三義焉，一曰興，二曰比，三曰賦。……宏斯三義，酌而用之，幹之以風力，潤之以丹采，使味之者無極，聞之者動心，是詩之至也。」皆可見對藝術媒材運用原則日益重視的趨勢。

　　總而言之，魏晉一方面是一個詩歌創作逐漸確立其獨特性的關鍵時代，另一方面亦是個詩歌創作追求審美自覺的時代，詩的獨特性與對藝術效果、媒材運用原則的注重，構成了一個豐富的美學世界，值得吾人從審美意識的角度對其演變作一深刻的凝視與研究。

第二節 從歷史的觀照中建構詩歌美學研究的「審美意識內核〔註30〕」

　　承上所言，本論文主要是從審美意識的視域，對魏晉詩歌藝術發展的特色，做一整體的觀照。要解決這個問題，吾人有必要對美學發展的歷史、美學研究的定義作一簡略的回顧，以釐清美學對研究中國詩歌的特殊性。

　　美學這個名詞譯自西文 Aesthetics 一字，最早係由素有美學之父稱呼的包姆嘉頓（A.Baumgarten, 1714～62）所提出。包姆嘉頓師承德國哲學家萊布尼茲（Leibniz, 1646～1716）理性主義一系〔註31〕，他在西元 1735 年出版的《關於詩的哲學思想》（*Philosophical Thoughts on Matters Connected with Poetry*）中首度使用了美學一辭，本義爲感覺學或感性學，主要用以指稱素來被理性主義者所忽略的感性研究。此乃因爲包姆嘉頓認爲人類心理功能本有知、情、意三個方面，應有三門學科對其分別加以研究，研究知的爲邏輯學，研究意的爲倫理學，研究情感、感性的亦應有一門學科，即其所謂的美學。包姆嘉頓於 1750 年更出版了拉丁文專著《*Aesthetica*》，自此之後，美學即正式成爲一門新起的學域而日益受到重視。

〔註30〕 「內核」（或譯成「內在核心」）一詞見黑格爾《精神現象學》，意指不同於外表現象的內在事物。筆者雖借用黑格爾此語、希望能點出審美意識在其所生成的脈絡中所具有的中心性與關鍵性，但不意味筆者贊成黑格爾辯證法預設內外對立、主張人類思維應由外向內深拓、拋棄現象的現代主義式觀點（詹明信（F. Jameson）在論述後現代時曾對黑格爾式的現代主義思維方式做了一番批判）。參見黑格爾（賀自昭、王玖興譯）《精神現象學》。台北：里仁書局，民國 73 年 7 月出版；杰姆遜（台灣譯爲詹明信）〈後現代主義或晚期資本主義邏輯〉，收錄於王岳川、尚水編《後現代主義文化與美學》。北京：北京大學出版社，1992 年 2 月初版。

〔註31〕 包姆嘉頓爲萊布尼茲門人吳爾夫（Christian Wolff, 1679～1754）的大弟子。萊布尼茲曾把人的知識領域分成理性的與感性的兩種，理性主義所謂的邏輯學即是對前者理性知識之研究，包姆嘉頓提出美學用意即在指稱對後者之研究。

　　由於美學一開始乃是附屬於哲學項下的一個領域，哲學性的發問方式難免成爲美學研究者的研究習慣，諸如「美是什麼？」以及隨之而來所衍生出的「崇高是什麼？」、「宏偉是什麼？」甚至於「醜是什麼？」等問題於是成了早期研究者主要關心之所在。諸如康德（Immanuel Kant, 1724～1804）、費希特（Johann Gottlieb Fichte, 1762～1814）、謝林（Schelling, 1775～1854）、黑格爾（Georg Wilhelm Friedrich Hegel, 1770～1831）、叔本華（Arthur Schopenhauer, 1788～1860）、尼采（Friedrich Wilhelm Nietxzche, 1844～1900）等哲學家，皆對以美爲中心等美學範疇的性質提出了一定的界說〔註32〕。

　　此一狀況到了十九世紀末期開始有了明顯的轉變，當時，西方社會已然進入大規模工業化、都市化的時期，隨著都市的急遽擴張，不僅傳統農村以及依賴著田園生活所建構起來的神秘氛圍與詩性特質逐漸遭到了侵蝕，世界也失去了神聖性與魔力。於是，在現代性歌頌科技理性的推波助瀾下，大家開始以科學的眼光去審視既往感到神聖與神秘的一切，試圖揭露深藏在表象之下的深層現實。在此情勢下，不僅藝術與審美現象作爲文化最敏感的部份成爲科學研究穿透的對象，美學家對美學問題的思考也開始從形而上的層次降至了經驗的層次，希冀透過種種科學的考察對美感經驗的形成作出合理的解釋。換句話說，美學已然從對「美是什麼？」等終極問題的發問，轉向了對「美或藝術是怎樣的？」等經驗問題的描述與分析。滕守堯說道：

　　　　這後一種發問必然地使人們用經驗的眼光和科學的眼光審查藝術和美，美學隨之變成一種經驗科學和描述科學。這時候，形而上的思辨讓位於經驗描述，神秘主義讓位於自然主義，空洞的變爲具體可見的，純粹性的變爲實用性的。在這

〔註32〕參見滕守堯《藝術社會學描述》。台北：生智文化事業有限公司，1997年4月初版，頁27～頁32；李醒塵《西方美學史教程》。台北：淑馨出版社，民國85年10月初版。

股潮流的衝擊下，美學的傳統對象不再是籠統的＂美＂，而成爲具體可見的藝術。人們開始從心理學角度研究藝術創造和藝術欣賞，從社會學角度研究藝術的起源和功能，從藝術史的角度研究藝術風格的形成和發展。這種聯繫實際的多層次和多角度的研究，構成了多姿多彩、生動活潑、變化多端的近代美學主體，造就了近代美學的基本性格……。自此之後，美學……進入了一個相對性極強的時代，那種給藝術下一個全面正確定義的年代大概一去不復返了。〔註33〕

誠如滕氏所指出者，近現代美學的發展已然進入了一種多元並進的時期。在這樣一種過程中，人們除了開始藉由心理學、社會學與藝術史等不同的「學域」以進行與藝術、美學有關的考察外，更從不同的知識論途徑以探討美學。值得注意的是，當代美學的流派雖然十分地眾多，然就美學作爲一種思潮的角度觀之，除了存在與宗教密切關聯的神學美學外，大致上可粗分爲「實證——分析取向美學」與「人文社會取向美學」兩大流派〔註34〕。

首先，對應著哲學上實證——分析哲學所發展出來的美學，主要產生於以英美經驗主義爲主的地區，大約在二次戰後初期，美學思想中心由德國轉至美國之際達到了高峰。在這條路線中，又可分爲兩類：一類是所謂的「科學美學」，主要希望透過實證性的科學知識、方法以掌握藝術以及與藝術有關的人類經驗與行爲模式，大體上類同上述所言「從心理學角度研究藝術創造和藝術欣賞」的作法。其比較顯著的成效有桑塔亞那（George Santayana, 1863～1952）的「自然主義美學」、門羅（Thomas Munro, 1879～1974）的「科學美學」、安海姆（Rudolr Arnheim, 1904～）的「格式塔（Gestalt）藝術心理學」、

〔註33〕 引自滕守堯、張金言編《當代西方著名哲學家評傳》（第八卷，藝術哲學〈導論〉）。濟南：山東人民出版社，1996年1月初版，頁3～頁6。

〔註34〕 參見李醒塵《西方美學史教程》。台北：淑馨出版社，1996年10月初版，頁497～頁498。

弗洛伊德（Sigmund Freud）的心理分析美學等。另一類則是所謂的「分析美學」，其與邏輯實證論等語意哲學的發展關聯密切，特點乃是懷疑並主張取消長期以來為藝術下定義的必要性，希望透過對美和藝術的否定式語意分析，把美學限制成一門澄清語意、消除語言誤解以及理解語言的特殊作用、意義和方法的學問，其中成就最大者當屬維特根斯坦（Ludwig Wittgenstein, 1889～1951）。其次，隨著十九世紀末葉哲學上人文社會思潮的發展，美學研究上亦出現了有別於實證──分析旨趣的人文社會取向。這一流派與實證──分析取向美學之間雖不能截然二分、彼此也並非完全沒有採用對方的觀點，但仍有其論述上的特色。其主要採取歷史文化的、社會的、藝術的研究方法，諸如卡西爾（Ernst Cacirer, 1874～1945）的文化哲學美學、海德格（Martin Heidegger, 1889～1976）的現象學──存在主義美學、伽達默爾（Hans-Georg Gadamer, 1900～）的詮釋學美學、以及李維‧史陀（Claude Levi- Strauss, 1908～）的結構主義美學等皆是箇中較為著名的例子〔註35〕。

　　誠如周憲在《二十世紀西方美學》中指出，在這樣多元並進、互相交纏的發展過程中，當代西方美學的演化其實具現了「語言學轉向」以及「批判理論轉向」的兩大趨勢。前一個轉向，擺脫了傳統美學只關注個體審美經驗與態度的考察，將美學的研究進一步帶入了以「語言」為中心的探索，「語言」及其所表徵的符碼於是成了聯繫生命存在、文化建構等不可忽視的場域，也是美學研究應當關注的所在。後一個轉向則非僅對現代藝術中前衛藝術所具有的烏托邦性質投注了高度的關切，還直接探尋了藝術所具有的社會文化功能，可說與藝術社會學的發展若合符節，乃是美學研究重視脈絡性

〔註35〕參見滕守堯、張金言編《當代西方著名哲學家評傳》（第八卷，藝術哲學〈導論〉）。濟南：山東人民出版社，1996年1月初版，頁6～頁7；李醒塵《西方美學史教程》。台北：淑馨出版社，1996年10月初版。

因素的具體展現〔註36〕。

從上述簡略的歷史回顧可知，美學的研究到了當代已經是進入了多元化的時代。儘管如此，就認識論的層次而言，仍可爬梳出美學研究發問的一些重點。劉昌元先生曾將西方歷來美學研究之問題分成下列五項：

一、與解釋藝術家創造活動有關之諸問題。

二、與藝術品的定義有關之諸問題。

三、與美、審美態度與審美經驗之解釋有關之諸問題。

四、與描述、解釋及評價藝術品有關之諸問題。

五、與藝術品的社會功能有關之諸問題。〔註37〕

中國當代美學大家李澤厚先生亦曾將其劃爲三個內容：

> 現在所講的美學實際包括三個方面或三種內容，即美的哲學、審美心理學和藝術社會學。前者是對美和審美現象作哲學的本質探討，後兩者是以藝術爲主要對象作心理的或社會歷史的分析考察。三者有時混雜糾纏在一起，有時又有所側重或片面發展，形成種種不同色彩、傾向的美學理論和派別。〔註38〕

滕守堯也說：

> 如同一座大廈，美學……也有自己的基礎、主體框架和外部裝飾等，它的基礎是美的哲學，主體框架則是藝術社會學和審美心理學。美的哲學能給人以智慧，使人透過現象的重重迷霧，洞察美的本源和本質；審美心理學能使人深刻，使人步入幽微，進入心靈的迷宮，把美的外部形態與心靈的內在形態聯繫起來；藝術社會學則能使人瞻前顧後、繼往開來，或是把人帶往遠古社會去探查藝術的起源；或是使人站在時

〔註36〕 參見周憲《二十世紀西方美學》。南京：南京大學出版社，1997 年 12 月初版，頁 1～頁 23。

〔註37〕 參看劉昌元《西方美學導論》。台北：聯經出版事業公司，民國 76 年 8 月修訂再版，頁 3～頁 6。

〔註38〕 引自李澤厚《美學論集》。上海：文藝出版社，1980 年版，頁 1。

代的最高峰，綜觀世界藝術的風雲。研究美學如果從這三方面入手，就會使人獲得比較全面而深刻的知識，結出豐碩的果實。〔註39〕

綜觀三家所述，所謂的美學可說是以審美經驗為中心，透過對形式語言（符號）的掌握，以研究美和藝術的學科。而美學研究大體來說其實包含了美的哲學、審美心理學、文藝鑑賞與風格分析、以及藝術社會學四個面向。美的哲學主要探討美是什麼的問題，審美心理學則研究美感如何產生的問題，文藝鑑賞與風格分析則是關切藝術作品如何才美的相關問題，而藝術社會學則是關切美或藝術為何在某種社會文化脈絡中產生的問題。值得注意的是，中國古代雖無美學學門，但卻從不乏審美意識的發展，例如相關的藝術創作，即經常從情感的表現去觀察藝術的本質，因此有必要從上述美學研究的四大面向對其作出進一步的探索與解析。

　　立基於如上對美學發問疑旨的了解，吾人可進一步指出，所謂對詩歌進行審美意識的觀照與研究，意味著應藉由詩歌看出創作者在其中所積澱的美學意識、以及此種美學意識為何產生的絃外之音。前者可謂是對詩歌進行美學研究的「內核」，後者則是詩歌美學產生的「脈絡」關聯。這即是說，吾人一方面應將詩歌作為一種美學的文本置入文化社會的脈絡中加以觀察，以釐清詩歌美學所以出現、發展、變遷的意涵。就此，晚近的學者已相當地重視，例如王力堅的《六朝唯美詩學》、錢志熙的《魏晉詩歌原論》、羅宗強的《魏晉南北朝文學思想史》〔註40〕以及王玫的《六朝山水詩史》等都可見類似的努力。另一方面，亦應將詩歌創作視為一種涵納著美學意涵的意義符號體系，藉由相關文獻的佐證、發明，從詩歌創作中讀出詩人本身對美學相關問題的理解及實踐方式。這主要包括如下：

〔註39〕引自騰守堯《藝術社會學描述》。台北：生智文化事業有限公司，1997年4月初版，頁44～頁45。
〔註40〕羅宗強《魏晉南北朝文學思想史》。北京：中華書局，1996年10月初版。

一、詩人（主體）對美的獨特想像

誠如上述，對「美是什麼？」的本質性思辨是西方美學中相當重要的一環，早期的美學家幾乎都是從這一基礎發問來建構其美學體系的。甚至遠在美學正式成為一門學科之前（例如十四、十五世紀的文藝復興時代），美就是藝術家或哲人談論的重點。中國早期美學的發展，雖然有其不同於西方的獨特性，並非是以對美的哲學思辨作為起點，而是具現為從情感表現去觀察藝術的本質（註41），但是不可否認地，在包含了詩歌創作在內的文藝作品或相關文藝資料中，經常會積澱出創作者（或欣賞者）對於美是什麼的詮釋與理解。事實上，詩人作為一個藝術家，對與藝術相通的美質經常是有其一定的想像與堅持的。因此，作為一種情感或理感最直接抒發、表現場域的詩歌（尤其在逐漸擺脫了政治教化功能之後），即往往可見詩人對美的想像或理想。在詩中，他們藉由對特殊事物所具有的美質的描述、比喻、歌頌，曲折而委婉地透露出了他們對於美的終極理想。

二、詩人（主體）獨特的審美方式與美感經驗

前文曾經提及，近代西方美學發展的重要趨勢，乃是以科學方法取代了傳統形而上的論述，其直接導致了美學以「審美經驗」作為研究重心的轉變。美學研究者發現，光談美的本質問題是不足以成就美學大廈的，而應將研究的對象進一步放置於藝術本身，觀覽出其中所具現的審美經驗。就詩歌而言，詩人通常具有十分敏銳的心靈，其一方面與外在世界之間凝聚成一種特殊的審美交往模式並開顯出一定的審美境界；另一方面則將這種審美經驗表現在實際的詩歌創作之中，因此吾人往往能在其創作的詩歌中見到詩人審美方式的蛛絲馬跡。以此觀之，對詩歌等文藝進行的美學研究，自應對其中所積澱的深厚美學經驗進行分析，以便了解詩人是如何與外在世界進行審美的

〔註41〕參看李澤厚、劉綱紀主編《中國美學史》第一卷（上）。台北：谷風出版社，1987 年 2 月再版，頁 3～頁 60。

交往。高友工〈文學研究的美學問題（上）：美感經驗的定義與結構〉
〔註42〕、以及〈文學研究的美學問題（下）：經驗材料的意義與解釋〉
〔註43〕兩篇論文，即是對文學的美學研究應當將重心置於審美經驗的
理論性呼喚。

　　高友工對文學美學研究的理論建構，主要立基於他對西方傳統知
識論的反省。他認為西方傳統知識論只重科學真理、分析性知識的立
場是相當以偏概全的，因而提出了美感等「經驗」亦是通往智慧之重
要途徑的觀點。因此他說道：「我則提出『經驗之知』正可以擴展『知
識論』的領域。『經驗之知』既乏新意，更非高論。……其意義正在
它和『經驗』不能須臾分離，無法簡化，也難言傳。」〔註44〕。高氏
除了肯定對美感等「經驗」的觀照，在人文研究中具有體現價值與生
命意義的重要性外，更對美感經驗提出了界說。他認為包含了美感經
驗在內的「經驗」由於有著「內在性」目的，因此是一個統一、不可
分割的整體，是可以暫時脫離整個外在活動與知識而存在的結構。

　　高氏一方面認為經驗具有整體性、獨立性的結構，但他亦同時看
到了經驗的兩種內在對立，亦即「主體」（自我）與「客體」的對立、
以及「現時」與「過去」的對立，兩者共同形成了經驗內在雙重層次
的結構。在這樣的前提下，他指出了經驗所具有的「過程義」以及因
之而導出的「解釋義」與「價值義」：

　　　　「經驗」的對立是它所必有的內在過程。講「經驗」即是一
　　　　個過程，也就是一個人的心理活動。這個活動可以視為一個
　　　　對此「個體」的「目的」和「性質，變化」的「意義」的了
　　　　解。也即是希望能透過它們的「表層」深入它們的「裏層」。
　　　　只是在這「裏層」的層次上，「個體」與「屬性」的界限泯滅
　　　　了。它們的整個意義是在這潛伏的經驗之中。從這個觀點來

〔註42〕見《中外文學》第七卷第十一期，民國68年4月，頁4～頁29。
〔註43〕見《中外文學》第七卷第十二期，民國68年5月，頁4～頁51。
〔註44〕引自高友工〈文學研究的美學問題（上）：美感經驗的定義與結構〉，
　　　　《中外文學》第七卷第十一期，民國68年4月，頁5。

看，「經驗」也可以是做一個「解釋過程」，解釋的「意義」
自然即是「價值」的表現。〔註45〕

在如上對經驗結構界說的基礎上，高氏進一步界說了「美感經驗」
的特質。他認爲作爲經驗活動最爲典型的「美感經驗」，除了具有不
可分割的完整統一性和可暫時與外界脫離的絕緣獨立特性外，更具有
一內在的過程與領域。透過對所謂「感性材料」（由外在刺激所內化
的心理印象）與「知性材料」的深化解釋過程，審美主體除了體驗到
了作爲美感經驗基礎的「快感」外，更展開了一個「心理空間」的昇
華與馳騁，因而有了美感、甚至於美的境界的開顯。他說道：

美感經驗中的「美感」與「快感」中最顯著的一個差異即是
在內心的感應過程中必然經過一個「中介因素」的有無。而
這個「中介因素」即是……稱爲經驗過程與經驗領域的心理
狀態與活動。由於我們把它看作一個心理空間中的領域，所
以我們才可以把經驗材料在這領域中展開。也正因爲有此領
域，我們個人才能作爲「經驗主體」來觀照，內省這些經驗
材料。由於我們把它又看作一個心理時間上的過程，所以我
們才能把經驗材料在這過程中分解綜合；以我們個人作爲經
驗主體來反省，解釋這些材料。

所以「刺激」與「快感」不再是一個直接感應關係，而
「刺激」眞正內化爲「經驗材料」與其他的「經驗材料」並
立，交錯，同爲這「心境」中的成分。而「快感」透過了個
人「價值」成爲這「經驗主體」的「心志、意旨」。所以這
個「心境」可以被人比喻爲「心景」（interior landscape）「心
流」（stream of consciousness），它是「心象」（internal object）
與「心志」（intention）的結構體。〔註46〕

高氏對美感經驗結構的陳述，雖然係針對藝術作爲審美對象所作

〔註45〕引自高友工〈文學研究的美學問題（上）：美感經驗的定義與結構〉，
《中外文學》第七卷第十一期，民國 68 年 4 月，頁 9。

〔註46〕引自高友工〈文學研究的美學問題（上）：美感經驗的定義與結構〉，
《中外文學》第七卷第十一期，民國 68 年 4 月，頁 19。

的闡發，卻可適用於各種審美對象。事實上，詩人作爲一種審美主體，經常是以一種相當獨特的審美方式在面對著諸如藝術、山水、自然、人物、情感等審美品類的，而在這樣的過程中，往往會引發一種獨特的美感經驗、甚至於美感境界。這種美感「有一種自發性（generative power），因爲種種心理因素（過去和現時的，自我與客體的）都能互相交流、助長，而形成無數的新因素。這種『心境』中存在的現象自然與外在世界和自我都相關，但又保持一種心理上的距離」〔註47〕。最爲重要的是，其「有一種持續性，即是在美感對象消逝後，因著材料是心理的，所以仍能在這『心境』中存在」〔註48〕，並經常被含蓄而委婉地積澱、保存在詩歌等藝術的創作之中。

是以，吾人有必要佐以相關的文獻、資料，對詩人積澱在詩歌創作中的審美方式與美感經驗作一剖析。這主要包含如下幾個重點：首先是對審美主體的觀察。因爲審美主體一方面是發動審美活動的最主要關鍵，同時其所具有的獨特心態結構與身體姿態往往亦是審美經驗得以進行的中介與產物；其次，則是對審美經驗材料（亦即「審美品類」）的掌握。誠如高氏所指出，單有審美主體而沒有經驗材料，審美活動是無法進行、而美感亦無從產生的。然而審美材料並非是外界的物質本身，而是刺激經過內化、存在於意識層次的意識加工品〔註49〕；再者，則應全盤性地掌握詩人作爲一個審美主體與審美品類間所生發的特殊審美對待方式，並進而指出其所積澱的美感經驗的具體內容。

三、詩人（主體）對詩歌如何才美的觀點（亦即「詩美觀」）

除了美的本質以及審美經驗外，對詩歌的審美意識觀照亦應同時

〔註47〕 仝上注。

〔註48〕 仝上注。

〔註49〕 參看高友工〈文學研究的美學問題（上）：美感經驗的定義與結構〉，《中外文學》第七卷第十一期，民國68年4月，頁12～頁14；高友工〈文學研究的美學問題（下）：經驗材料的意義與解釋〉，《中外文學》第七卷第十二期，民國68年5月，頁4～頁51。

包涵詩人對詩歌如何才美的觀點。這是一個直接碰觸到語言表徵的領域，詩人作為一個語言表徵的直接經營者，幾乎沒有例外地、會在其意識的深層部分潛藏了他們對於詩如何才美的看法，而這經常具現在詩歌本身的創作之中，值得吾人作進一步的考掘。事實上，從西方當代美學「語言學轉向」的啟示，吾人不難獲知語言形式以及其所形成的深層風格問題，乃是對詩歌進行美學觀照的重要面向。而透過這個途徑，甚至還可一窺詩人對於語言本質、甚至生命本質的獨特體驗與認知（例如海德格即曾指出「語言是存在的家園」）。值得一提的是，對詩人詩美觀的研究，除了應對其詩歌創作所呈現出的藝術風格有一整體的掌握外，亦應同時涵括對詩人本身是透過何種書寫方法來經營出獨特風貌、以實現其詩美觀的分析。

四、詩人（主體）對詩作為──種藝術的社會角色的看法

　　魏晉以降，詩歌的發展雖已逐步擺脫了傳統作為政教工具的角色，但這並不意味詩歌從此就不具備了社會功能。魏晉時期詩歌雖然逐漸成了詩人抒發內心情志或理境的重要場域，但仍扮演著一定的社會角色。對此，詩人即有所領略，並在詩歌創作中或多或少地透露出了他們的看法，因此有必要對其作一深入的探索。

　　總而言之，對詩歌進行美學式的研究，應該觀照到詩歌作為一種美學文本所具有的審美意識內核，亦即應針對詩人積澱於詩歌中的對於美的想像、獨特的審美方式與美感經驗、詩歌如何才美的觀點、以及詩的社會角色有一全盤性的掌握與分析。同時，亦有必要對詩人何以會產生如此審美內核的脈絡性原因作一鋪陳與編織。畢竟，詩人積澱於詩歌中的獨特審美內核，並非是獨立自主的產物，而是與社會文化等生成因素有著深刻而緊密的關聯的。所以吾人有必要將其投置於文化的視域中，以解開特定時空階段審美意識產生的絃外之音。

第三節 「脈絡」的爬梳與「意義」的編織

誠如上文所述，對詩歌進行美學研究，除了應該掌握詩人藉由詩歌創作所具現的審美意識內核外，亦應進一步釐清此一內核何以產生的原因。這涉及了對詩歌所在「脈絡」的爬梳，以期整理、編織出「意義」生成的網絡。就此，本世紀以來文化研究與社會學合流所積累的相關經驗，實可作為它山之石攻錯的參考。事實上，詩歌作為一種美學、藝術文本，乃是一種文化的產物，是文化中至為敏感的部分，將其投置於文化視域中來加以觀照，適可以釐清審美意識之所以產生糾纏於個體創作過程與文化社會脈絡間錯綜複雜的整體關聯。

所謂「文化」，歷來眾說紛紜。有人將其理解為一種普遍心態，其中包含了對「完美概念」的企盼，潛藏了對人類個體成就或人類解放目標的欲求，文化因而成了一智識或認知的範疇；有人則將文化與「文明」（civilization）等同，視之為社會中知識或道德發展狀態的具體表現，文化因而成了一種表徵集體性的範疇；有人則將文化視為一個社會中知識或藝術作品的集合體，文化一詞因而蘊含了菁英性與排他性；有人則從人類學的角度將文化視為一個民族或社會群體的「整體生活方式」，文化因而成為一種社會範疇，隱含了多元論與民主的意涵〔註50〕。立基於上述的靜態概念，本世紀以來逐漸形成了將文化的研究與社會學門加以結合的廣泛研究趨勢，其最大的貢獻則在指出對文化的研究應擺在社會「總體脈絡」的層面來加以理解。世紀初，在社會學逐漸形成的過程中，諸如韋伯（Max Weber）等古典社會學大師即曾多方將觸角伸進了以宗教為主的文化事務。在《新教倫理與資本主義精神》（*The Protestant Ethic and the Sprit of Capitalism*）一書中，韋伯從社會整體系統運作（亦即資本主義社會所具有的科層化組

〔註50〕參見俞智敏、陳光達、王淑燕譯（Chris Jenks 著）《文化》（Culture）。台北：巨流圖書公司，民國87年一版，頁7～頁25；Williams, Raymond, Keywords: A Vocabury of Culture and Society 中的「Culture」條目。台北：書林出版有限公司，民國73年8月出版，頁76～頁82。

織）的觀點，說明了西方資本主義精神之所以出現，與新教喀爾文教
派鼓勵商人投資以榮耀上帝之論述間的親近性〔註51〕。其後，法國著
名的社會學家布狄爾（Pierre Bourdieu）則繼承了韋伯的整體分析模
式，將後者的社會結構分析改造爲「場域」（field）的概念，藉以觀
察前衛及大眾等藝術生產與社會體制間的密切關聯。他認爲菁英藝術
（或前衛藝術）與大眾藝術（或通俗藝術）乃是兩種不同社會場域中
的創作產物：前者係產生於「有限的生產場域」，在這個場域中，藝
術創作之所以遂行，主要是爲了創作者本身；後者則是產生於「大規
模的生產場域」，在其中，藝術之所以被生產，主要係爲了消費的目
的。布狄爾更指出，兩種藝術版圖的大小，與其所在的社會體制是息
息相關的，不管是畫廊、博物館等文化場域，甚至於政治、經濟等其
它場域，都對前衛或通俗藝術產生了相當重要的影響〔註52〕。此外，
賀龍・巴赫德（Roland Barthes, 1915～1980）除了在解構主義時期即
已發展出一套社會符號學、以掌握藝術等文化符號體系與社會整體意
識形態的關係外，更在後結構時期看到了閱讀、以及閱讀作爲一種書
寫對於文本多元意義建構的重要性〔註53〕。英國社會學家拉什（S.
Lash）在《後現代主義的社會學》（Sociology of Postmodernism）一書
中，即曾以後現代主義爲例，提出了一種從社會整體脈絡性的角度以
研究審美等文化現象的方法論：

　　更爲特殊的是，後現代主義和其他文化範式就是我所說的

〔註51〕　參閱齊力、蔡錦昌、黃瑞祺譯（Raymond Aron 著）《近代西方社會
　　　　思想家：涂爾幹、巴烈圖、韋伯》。台北：聯經出版事業公司，民國
　　　　75 年 5 月出版，頁 237～頁 264；Weber, M., 1958, The Protestant Ethic
　　　　and the Sprit of Capitalism, New York: Charles Scribner's Sons.
〔註52〕　參閱周憲《中國當代審美文化研究》。北京：北京大學出版社，1997
　　　　年 11 月出版，頁 21；Bourdieu, P.,1993, The Field of Cultural Production:
　　　　Essays on Art and Literature （Randal Johnson ed.），Cambridge UK.：
　　　　Polity Press in association with Blackwell Publishers.
〔註53〕　參見李醒塵《西方美學史教程》。台北：淑馨出版社，1996 年 10 月
　　　　初版，頁 618～頁 624；周憲《二十世紀西方美學》。南京：南京大
　　　　學出版社，1997 年 12 月初版，頁 356～頁 379。

「意義體制」（regimes of signification）。……在「意義的體制」中，生產出來的只有文化對象。所有的意義體制都包含兩個主要構成因素。第一個因素是特殊的「文化經濟」（cultural economy）。一個特定的文化經濟將包括（1）特定的文化對象生產關係，（2）特定的接受條件，（3）調節生產和消費的特殊體制結構，（4）文化對象流通的特殊方式。任何意義體制的第二個構成要素是其特殊的意義模式，通過這個概念，我想表明的是文化對象所依賴的能指、所指和指涉物之間的特定關係。〔註54〕

換句話說，拉什已然指出了對審美等文化事務的研究，應該看到審美等文化事務所具有的「意義模式」（相當於筆者在前文所指出的「審美意識內核」），以及此意義模式所賴以產生的社會脈絡性因素（亦即拉什所謂的「文化經濟」），這兩個部分共同構成了文化運作的整體意義體制。

有鑒於如上的分析，詩歌作爲一美學文本，自有其文化生產的意義，因此，應當將其投置於文化的視域中以進行理解，方能開顯出詩歌美學的深刻意涵。這主要包涵了審美意識內核的掌握以及意義脈絡的爬梳與編織兩大部分。前者的具體內容在上節中已有說明，此處不再贅述；後者則牽涉到了一系列細膩的觀點，有必要進一步地釐清：

首先，欲釐清詩歌美學作爲一種文化的生成原因，有必要將詩歌創作置於整個社會體系的運作中加以觀察。就此，布狄爾將「藝術」或「文化」視爲社會體系中之一個「場域」（field）的觀念是值得借鏡的。布狄爾認爲社會乃是由諸如政治、經濟、文化、教育、藝術等場域所構成的，這些場域之間具有著相對的關係與位置，並有著一定的運作原則〔註55〕。事實上，特定詩人群體審美意識的生成，與「詩

〔註54〕 S. Lash, 1990, Sociology of Postmodernism. London: Routledge，中譯轉引自周憲《中國當代審美文化研究》。北京：北京大學出版社，1997年11月出版，頁5。

〔註55〕 參閱 Bourdieu, P., 1993, The Field of Cultural Production: Essays on Art and Literature（Randal Johnson ed.）. Cambridge UK.：Polity Press in

歌」作為一個場域在整個社會體系中所佔的動態性位置是關係密切的。由於特定位置的限制，詩歌的創作往往必須擔負著一定的社會功能，因而在某種程度制約了審美意識的生成。有鑑於此，吾人有必要對魏晉不同階段詩人群體所在的整體社會結構作一了解，針對具體的歷史發展就政治、經濟、思想文化等場域、以及這些場域與詩歌等藝術的關係作一分析，方能掌握特定階段詩歌創作所具有的自由空間。事實上，詩歌作為一種藝術文化，雖不可化約為政治，但卻與政治之間具有著密切的關聯。景蜀慧《魏晉詩人與政治》一書雖沒能從整體社會結構制度性運作的角度對詩歌與政治間的關係作一細膩的剖析，卻已揭示了以詩證史（亦即政治）的可能途徑〔註56〕。同樣地，詩歌與經濟場域間雖然不具有機械式的直接反映關係，但卻有著間接的扣連。觀諸詩歌史的演變，物質基礎的豐裕抑或貧乏，往往牽動著詩人特殊身體與心態的養成，並間接地影響了詩歌的創作與審美意識的積澱。

其次，詩歌作為一種美學的展現，固然與詩歌所在的社會位置息息相關，卻也與詩人所具有的特性脫不了關係。不同時期的詩人往往具有著特殊的生命歷程與人格特質，因而深深地影響了詩歌的創作與審美意識的積澱。在此，對詩人主體性的掌握，有必要從群體性與個體性兩方面加以思考。詮釋學大家伽達默爾在對詩等語言進行存在的本質分析時即曾明確地指出語言具有著「普遍性」與「公共性」，因此他說道：「講話不屬於‘我’的領域而屬於‘我們’的領域。」〔註57〕以此觀之，詩歌雖是個人的創作，卻具有著一定的群體性與社會性，是對於特定群體的主體性召喚。在其中，往往潛藏了詩人群體的共同意識，也涵納了他們共同的美學經驗。明乎此理，筆者對於魏晉

association with Blackwell Publishers.
〔註56〕 參閱景蜀慧《魏晉詩人與政治》。台北：文津出版社，民國80年11月出版。
〔註57〕 引自伽達默爾《哲學解釋學》。上海：上海譯文出版社，1994年出版，頁3。

時期詩人審美意識的研究，主要係從每個階段詩人群體所具有的共性
著手的，諸如建安詩人、西晉素族詩人、東晉世族詩人即是此種思維
下的產物。然而，除了應當注意到詩人的群體特性外，亦當留意詩人
所具有的個人世界。因爲在特定的歷史階段中，還是會出現較爲離群
索居的詩人，他們的詩歌雖仍具有著一定的群體特性，但往往更體現
出了強烈的個人特質。就魏晉時期而言，諸如曹植、阮籍、嵇康與陶
淵明等即是比較屬於這類的詩人，有必要對其作一個別的探討。例如
曹植後期的詩歌雖仍存在著一定的「聽——說」的關係，但在當時卻
顯然找不到知音，而只能在想像的世界中追尋可能的閱讀者，詩歌因
而成了強烈憂憤的象徵。不管如何，詩歌審美意識的生成、積澱，與
詩人或詩人群體特有的人格模式、以及隨之而來的心態結構與生活習
癖是息息相關的。詩歌作爲一種美學的表徵，往往具有著鏡子般的作
用，鑑照著詩人自我主體特性的形成。

　　再者，除了社會結構與主體特質外，對於詩歌審美意識的研究，
還應勾連到詩歌產生的日常生活脈絡。因爲，不管是社會結構的變
遷、抑或是詩人主體特質的轉變，皆有賴於社會日常生活領域的中
介。詩歌的創作，並非是在眞空中完成的，而是產生於具體的社會
情境之中，亦即所謂的社會生活領域。詩人乃是在特定的日常生活
脈絡中創作詩歌的，不同時期的詩人，由於其所佔的社會位置有所
不同，通常會有著相當不同的生活方式。在其中，他們展演了獨特
的身體姿態、顯現了獨特的心靈感受，同時也創作了獨特的詩歌，
並擁有了特殊的審美意涵。詩歌因而直接關係了主體的建構，誠如
拉康鏡像理論所指稱者，有如一面鏡子般，鑑照出自我的特質〔註
58〕。值得注意的是，這些詩作一旦生成，則將反過來支撐、甚至鞏
固原先社會生活的運作，詩歌因而既是社會生活的產物，同時也是

〔註58〕參閱 Lacan, J., 1949/1977, "The Mirror Stage as Formative of the
Function of the I as Revealed in Psychoanalytic Experience", in Alan
Sheridan ed. Ecrits, London: Tavistock, pp.1-7.

其中介，直接關係著詩人所在特殊社會脈絡的運作與展佈。因此，有必要將詩歌的創作放置在詩人具體的社會生活脈絡中予以描述，方能看出其所特有的意義。

再次，詩歌審美意識的生發，與詩人所在或所感的特殊「時空」是脫不了關係的，因此有必要將詩歌作爲一種美學文本的創作擺置在特殊的時空脈絡中來加以觀察。事實上，詩人的日常生活軌跡，乃是在時空的向度上方才具有展佈的意義的。藉由特殊的生活習癖，詩人們往往建構出了一處處傅寇（Michel Foucault, 1926～1984）所謂的「異質地方」（heterotopia）〔註59〕，並在這個糾葛著時空間的實踐過程中創作出了具有獨特韻味的詩歌。是以，詩歌中常會滲透了詩人對於時空的特殊體會，而眞實空間的營造也往往攀爬了詩歌意識想像的痕跡。可見，詩歌作爲一種時空間的表徵，牽動的不僅是特殊的社會生活形態，同時也是特殊的時空形態。就此，東晉詩人的例子尤其明顯，山水詩之所以在東晉逐漸興起，與江南山水的發現以及園林作爲一種第二自然的建構是具有著錯綜複雜的關聯的，值得吾人仔細地去探究，以解開箇中所蘊含的美學奧秘。

最後，詩歌中特殊審美意識的肇生，亦必須釐清其與相關思想文化論述間的關係。詩歌乃是一種藝術的話語，與其他話語間具有著承傳或排斥的關係，亦即隱涵著傅寇所言的知識權力面向〔註60〕。因此，對詩歌的美學分析，必須顧及對當時社會中各種思想脈絡的爬梳，並就這些思想論述對詩歌話語的穿透與影響作一系譜的

〔註59〕 「異質地方」指的是特定社群透過身體實踐所結構出的空間，其與烏托邦（或虛構地點）經常構成了眞實空間的對立基地。參閱陳志梧譯（傅寇原著）〈不同空間的正文與上下文〉（Text and Contexts of Other Space），收錄於夏鑄九、王志弘編譯《空間的文化形式與社會理論讀本》。台北：明文書局，民國82年出版，頁399～頁410。

〔註60〕 參閱陳志梧譯（Paul Rabinow 原著）〈空間、知識與權力：與米歇·傅寇對談〉（Space Knowledge and Power: Interview of Michel Foucault），收錄於夏鑄九、王志弘編譯《空間的文化形式與社會理論讀本》。台北：明文書局，民國82年出版，頁411～頁428。

考掘。其中，尤其應注意到相關文藝論述、特別是詩論與詩歌創作間的互動關聯。例如正始之際乃是玄學發展的時期，立基於玄學之上，諸如阮籍、嵇康等不僅著有〈樂論〉、〈聲無哀樂論〉等藝術論述，同時亦創作了不少的詩作，兩者之間具有相當密切的關聯。事實上，理論雖不是創作的等同物，卻經常是其經驗的階段性總結，並常對創作起著指導的作用；而創作則經常是理論實現與冒險的產物，往往會突破既有理論的限制，並反過來促成理論本身的一再超越。所以理論與創作之間雖然會有相當的歧出，但卻具有彼此參照轉化的效果，因此是觀照審美意識積澱不可忽視的重要環節。

　　總而言之，將詩歌投置於文化視域之中，方能比較貼切地掌握住詩人主體在詩歌裏所體現的審美意識。這樣一種視野，對魏晉時期詩歌的美學研究無疑是深具意義的，因為魏晉可說是中國美學發展史中「人的自覺」、「文的自覺」以及「美的自覺」開始生發的重要階段，若不將詩歌置入寬廣的社會文化脈絡中加以鳥瞰，則無法體會出審美意識史中精神變遷的重要意涵。這種以文化為依歸的研究進路，一方面意味了研究者必須掌握沉澱在詩歌中美學發問所關切的「審美意識內核」，另一方面則須將詩歌審美意識的生成置放於整體社會文化的網絡中加以理解。亦即，應當深入詩歌作為一個文化藝術場域與政治、經濟等場域的關係、詩歌與詩人人格特質的關係、詩歌創作與社會生活間的關係、詩歌創作與時空間的關係、以及詩歌創作與思想、文藝理論（尤其是文論、詩論）等的關係作一深刻的考掘，方能掌握詩歌審美意識生成所具有的絃外之音。要之，吾人對詩歌美學的分析雖然分成了內核與脈絡兩大部份，但這只是方法論上的暫時性分類，並非本體論或知識論上的分野。事實上，審美意識內核與脈絡間往往是互相滲透、交纏的兩個部分，並非是截然二分的兩個實體。

第二章　建安詩歌中的審美意識 ——
離亂世界的悲憫與永恆人倫
的企求

第一節　鄴下文士統治集團的崛起與詩歌創作意義的
轉變

一、漢末政治社會的動盪及鄴下文士統治集團的崛起

> 昔伊摯、傅說出于賤人，管仲、桓公賊也，皆用之以興。蕭
> 何、曹參，縣吏也，韓信、陳平負污辱之名，有見笑之恥，
> 卒能成就王業，聲著千載。吳起貪將，殺妻自信，散金求官，
> 母死不歸，然在魏，秦人不敢東向，在楚，則三晉不敢南謀。
> 今天下得無有至德之人，放在民間，及果勇不顧，臨敵力戰；
> 若文俗之吏，高才異質；或堪爲將守，負污辱之名，見笑之
> 行；或不仁不孝，而有治國用兵之術。其各舉所知，勿有所
> 遺。(建安二十二年〈舉賢勿拘品行令〉)

建安二十二年 (217)，鄴下文士統治集團的首領曹操在經過了幾
番艱辛的征戰，於濡須口擊退孫權之後，第四度發出了渴望人才的求
賢令。一如前幾次的詔令 [註1]，曹操在字句中明白揭示了用人唯才、

〔註 1〕 曹操在建安年間曾先後下了四次求賢令，分別是建安八年的〈論吏
士行能令〉、建安十五年的〈求賢令〉、建安十九年的〈敕有司取士

不拘德行的重要觀念：「或堪爲將守，負污辱之名，見笑之行；或不仁不孝，而有治國用兵之術。其各舉所知，勿有所遺。」這樣的思想，與漢代以德行爲主、才能爲輔的看法，基本上是截然不同的〔註2〕，顯然標誌著一個新時代、新精神的來臨。值得注意的是，這意義重大的轉變，其影響並不止於政治社會層面，而更及於文藝與美學的思潮，值得進一步地加以推敲及細究。

回顧歷史，鄴下文士統治集團的興起並非偶然之事，而是當時獨特政治社會脈絡下的產物。東漢末年乃是一個時局動盪、民生痛苦的時代。一連串的浩劫，使得「名都空而不居，百里絕而無民者，不可勝數。」〔註3〕會有這樣的後果，究其原因，其實是有跡可尋的。蓋東漢自和帝以後，天子大都幼年即位，且多夭折絕嗣，安帝、少帝、質帝、與桓帝等皆爲藩侯繼位。因天子年幼，太后秉政，政事往往委於父兄，外戚由是專政。而天子既由藩侯入立，與太后、外戚無骨肉之親，年長後便藉宦官之力以排除外戚，於是政權轉而落入宦官之手。如此外戚與宦官的相互傾軋，使得政治極端敗壞，皇權統治之根基亦受到了動搖。

有鑑於此，太學生乃與朝廷大臣聯合譏議時政，謂之「清議」。自梁冀被誅（桓帝延熹二年），外戚勢衰，宦官獨盛，清議乃嚴厲抨擊當時「手握王爵，口含天憲」〔註4〕的宦官，宦官於是恨之入骨，欲加構陷，因而有桓帝與靈帝時兩次的黨錮之禍，使得李膺、陳蕃、杜密、范滂等清流賢士盡皆罹難，社會陷入了震恐不安的狀態之中。於是，非僅皇權受到了挑戰，社會穩固之基礎也遭到了嚴重的破壞與侵蝕。加以，接踵而至的天災人禍更使得此一情況雪上加霜，持續發生的蝗災、水災、旱災、瘟疫、土地兼併、與百官競利等，非

母慶偏短令〉、以及建安二十二年的〈舉賢勿拘品行令〉。
〔註2〕參見胡曉明〈由「陳思贈弟」看曹魏政權的文化品質〉。《中國文化月刊》，第一九七期，民國85年3月，頁120～頁121。
〔註3〕仲長統《昌言·理亂篇》。《全後漢文》卷八十八。
〔註4〕《後漢書·宦者列傳序》。

僅造成了「萬民饑流」〔註5〕、「百姓饑荒、更相噉食」〔註6〕的慘狀，更催逼了以張角為首領的黃巾之亂於靈帝中平元年（西元184年）的爆發。在此亂事中，以飢餓流民為主體的參加者總人數高達三、四百萬之數，時間長達二、三十年，早已讓東漢成了名存實亡的政權。

在此情況下，各地擁有兵權的軍閥莫不蠢蠢欲動。其中，前將軍董卓在外戚何進欲誅宦官之際，於中平六年（西元189年）被召入京，終於專制朝政，廢少帝立獻帝。由於董卓「狼戾賊忍，暴虐不仁」〔註7〕，更縱容士兵燒殺擄掠，一時之間洛陽成為人間煉獄。蔡琰〈悲憤詩〉說道：「卓眾來東下，金甲耀日光。平土人脆弱，來兵皆胡羌。獵野圍城邑，所向悉破亡。斬戮無孑遺，尸骸相撐拒。馬邊懸男頭，馬後載婦女」，悽慘之情況可想而知。於是各地軍閥如長沙太守孫堅、冀州牧韓馥、兗州刺史劉岱、陳留太守張邈等，共推司隸校尉袁紹為盟主，以討伐董卓為名，紛紛起兵。曹操所率領的軍隊就是其中極為重要的一支，其後更在諸軍混戰中擊敗群雄，統一了北方。

締造出建安詩歌美學盛世之鄴下文士統治集團的崛起，與曹操征戰的具體歷史過程可說是密切相關的。曹操字孟德，小字阿瞞，沛國譙（今安徽亳縣）人，其父曹嵩為桓帝時中常侍曹騰之養子。曹操年二十即舉孝廉為郎，任洛陽北部都尉，後遷頓丘令，徵拜議郎。黃巾亂起，拜騎都尉，參與平亂。獻帝初平三年（西元192年），青州黃巾軍寇兗州，殺刺史劉岱。濟北相鮑信與州吏萬潛等迎操領兗州。操力戰擊潰黃巾軍，得降卒三十餘萬，編為「青州兵」，軍事實力逐漸發展壯大。建安元年（西元196年）迎獻帝定都許縣，自為司空，從此挾天子以令諸侯，先後掃平了呂布、袁術等割據勢力。其後於建安

〔註5〕　《後漢書·安帝紀》永初二年七月〈詔〉。
〔註6〕　《後漢書·安帝紀》永初三年三月〈詔〉。
〔註7〕　《三國志·董卓傳》。

五年（西元 200 年）官渡之戰中，擊敗了盤據冀、青、幽、并四州的北方最大軍閥袁紹。建安九年（西元 204 年）更破袁尚，攻入鄴城，從此進駐，以為根據地，是以史家率以「鄴下」文士統治集團稱之。在此之後，曹操接著陸續殲滅黃河流域的大小軍閥，平定三郡烏桓，基本上完成了統一北方的工作，也確立了以曹操為首的鄴下集團在北方的統治地位。

曹操平定北方後便欲揮軍南下，一統全國。其於建安十三年（西元 208 年）率領大軍先南取荊州，但緊接著的赤壁之戰竟意外敗於孫權、劉備聯軍，從此奠立了日後魏、蜀、吳鼎足三分的態勢。赤壁戰後，曹操西破馬超，再南收漢中張魯，其間亦曾領兵伐吳，由此可見其仍保持著統一之雄心，可惜大業尚未完成，便於建安二十五年（西元 220 年）正月病逝洛陽。事實上，曹操自專政後，勢力即一步步擴張，地位亦一步步升高，建安十三年由司空進為丞相，十八年封魏公，二十一年封魏王。魏國既建，漢官多兼魏國職務，東漢朝廷遂逐漸遭到架空，而後曹丕篡位（建安二十五年），漢室終於徹底覆亡。觀諸史實，從曹操軍興、文帝篡漢，甚至一直到少帝正始十年之前，北方政權大致上是屬於曹氏家族的，以鄴下文士為主的統治集團可說是這段期間內最主要的政治勢力〔註8〕。

與當時其它存在的大小勢力相較，以曹操為首的鄴下統治集團，除了是一個軍事集團與政治集團外，同時也是一個文化集團，具有著鮮明的特色：首先，此一集團為首的曹氏父子（曹操、曹丕與曹植）皆是善武而又能文之輩。是以鍾嶸稱道：「曹公父子，篤好斯文；平原兄弟，鬱為文棟。」〔註9〕劉勰亦曰：「魏武以相王之尊，雅愛詩章；文帝以副君之重，妙善辭賦；陳思以公子之豪，下筆琳瑯；並體貌英

〔註 8〕 曹操死後，太子曹丕嗣為魏王，接著在同年十月篡漢，國號魏，是為魏文帝。文帝崩，嗣子叡立，是為明帝。明帝崩，齊王芳即位，是為少帝。其一直維持到少帝正始十年（西元 249 年）司馬懿殺曹爽專政後，政權方為司馬氏所把持。

〔註 9〕 鍾嶸《詩品・序》。

逸，故俊才雲蒸。」〔註10〕

　　而其成員除了一干馳騁沙場、攻城掠地的武將軍士外，還包括了一群頗具文章辭采、博涉多通的能人文士。例如，向來被美稱為建安七子的王粲、徐幹、陳琳、阮瑀、應瑒、劉楨諸人（孔融除外）即是其中相當著名的人物〔註11〕。其他如邯鄲淳、繁欽、路粹、丁儀、丁廙、楊修、荀緯、應璩與應貞等人亦是鄴下文士之成員〔註12〕；此外吳質與曹氏兄弟輒有書信往返，並常參加文士之活動；仲長統曾「參丞相軍事」〔註13〕，繆襲則歷事魏武、文帝、明帝與少帝四朝，理應曾參加過鄴下文人之活動〔註14〕。誠如鍾嶸《詩品》所載：「次有攀龍托鳳，自致於屬車者，蓋將百計，彬彬之盛，大備於時矣」。這些文士皆是多才多藝者，他們除了充任運籌帷幄的謀臣、協助起草檄書、召令外，還常創作吟唱詩歌，為建安時期文學美學的發展寫下了輝煌的一章。

　　其次，由於鄴下文士集團具有著強烈的文化復興使命感。他們每每以重建文化秩序為己任，亟思透過種種努力恢復既有的文化水平〔註15〕。事實上，漢末的大亂，非僅使得整個社會動盪不安，也使得學術文化活動遭受到空前的打擊：諸如典籍散佚、禮樂淪缺、以及學人流離失所等都是當時常見的景象。在此情況下，有識之士往往自願擔負起復興文化的大任，例如孔融在北海郡、劉表在荊州即曾興立學校、表彰儒術、薦舉賢良〔註16〕。許多人亦勤於著書立說，如曹丕寫有《典論》、徐幹著有《中論》，希望能成一家之言。

〔註10〕劉勰《文心雕龍・時序》。

〔註11〕「建安七子」之首的孔融並不屬於鄴下文士集團。

〔註12〕見《三國志・王粲傳》。

〔註13〕《後漢書・仲長統傳》。

〔註14〕參見李景華《建安文學述評》。北京：首都師範大學出版社，1994年7月初版，頁22。

〔註15〕參見錢志熙《魏晉詩歌藝術原論》。北京：北京大學出版社，1993年1月初版，頁87～頁95。

〔註16〕參見《後漢書・鄭孔荀列傳》以及《後漢書・袁紹劉表列傳》。

其間，鄴下文士集團顯然是其中的佼佼者。曹操即大量網羅學術文章之士，前述的徐幹、陳琳、王粲等人皆陸續歸於其帳下，鄴下因而集一時人才之盛，也自然成了最具復興文化潛力之處。在此狀況下，荀彧、袁渙等皆曾向曹操建議：於「外定武功」之際，應同時兼修文教。如《三國志・魏書》卷十〈荀彧傳〉裴注引《魏氏春秋》說：

> 彧嘗言於太祖曰：「……今公外定武功，內興文學，使干戈戢睦，大道流行，國難方弭，六禮俱治，此姬旦宰周之所以速平也。既立德立功，而又兼立言，誠仲尼述作之意；顯制度於當時，揚名於後世，豈不盛哉！若須武事畢而後制作，以稽治化，於事未敏。宜集天下大才通儒，考論六經，刊定傳記，存古今之學，除其煩重，以一聖真，亦隆禮學，漸敦教化，則王道兩濟。」

而曹操在聽過他們的建議後，亦頗為嘉許，並曾在建安八年（西元203年）頒佈了〈修學令〉說道：

> 喪亂以來，十有五年，後生者不見仁義禮讓之風，吾甚傷之。其令郡國各修文學，縣滿五百戶置校官，選其鄉之俊造者而教學之，庶幾先王之道不廢，而有以益於天下。

最後，鄴下文士集團是個相當重視個體、個人才性、甚至於才氣的團體，此種特質從前述曹操求賢令中用人唯才的觀念即可略窺究竟。曹操所說的雖是治國用兵的政治之才，但不可否認地，已將關注的焦點置於個體的個性才能之上。此種現象亦反映在當時的人物品藻中，例如劉劭《人物志》中對人物的品評標準，基本上便與曹操「唯才是舉」〔註17〕的原則相符：

> 夫草之精秀者為英，獸之特群者為雄，故人之文武茂異，取名於此。是故聰明秀出謂之英，膽力過人謂之雄，此其大體之別名也。……夫聰明者，英之分也，不得雄之膽則

〔註17〕見建安十五年曹操〈求賢令〉。

說不行；膽力者，雄之分也，不得英之智則事不立。……
故英雄異名，然皆偏至之材，人臣之任使也。……故一人
之身兼有英雄，乃能役英與雄；能役英與雄，故能成大業
也。〔註18〕

劉劭認爲「英雄」是必須具備「聰明秀出」與「膽力過人」兩種條件
的，而非品行道德的崇高。他極端地強調人的智慧聰明，他說：「智
者，德之帥也。……聖之爲稱，明智之極名也。是以觀其聰明而所達
之材可知也。」〔註19〕又說：「夫聖賢之所美，莫美於聰明。」〔註20〕
這種重「智」的觀念與傳統儒家重「德」的看法是完全不同的，李澤
厚與劉綱紀便說：「這種從傳統的儒家思想強調"德"爲美到強調"智"
爲美的轉變，也就是從強調人的倫理道德的重要性，轉向強調個體的
智慧才能的重要性。」〔註21〕

　　事實上，此種觀念從當時的文氣論中亦不難看出。曹丕《典論・
論文》即說道：

文以氣爲主，氣之清濁有體，不可力強而致。譬諸音樂，曲
度雖均，節奏同檢，至於引氣不齊，巧拙有素，雖在父兄，
不能以移子弟。

曹丕顯然認爲文章是以表現作者個人的才性爲主的，這樣一種重視個
體才性的風潮，使得建安士人普遍具有博涉多通的特性。他們講究藝
能、重視創作，並以詩歌作爲展現自己才情的最主要媒介。難怪劉勰
會說建安之詩歌係「慷慨以任氣，磊落以使才」〔註22〕了！

　　由於有如上之特色，歷史上所稱之「建安文化」主要即指「鄴下
文化」，因爲和當時的吳、蜀文化相較，位於北方的鄴下文化顯然來

〔註18〕 劉劭《人物志・英雄》。
〔註19〕 劉劭《人物志・八觀》。
〔註20〕 劉劭《人物志・自序》。
〔註21〕 見李澤厚、劉綱紀《中國美學史》第二卷。台北：谷風出版社，民國
　　　　 76 年 12 月台一版，頁 82。
〔註22〕 劉勰《文心雕龍・明詩》。

得具有深度、使命、也比較進步而開放，是當時文化發展的主流。其中，尤以詩歌藝術在鄴下文化中最爲蓬勃發展，建安文人往往習慣以詩歌吟詠出屬於個人生命與對家國社會的感懷，他們每於特殊的生活情境中創作出不同的詩歌主題。其對比於吳、蜀兩地詩人寥若晨星的景況，實爲突出，故詩歌及其它文學藝術的繁榮，可說是鄴下文化最爲重要的特色之一。

二、鄴下文士集團獨特的生活世界及其文學表徵

如上所述，博涉多通、重視藝能、講究個人才性、且以文化復興爲己任的鄴下統治集團，經過了幾番艱辛的征戰，已在漢末紛擾動盪的時局中崛起，並逐漸成爲當時文化價值的主流。他們熱衷於文學的創作，尤其愛好吟詠詩歌，從而締造了中國文學史上第一個詩歌繁盛的時代。而且建安詩歌在文學史上被賦予了極高的評價，所謂的「建安風骨」便是。

然而，建安詩歌的興盛與建安風骨的形成並非是偶然的，乃是有其特殊的成因與背景的。換言之，詩歌作爲一種文本、作爲一種論述，是有其特殊的創作脈絡的，它們皆是某種時空情境下的產物，是在某種日常生活中，對既有時空經驗及企盼中未知境遇的反應、探索及想像性建構。而其一旦形成，也將營造獨特的鏡像，反過來成爲形塑詩人們社會生活結構及其個體心靈、性格的具體現實。觀諸人類社會知識的進展，對於「生活」與包括詩歌在內等文學、藝術、以及美學之間所具有之密切關係，歷來文藝及美學的理論家們迭有探討。例如，美國美學家約翰‧杜威（John Dewey, 1859～1952）在提出著名的經驗自然主義美學時，即十分強調藝術與生活的融合。滕守堯對此有十分精湛的分析〔註23〕：

〔註23〕引自滕守堯、張金言編《當代西方著名哲學家評傳（第八卷藝術哲學〈導論〉）》。濟南：山東人民出版社，1996年出版，頁4。小括弧中文字爲筆者所加。

這種美學的最大特點是把藝術經驗和藝術放到生活經驗以及人與環境的相互作用的大背景中，認爲藝術經驗不過是完美的生活經驗，認爲人取得自身解放能力的關鍵，就是通過人與環境的遭遇，通過人的行動的力量，將環境塑造成人所需要的樣子。與此同時，他（杜威）又反過來強調生活和經驗的藝術性質，認爲生活不過是一種緊張和緊張消除的辯證過程，是生活過程的積極的一面，只要保持這種積極的東西，生活就成了藝術的。

又如，馬丁・海德格（Martin Heidegger, 1889～1976）亦相當重視現實中湧動著變化的生活，認爲現象學（phenomenology）所要面對的即是整個「生活世界」（Lebenswlt），並因而發展出了藝術的價值即在揭示眞理、即在藉由藝術作品以開顯生存世界與大地的美學觀點〔註24〕。在此基礎上，晚近建築美學家克里斯欽・諾伯舒茲（Christian Norberg-Schulz）於建構其「建築現象學」時亦援引了吉歐格・特拉克（Georg Trakl）的詩作〈冬夜〉（*Ein Winterabend*），以闡述應回到人的「在世存有」（being-in-the-world）結構，從具體日常生活世界去理解建築等藝術之觀點〔註25〕。簡言之，他們皆直接或間接地揭示了詩歌創作個體與日常生活中所體會的生命經驗的密切關係。可見，詩就是生活的語言，詩歌以及詩歌美學的開展，與詩人們特殊的生活境遇及時空經驗是脫不了關係的。

建安詩人處於漢末特殊的時空情境之下，有其特殊的生活方式與經驗，也因而創造出了特殊主題與生命情調之詩歌。大致上說來，他們的生活方式、經驗以及因而興發的詩歌創作有如下幾種類型：

〔註24〕　參見李醒塵《西方美學史教程》。台北：淑馨出版社，民國 85 年 10 月初版；以及王煒〈海德格爾〉，收錄於王煒、周國平編《當代西方著名哲學家評傳（第九卷人文哲學）》。濟南：山東人民出版社，1996 年出版，頁 23～68。

〔註25〕　參見諾伯舒茲原著，施植明譯《場所精神——邁向建築現象學》（Genius Loci: Towards a Phenomenology of Architecture）。台北：田園城市文化事業有限公司，民國 84 年 3 月初版。

1、隨軍出征及其顛沛流離的生命情境

　　鄴下文士統治集團的興起與曹操武力征戰的歷史過程是密切相關的。曹操南征北討之際，鄴下文士往往隨行。例如，建安十三年曹操南征劉表，鄴下文士即多數隨軍而行，並接著參與了歷史上著名的赤壁之戰。阮瑀〈紀征賦〉、徐幹〈序征賦〉、以及曹丕的〈述征賦〉即記載了箇中的故事。

　　此種生活方式及其所見所聞自然亦反映在詩歌當中。於是戰爭場面的盛大及軍旅生活的艱辛，便成了許多詩歌描寫的主要內容，如曹丕的〈黎陽作詩三首〉：

> 朝發鄴城，夕宿韓陵。霖雨載塗，輿人困窮。
> 載馳載驅，沐雨櫛風。舍我高殿，何爲泥中。
> 在昔周武，爰暨公旦。載主而征，救民塗炭。
> 彼此一時，唯天所讚。我獨何人，能不靖亂。
>
> 殷殷其雷，濛濛其雨。我徒我車，涉此艱阻。
> 遵彼洹湄，言刈其楚。班之中路，塗潦是御。
> 轔轔大車，載低載昂。嗷嗷僕夫，載仆載僵。
> 蒙塗冒雨，沾衣濡裳。
>
> 千騎隨風靡，萬騎正龍驤。金鼓震上下，干戚紛縱橫。白旄若素霓，丹旗發朱光。追思太王德，胥宇識足臧。經歷萬歲林，行行到黎陽。

其他如曹操的〈苦寒行〉、以及王粲的〈從軍詩五首〉等，亦皆是典型的代表。他們皆不約而同地以詩歌見證了生活中、以及生命中最爲深刻的經歷與體驗。事實上，他們所過的軍旅生活是相當艱苦的，所經歷的時空體驗是十分倏忽而破碎的。他們往往必須隨著軍隊的遷移東奔西跑、必須與軍士們一同忍受著飢餓寒凍，也與軍士們一齊感受著征戰勝負結果的影響。在此過程中，他們同時更親臨了戰爭所帶給人們的殘酷，見證了人生悲慘無常的一面，因而對在短暫時空中生命的顛沛流離有了深一層的體認。

2、郊廟頌聲之作及其政治性象徵的意涵

　　除了隨軍出征以外，起草軍檄或詔令亦是鄴下文士本分的工作，例如阮瑀的〈爲曹公作書與孫權〉、以及陳琳的〈檄吳將校部曲文〉等。畢竟，征戰除了要倚靠武力以外，往往更須要仰仗文辭之助，方能師出有名，事半功倍。建安文人在鄴下統治集團中，即擔負了這種藉由文學以合法化既成政治性意圖的重責大任，可說是一種與政治牽涉頗深的日常生活作爲。在此情況下，他們免不了要作一些歌功頌德的文章詩賦以應廟堂之用。例如建安十八年曹操進封魏公、加九錫、始立宗廟時，便令王粲作〈太廟頌歌〉：

> 思皇烈祖，時邁其德。肇啓洪源，貽燕我則。
> 我休厥成，聿先厥道。丕顯丕欽，允時祖考。
>
> 綏庶邦，和四宇。九功備，彝樂序。建崇牙，設璧羽。
> 六佾奏，八音舉。昭大孝，衎妣祖。念武功，收純祜。
>
> 於穆清廟，翼翼休徵。祁祁髦士，厥德允升。
> 懷想成位，咸奔在宮。無思不若，允觀厥崇。

又如繆襲亦作有〈魏鼓吹曲十二曲〉：〈楚之平〉、〈戰滎陽〉、〈獲呂布〉、〈克官渡〉、〈舊邦〉、〈定武功〉、〈屠柳城〉、〈平南荊〉、〈平關中〉、〈應帝期〉、〈邕熙〉、〈太和〉。其中如〈克官渡〉：

> 克紹官渡由白馬，僵屍流血被原野。賊眾如犬羊，王師尚寡沙塠傍。風飛揚，轉戰不利士卒傷。今日不勝後何望？土山地道不可當，卒勝大捷震冀方。屠城破邑，神武遂章。

又如〈邕熙〉：

> 邕熙。君臣念德，天下治。登帝道，獲瑞寶。頌聲並作，洋洋浩浩。吉日臨高堂，置酒列名倡。歌聲一何紆餘，雜笙簧。八音諧，有紀綱。子孫永建萬國，壽考樂無央。

　　從這些經常用於廟堂祭祀場合的詩辭中，不難看出其內容多爲對曹操武功神勇及魏國永存的歌頌，具有濃厚的政治象徵意味，雖不能說是鄴下文士最爲精鍊的佳作，卻有助於我們進一步瞭解他們眞實的社會處境與心態結構。

3、公讌間詩酒酬酢的戲遊及其對文人鏡像的形塑

　　鄴下文士除了隨軍出征、制作檄書、廟堂篇章等與軍事、政治較爲密切的經歷外，亦不乏特屬於文人的戲遊生活方式。藉詩、酒等宴遊以聯繫並凝聚文人間特有的情感與認同，可說是最足以代表鄴下文士的生活方式，也是他們最傾注心力之處。曹丕〈與吳質書〉即謂：

> 昔日游處，行則連輿，止則接席，何曾須史相失？每至觴酌流行，絲竹並奏，酒酣耳熱，仰而賦詩，忽然不自知樂也。

劉勰則謂：

> 傲雅觴豆之前，雍容衽席之上，灑筆以成酣歌，和墨以藉談笑。〔註26〕

　　他們往往群聚在鄴下的銅雀臺等地進行著詩、酒酬酢的宴遊活動。當時的鄴城，經過曹氏經營之後，已是一片繁盛的局面。而爲了遊樂，曹操更興建了銅雀、金虎、與冰井三座「列峙以崢嶸」〔註27〕的高臺。曹丕〈登臺賦〉對其所具有的壯麗雄偉景色即曾說道：「飛閣崛其特起，層樓嚴以承天。」曹植〈登臺賦〉亦云：「立中天之華觀兮，連飛閣乎西城。臨漳水之長流兮，望園果之滋榮。」其中，與銅雀臺連成一氣的銅雀園（即「西園」）、以及位於臺上的東閣講堂乃是文人們最常聚集、交遊之處：

> 昊天降豐澤，百卉挺葳蕤。涼風撤蒸暑，清雲卻炎暉。高會君子堂，並坐陰華榱。嘉肴充圓方，旨酒盈金罍。管弦發徽音，曲度清且悲。合坐同所樂，但愬杯行遲。常聞詩人語，不醉且無歸。今日不極歡，含情欲待誰。見眷良不翅，守分豈能違。古人有遺言，君子福所綏。願我賢主人，與天享巍巍。克符周公業，奕世不可追。（王粲〈公讌詩〉）
>
> 永日行遊戲，歡樂猶未央。遺思在玄夜，相與復翱翔。輦車飛素蓋，從者盈路傍。月出照園中，珍木鬱蒼蒼。清川過石

〔註26〕劉勰《文心雕龍・時序》。
〔註27〕見左思〈魏都賦〉。

渠，流波爲魚防。芙蓉散其華，菡萏溢金塘。靈鳥宿水裔，
仁獸遊飛梁。華館寄流波，豁達來風涼。生平未始聞，歌之
安能詳。投翰長歎息，綺麗不可忘。（劉楨〈公讌詩〉）

銅雀臺西園、東閣講堂等處，風光正好，或當午後褪去了炎暉，或值
月色瀰漫、園開不夜之際，曹丕帶著王粲、劉楨等文士暢遊在風雲與
花樹所蔚成的大自然物色光影之中，隨著酒餚與舞樂的助興催發，常
即席作詩，甚至往往命題共作互較才力，歌詠出了他們對人生無限的
感懷。例如曹植、劉楨與應瑒皆有〈鬥雞詩〉，曹丕、陳琳與王粲亦
皆寫有〈瑪瑙勒賦〉。對此情況，曹丕〈瑪瑙勒賦序〉中即云：「瑪瑙，
玉屬也。……或以繫頸，或以飾勒。美而賦之，命陳琳、王粲並作」。

　　值得注意的是，諸位文士在賦詩宴遊之際，雖有君臣之別，但
卻少見廟堂歌曲常見的奉承阿諛之辭。隨處可見的反倒是彼此之間
如何意氣相投，或逞氣談辯、或吐屬成章，而以文人身份競相浸淫
在文學天地中的快意。如此類似賀龍・巴赫德（Roland Barthes）所
謂藉由身體書寫所建構的以文學爲中心的戲遊生活，其所潛移默化
的正是一種屬於鄴下文士集體特有的認同感，不僅使他們得以暫時
「釋鬱結」〔註28〕、「敘憂勤」〔註29〕，擺脫了人生傷痛所造成的抑
鬱愁悶，更從而發展出了一種「穆穆眾君子，好合同歡康」〔註30〕
的人生愉悅境界。

　　除了上述與特定生活情境有關的詩歌外，鄴下文士亦有其他在一
般日常生活情境下的各種詩歌創作。事實上，詩歌已成了他們表徵自
己最重要的文類。遊仙詩即是其中重要之一，如曹操的〈氣出倡〉、〈精
列〉、〈陌上桑〉、曹丕的〈折楊柳行〉等；詠物詩則是另外一類，如
繁欽的〈詠蕙詩〉、〈生茨詩〉、〈槐樹詩〉等；亦可見詠史之類的作品，
如王粲的〈詠史詩〉、阮瑀的〈詠史詩二首〉等；其它尚有描述愛情、

〔註28〕 應瑒〈公讌詩〉：「辨論釋鬱結，援筆興文章。」
〔註29〕 劉楨〈贈五官中郎將詩四首〉之二：「清談同日夕，情眄敘憂勤。」
〔註30〕 應瑒〈公讌詩〉。

親情的詩，如曹丕的〈釣竿行〉、〈燕歌行〉、〈寡婦詩〉、〈見挽船士兄弟辭別詩〉、徐幹的〈室思詩〉、〈情詩〉、〈於清河見挽船士新婚與妻別詩〉等，亦是鄴下文士詩作中不可忽視之一環。這些詩歌，與上述詩歌共同構成了豐富的詩歌世界，成了當時文人表述自我的最重要表徵，因而為吾人探討建安詩歌美學提供了豐富而繁盛的資料。

三、詩歌成為「情志展現」與「審美意識馳騁」的最主要場域

以詩歌創作為主的文學實踐之所以在建安時期大放異彩，與鄴下文士集團的出現具有密切的關係。這是個包含了曹氏父子、王粲、徐幹、陳琳、阮瑀、應瑒、劉楨等富有文采之文士的群體，具有著博涉多通、重視個體才性、才氣的特色。身處於東漢末年皇權殞落的歷史時勢中，甚具文化復興使命感的他們在曹操的領導下，不僅統一了北方，在政治上取得了莫大的成就，同時也為詩歌作為一種文體的持續發展奠下了深厚的基礎。畢竟，這是一個注重個體才氣、而非德性的嶄新時代，被認為最足以展露個人情志的詩歌，因而成了他們快意馳騁的適切場域。

然而，詩在建安時期獲得重要之角色，並非是偶然的，也非是一朝一夕的，而是經歷了一個漫長的演變過程。回顧歷史，西漢自武帝以後即已建立了大一統的封建體制，為了帝國之運作，漢武帝雖在政治上採行了法家的統治手腕，在思想上卻高舉了儒家的大纛。他非僅設置了五經博士，更廢除百家，獨尊儒術，意欲以沾染了宇宙論神秘讖緯色彩的董仲舒式「天人合一」學說作為價值上的依歸。儒學從此被化約為今文經學，成為知識階層主要骨幹的法吏、經生與侍從文人最為熱中及服膺的典律，也成為漢武帝「知識——權力」的工具，完全喪失了先秦諸子如孔子、孟子、荀子等論述儒學所具有的自由性與個體性傳統〔註31〕。

〔註31〕有關於西漢學術思想之狀況參閱曹道衡《南朝文學與北朝文學研究》第三章。南京：江蘇古籍出版社，1998年7月初版，頁57～87。另，

　　當然，在今文經學當道之下，以賦頌及史載為主要內容的文學自然只被當成是一種政治名教的工具。文學並不是士人主要的文化活動，亦不在他們文化的視野之中。侍從文人雖迭有大量賦頌的創作，惟其過份注重文字鋪排、缺乏深刻的內容與諷諫之情，甚至淪為只是一種字書。在此狀況下，詩歌亦是不受重視的。就理論方面而言，詩經雖為五經之一，但官方解釋多以齊、魯、韓三家僵化的今文經學為骨幹，注重「詩言志」的毛詩古文經學說並未獲得應有的重視；另就實踐之層面來說，漢武帝時雖已有樂府之採集，然多只作為教化及宮廷文娛之用，而且數量亦遠遜於賦、頌等其他文體。一言以蔽之，詩歌、尤其是直接以情感抒發為功能的抒情詩尚非主流之文體，也還夠不上是審美意識積澱的場域。

　　東漢之際，士人們雖仍籠罩在皇權大一統的制約之下，儒學也出現了更加神秘化及繁瑣的現象，但包含了文人在內的知識階層在心態及性格上已然出現了微妙的變化：一來，由於王莽篡漢之際曾一度打破了漢武帝所建構的大一統均勢，因而促使了一些游離於皇權之外、蔑視禮法的士人的出現；二來，西漢時劉歆即已大力鼓吹的古文經學雖仍舊沒有被列入學官，惟自漢章帝在位時舉行的白虎觀會議後，卻已取得了與今文經學平起平坐、共同討論的對等地位，許多士人因而逐漸捨棄今文經學而就古文經學。此不僅促成了思想的活躍，同時也解放了對今文經學鄙視文學與對文學的束縛；三來，師道有日益凌駕於君道的**趨勢**，像楊震、李固、杜喬以及後來黨錮領袖李膺與郭泰諸人，在當時士人心目中的地位，是遠高過皇帝的，因而形成了東漢末年士大夫注重名節的諷諫傳統。部分儒士如揚雄、馬融、桓譚與王充等人，於是在不同程度接受了老莊自然

對漢武帝以後經學盛行對先秦儒家個體性之塗銷則參見李澤厚、劉綱紀《中國美學史》第一卷（上）。台北：谷風出版社，民國75年10台一版，頁37～40。

之學，甚至展現了狂放的風氣〔註 32〕，藉以調和名教與個體自由間彼此衝突的矛盾，其中尤以鄭玄最具代表性，在其手上完成了今文經與古文經、以及儒家與道家兩者混合統一的工作〔註 33〕。

處此時勢下，張衡、桓譚與馮衍等部分文人，逐漸將文學的功用由純粹的歌功頌德轉而爲抒情言志，將文學內容由對外部世界之渲染鋪排轉而爲對個人生活際遇以及內心世界的表現。班固亦曾在《漢書·藝文志》的〈詩賦略論〉中以「感於哀樂，緣事而發」的角度去理解樂府民歌，並援以爲〈詠史〉等五言詩歌創作的繩準：

> 自孝武立樂府而采歌謠，於是有趙代之謳、秦楚之風，皆感
> 於哀樂，緣事而發，亦可以觀風俗，知厚薄云。

班固詩歌創作的藝術觀，雖仍舊可見對樂府民歌所具教化作用的重視，透露了儒家詩教重理性的一面，惟其所言「感於哀樂，緣事而發」的見解，卻已直陳了詩歌藝術具有「抒發情志」本質的重要性。與班固相較，東漢文人詩的創作，總體而言是更爲重視詩歌藝術中情感的一面的。在毛詩學派純正化了詩經研究以及騷體詩復興等大趨勢的影響下，諸如張衡、秦嘉夫婦、以及〈怨歌行〉的作者等，基本上皆是以反映現實生活中新鮮活潑情事爲其詩歌創作的中心的，重點亦主要在於情感之抒發。包含了詩歌在內的文學，因而日益轉變了其既有的內涵，成爲抒發個人情志的場域、而非爲皇權服務的工具。誠如錢志熙在《魏晉詩歌藝術原論》的研究中所指出者，承繼著漢樂府以及古詩十九首的傳統，當時以創作五言詩爲主的新文人團體已然出現，詩歌從此開始展露了其所具有的抒情特色，爲日後建安詩歌的大放異彩奠下了豐厚的基礎〔註 34〕。

〔註 32〕 後漢時期，這種狂放的人士其實已經不少，如趙壹等都有此類性格。
應劭《風俗通義》中亦記有這類狂士的行止。

〔註 33〕 參閱曹道橫著《南朝文學與北朝文學研究》第三章。南京：江蘇古籍
出版社，1998 年 7 月初版，頁 57～87。

〔註 34〕 參見錢志熙《魏晉詩歌藝術原論》。北京：北京大學出版社，1993
年 1 月初版，頁 31～頁 52。

　　這種**趨勢**，到了建安時代有了更爲重大的突破。揚棄了先前將儒學簡化爲今文經學的小儒傳統，建安時期的知識階層已轉而採納強調通儒與大儒的重要性，因此鄴下文士群體普遍具有博涉多通、注重才情的特色。同時，他們更將文學與古文經學相提並論，視文章爲經國之大業。處此強調個體才情、著重抒發一己情志的新歷史**趨勢**下，兩漢之際佔有支配性地位的賦因而不再能因應鄴下文士集團的需要。他們雖仍免不了政治的牽制，卻比兩漢士人多了一份屬於自己的才情與個性，於是在從事既有文體的創作之際，要求賦的詩化，並轉而致力於詩歌的創作。他們在軍旅、遊宴等具體的社會日常生活中生產出了許多詩作，並在詩作中反映了特殊的社會生活經驗與情境。綜而言之，在歷史發展過程中逐漸涵納了「抒情」與「言志」功用的詩歌創作，從此躍上了文化的舞台，成了鄴下文士團體再現自己的最重要表徵。詩歌，因而沉澱了他們最爲豐富的審美意識，是今日吾人進行美學考察的關鍵對象。

第二節　文氣論中所開展的美學向度及其對詩歌美學的影響

一、以「氣」爲主文論的出現及其傳統

　　由上節可知，詩歌已成爲鄴下文士集團表徵自我才性的最主要文體，也蘊涵了他們最深刻的審美意識，建安可說是一個以詩歌爲主的時代。然而，詩歌創作的蓬勃發展，其原因是相當複雜的，除了上文所提到的社會、政治、生活等面向的因素之外，往往更與當時學術、思想與文藝理論等論述的發展密切相關。衡諸文學史，詩歌創作與文化論述之間，實在具有著互爲鏡像的辯證發展關係。一方面，文藝理論既是詩歌創作經驗的總結，同時又是其鏡像，中介了詩歌創作所應遵循的理想。另一方面，詩歌創作則是文藝理論思考的源泉，提供了論述進一步完備修正的基石。就建安時代而言，

這種現象乃是十分明顯的。例如曹丕即在《典論・論文》中提出了他對「文與氣」間關係的看法，應瑒與阮瑀之間亦有「文質之辯」，皆對建安文壇產生了莫大的影響。其中，尤以曹丕等的文氣之說最為重要，呼應了建安詩歌特重風骨、梗概多氣的重要表現。自此之後，氣的概念，在文學領域獲得了空前的重視，並被提升到理論的高度來加以探討。

「氣」義在曹丕用於文學評論之前，早已被人們所普遍採行，而且含意極為廣泛。「氣」字在甲骨文中原作「㆚」，象雲氣層疊之狀，後為避免與「三」字相混，始改為「气」〔註35〕。許慎《說文解字》即云：「气，雲气也。象形。凡气之屬皆從气」。段注曰：「气本雲气，引申凡气之偁。象雲起之貌」。可見，「气」字原係象雲起之貌，指雲氣，後來凡有雲起、氳氲之貌者，皆從「气」以表其形。至於現今用以指涉雲气的「氣」字，則是假借氣廩之「氣」字為之，而原來氣廩之氣則改為「餼」字，成為「餼廩」〔註36〕。故氣字之本義為雲氣，擴而大之則為一切「自然之氣」〔註37〕。

這種關於氣字為自然之氣的原始意義的用法，在先秦典籍中時有可見：

> 天有六氣，……曰：陰陽風雨晦明也。（《左傳・昭公元年》）
> 絕雲氣，負青天。（《莊子・逍遙遊》）
> 乘雲氣，御飛龍。（《莊子・逍遙遊》）
> 四時殊氣，天不賜，故歲成。（《莊子・則陽》）

除了將氣視為自然之氣外，先秦諸子亦從氣體的物質性與形象性以言「人體之氣」，包括了氣息、血氣、以及氣色與聲氣等生理之氣。例如《左傳・僖公十五年》即出現「亂氣狡憤」之「氣」，用以指呼吸

〔註35〕參見李孝定《甲骨文字集釋》。中研院史語所專刊之五十，頁 0158。

〔註36〕參見鄭毓瑜《六朝文氣論探究》。台北：國立台灣大學出版委員會，民國 77 年 6 月初版，頁 7。

〔註37〕參見朱師榮智《文氣論研究》。台北：台灣學生書局印行，民國 75 年 3 月初版，頁 13。

作用之「氣息」：

> 今從異產以從戎事，及懼而變，將與人異，亂氣狡憤，陰血周作，張脈僨興，外強中乾，進退不可，周旋不能，君必悔之。

另《左傳·僖公二十一年》則可見到「血氣」之辭，意味了血液與氣息之結合：

> 楚子使醫視之。復曰：「瘠則甚矣，而血氣未動。」

《左傳·襄公三十一年》則可見更具動態感的「聲氣」：

> 故君子在位可畏，施舍可愛，進退可度，周旋可則，容止可觀，作事可法，德行可象，聲氣可樂，……謂之有威儀也。

而《論語·泰伯》篇所載曾子之話，則可見指涉具有一定條理意義之聲音的「辭氣」：

> 君子所貴乎道者三：動容貌，斯遠暴慢矣；正顏色，斯近信矣；出辭氣，斯遠鄙倍矣。

《孟子·公孫丑上》亦出現了將「氣」義提昇、抽象至心靈高度的現象。即所謂「浩然之氣」：

> 我善養吾浩然之氣。……其為氣也，至大至剛，以直養而無害，則塞於天地之間。其為氣也，配義與道；無是，餒矣。是集義之所生者，非義襲而取之也；行有不慊於心，則餒矣！

《莊子·人間世》則出現了迥然相異於孟子道德義的「心齋義」之氣：

> 若一志，無聽之以耳，而聽之以心；無聽之以心，而聽之以氣。聽止於耳，心止於符。氣也者，虛而待物者也。唯道集虛，虛者，心齋也。

此外，《老子》等更首先把氣視為宇宙的本體，萬物的根源，為天地的元氣〔註38〕：

〔註38〕參見朱師榮智《文氣論研究》。台北：台灣學生書局印行，民國 75 年 3 月初版，頁 25～頁 31。

> 道生一，一生二，二生三，三生萬物。萬物負陰而抱陽，沖
> 氣以爲和。〔註39〕通天下一氣耳！聖人故貴一。〔註40〕

這一傳統至戰國末年時更有了高度抽象化的發展，經過鄒衍與《呂氏春秋》「陰陽消息」論述的改造，原屬六氣中的陰陽二氣與五行被結合爲一，成了天地造化的兩個元素，爲宇宙中包括四時變化、人事吉凶、以及朝代興替等各種現象產生的原動力，此即爲兩漢氣化宇宙論之先聲〔註41〕。

　　承此傳統，兩漢時盛行氣化宇宙論，董仲舒即是其中最重要的代表之一，而且他已經在原有的論述上，將之進一步發展爲氣性論。他認爲宇宙萬物皆爲「氣」所構成：

> 天地之氣，合而爲一；分爲陰陽，判爲四時，列爲五行。〔註42〕

而這構成宇宙萬物的陰陽二氣是具有著「貴陽而賤陰」〔註43〕，以及「陽氣仁而陰氣戾」〔註44〕之性質的。因董氏主張陰陽二氣化生萬物，而人爲萬物之一，自然亦稟氣而生。陰陽二氣既有善惡之不同，則人性亦有仁貪之分：

> 人之誠有貪有仁，仁貪之氣兩在於身，身之名取諸天。天兩，
> 有陰陽之施；身亦兩，有仁貪之性。〔註45〕

易言之，董氏已將氣化宇宙論往人性論之方向開展，就人稟陰陽二氣以生之觀念，提出了「善惡混」的人性論，從而開啓了一條「用氣爲性」性」的氣性論思想新途徑。

　　王充繼董仲舒之後，亦主張「用氣爲性」的觀點：

〔註39〕《老子·第四十二章》。
〔註40〕《莊子·知北遊》。
〔註41〕參見鄭毓瑜《六朝文氣論探究》。台北：國立台灣大學出版委員會，民國 77 年 6 月初版，頁 18～頁 24。
〔註42〕董仲舒《春秋繁露·五行相生》。
〔註43〕董仲舒《春秋繁露·陽尊陰卑》。
〔註44〕董仲舒《春秋繁露·王道通三》。
〔註45〕董仲舒《春秋繁露·深察名號》。

萬物之生，皆稟元氣。〔註46〕

他不僅認爲天地的元一之氣乃是宇宙生命之本源，而且將董氏稟氣的
範圍予以擴大。由於王充認爲性與命乃是相混，於是非僅人性上之善
惡，其他如人事上之壽夭、富貴貧賤、以及智愚等的表現，在在都取
決於個體稟氣之多寡、厚薄、以及清濁等分化之情形：

> 稟得堅彊之性，則氣渥厚而體堅強，堅強則壽命長，壽命長
> 則不夭死。稟性軟弱者，氣少泊而性羸窳，羸窳則壽命短，
> 短則蚤死，故言有命。命則性也，至於富貴，所稟猶性。所
> 稟之氣，得眾星之精。眾星在天，天有其象，得富貴象則富
> 貴，得貧賤象則貧賤。〔註47〕

另外，王充在《論衡·骨相》篇中，更列舉了三代以前至漢代的許多
歷史人物，以說明骨法與性、命間的關係，從而使得氣的論述得到了
更爲細緻的發展。

在王充有關於氣的說法中，不難看到漢代盛行的氣化宇宙觀與
先秦以來的相人之術結合的跡象，此一趨勢，在劉劭的《人物志》
中更被衍成了一套「即形知性」的「人物品鑑」論述。這套理論基
本上認爲人外在的行止、容貌、音聲等乃是內在材質的顯現，觀「外」
即可知「內」，也就是所謂的「即形以知性」。在此認知下，劉劭提
出了「九徵」與「八觀」之法以觀人知人：

> 性之所盡，九質之徵也。然則平陂之質在於神，明暗之實在
> 於精，勇怯之勢在於筋，強弱之植在於骨，靜躁之決在於氣，
> 慘懌之情在於色，衰正之形在於儀，態度之動在於容，緩急
> 之狀在於言。〔註48〕

> 八觀者，一曰觀其奪救以明間雜；二曰觀其感變以審常度；
> 三曰觀其志質以知其名；四曰觀其所由以辨依似；五曰觀其
> 愛敬以知通塞；六曰觀其情機以辨恕惑；七曰觀其所短以知

〔註46〕王充《論衡·言毒》。
〔註47〕王充《論衡·命義》。
〔註48〕劉劭《人物志·九徵》。

　　所長；八日觀其聰明以知所達。〔註49〕

這種看法，一來可能源於古代以直覺爲準的相人之術，二來則是立足於氣化宇宙觀之上，將人體各部配以五行之氣，由於氣的分化有各種不同特性，人稟氣之不同亦有不同之才性，須以知人之法以辨明之、並分別其品第，以作爲量材授官之基準。在此，劉劭已把王充曾約略觸及的觀點，以專書的形式發展得更爲完備與系統化了。

　　漢、魏之際，人物品鑑的風氣十分盛行，除了劉劭的《人物志》外，根據《隋書·經籍志》的記載，曹丕亦著有《士操》一書以品評人物，可惜該書已經亡佚，未能睹其面貌。人物品鑑，強調以氣論人之觀點，乃是漢代氣化宇宙論與相人之術結合發展下的產物。而正是在這樣的基礎上，曹丕進一步將此觀點應用於文藝評論之上，在《典論·論文》及相關的著作中提出了以氣論文的「文氣論」，開展出了相當豐富的「文以氣爲主」的美學向度，從而影響了建安詩歌的創作，爲建安以降詩歌美學的積澱作出了重大的貢獻。

二、曹丕文氣論中所開展的美學向度

　　經過了董仲舒與王充等人的改造，承傳自鄒衍、而在漢代盛行的氣化宇宙論被進一步發展成了氣性論，並在劉劭《人物志》中與相人之術結合，不僅發展成了一套人物品鑑的論述，而且成爲曹丕文氣論發展的憑藉。事實上，漢代盛行之氣化宇宙論與相人之術結合下之人物品鑑正是曹丕文氣論產生之基礎，人物品鑑以氣論人的觀點，適給曹丕以氣論文的啓發。

　　在《典論·論文》、〈與吳質書〉及其他相關的著作中，曹丕以評論家的身分綜論了當代文壇諸子，並以此建立了一個以「氣」爲準則的批評傳統。更確切地說，曹丕藉此建立了一個以氣爲主的風格論，提出了對諸如「氣具有什麼樣的性質？」、「氣與作者以及文章之關係爲何？」、以及「文章須有何種風格才是理想的？」等問題的觀點，

―――――――――――――――

〔註49〕劉劭《人物志·八觀》。

並對建安詩歌創作審美意識的積澱起了一定的鏡像引導作用。

　　曹丕主要認為，文學的本質在於氣之展現。首先，他在這篇文章中雖然沒有明確地說明氣是什麼，卻指出了氣基本上具有清、濁等性質的差別與高下之分，而且是一種來自天生的稟賦，不可靠後天的外力強加以改變：

　　　　文以氣為主，氣之清濁有體，不可力強而致。〔註50〕

在此，曹丕顯然十分強調氣的先天屬性。為了說明此點，他特別舉了音樂之例以作為比喻：

　　　　譬諸音樂，曲度雖均，節奏同檢，至於引氣不齊，巧拙有素，
　　　　雖在父兄，不能以移子弟。〔註51〕

曹丕會以音樂為例，並非是偶然的，對音樂具有頗深造詣的他，極可能曾受《禮記・樂記》影響。因為《禮記・樂記》早在曹丕之前，即曾論述了「樂」之創作與「氣」之關係，並提出了「樂氣」這樣的觀念。曹丕通曉五經與史漢諸子百家之言，故其「文氣」之說，極有可能是受了《禮記・樂記》的影響。不過，在魏晉之際人作為個體之自我意識空前覺醒的脈絡下，曹丕文氣論所言之「氣」，卻已具有不同於《禮記・樂記》中樂「氣」所彰顯之意義。就曹丕所強調之氣義而言，他雖不排斥後者所強調的倫理教化的道德情感，然而著重的主要面向，卻已由集體轉向了個體，成了對創作者主體的歌頌，氣因而被理解為藝術家個人天賦的氣質、個性與才能。

　　其次，從上述引文中不難看出，對曹丕而言，他所謂來自先天的氣，乃是決定文章風格的最主要因素。易言之，他認為文章的風格乃係天成，是不能靠著後天的努力而改變的。這種說法，則是忽略了文章是可以透過後天努力的功夫加以養成的，不同於劉勰在《文心雕龍》一書中所提出的看法。劉勰在《文心雕龍・體性》篇中曾提出了「才」、「氣」、「學」、「習」四者乃是影響文章風格的主要因素。其中，「才」、

〔註50〕曹丕《典論・論文》。
〔註51〕全上注。

「氣」乃是屬於先天的情性所鎔鑄，「學」、「習」則是屬於後天環境的陶染：

> 夫情動而言形，理發而文見；蓋沿隱以至顯，因內而符外者也。然才有庸儁，氣有剛柔，學有淺深，習有雅鄭；並性情所鑠，陶染所凝，是以筆區文譎，文苑波詭者矣。

劉勰固認爲「才」、「氣」是與生俱來的，但更強調「學」、「習」的重要性，認爲平時應藉後天教育的力量以培養之。《文心雕龍·風骨》篇即列舉了如下具體之步驟：

> 鎔鑄經典之範，翔集子史之術，洞曉情變，曲昭文體，然後孚甲新意，雕畫奇辭。昭體故意新而不亂，曉變故辭奇而不黷。若骨采未圓，風辭未練，而跨略舊規，馳騖新作，雖獲巧意，危敗亦多，豈空結奇字，紕繆而成經乎。

這基本上是兩種不同的思考進路，曹丕比較重視「先天」的能力，而劉勰則強調除了天賦之外，尚須借重後天的陶養。

　　總而言之，曹丕其實已藉著氣之論述，把作者與包含了詩歌在內的文章兩者緊緊地聯繫在一起，文章既是因氣而成其風格，而氣又是來自於創作者之天賦，因此，文章端視於作者所具有之氣而定。換句話說，作者是否有才氣、或者具有什麼樣的氣，皆可在其所創作的文學作品中找到相應的符徵。這無疑是一種以人、尤其是以作者個體爲主的文氣論，也是一種以作者個體爲主的風格論，體現了相當明顯的「文如其人」的觀點。

　　不過，這種「文如其人」的看法，並非始自曹丕。早在《易傳·繫辭》中即有這樣的記載：

> 將叛者，其辭慚；中心疑者，其辭枝；吉人之辭寡；躁人之辭多；誣善之人其辭游；失其守者其辭屈。

又《大戴禮·文王官人》在提及「六徵」中的「視聲」時曾說：

> 心氣華誕者，其聲流散；心氣順信者，其聲順節；心氣鄙戾者，其聲嘶醜；心氣寬柔者，其聲溫好。

《尚書・堯典》中亦有言曰：

> 詩言志，歌永言，聲依永，律和聲。

這些說法莫不可歸於相人之術，也可以說是「文如其人」觀點之根源，兩者間具有著莫大的論述親近性。事實上，文如其人的觀念即相當有可能係源出於相人之術，畢竟兩者皆是基於「內外相符」的道理，透過外在的形貌、言語、聲調、或文辭等以觀察人內心之情志。這種情形在後來的《禮記・樂記》和〈詩大序〉中尤其明顯。不管是前者樂論中關於音樂與作者關係之討論、或者是後者詩論中有關於詩歌與作者關係之陳述，皆不脫藉由文本以觀人的範疇，可說是建安之際曹丕文氣論中文如其人觀點所以出現的前導。

以此觀之，曹丕文氣論雖然尚未對作品之辭氣有著自覺而細緻之處理，然而，或許是基於「文如其人」的以文觀人傳統，其論述中也隱然潛藏了對文章應有何種表現，方才可謂有氣、或好氣的觀點。就此而言，從曹丕對當時作者與作品的種種評論，即不難見之。例如，曹丕曾說「應瑒和而不壯，劉楨壯而不密」〔註52〕、又說「孔融體氣高妙」〔註53〕。這些論述，或多或少皆蘊含了曹丕對作品、氣與作者三者間關係的想像。對曹丕而言，徐幹、劉楨、孔融等人的詩文乃是具有著各種不同文氣的作品，而且深深地符合了各個作者的內在情志，因為，外在的文氣即是作者內在之氣的展現。

在此，不難看出曹丕對作品文氣的風格品評，乃是有著美學價值上的依歸的，這即是「壯」、「密」品評標準的提出。對他而言，詩文不僅須「壯」，而且要「密」，方才能展現建安梗概多氣之風骨。簡言之，曹丕乃是以「壯密」作為文氣是否具體展現的最高標準的。這種標準，不僅形成了曹丕文氣論中詩文品評的具體系統，同時更成了文學創作的鏡像，深刻地影響了建安時期包括詩歌在內的文學創作。

〔註52〕曹丕《典論・論文》。
〔註53〕仝上注。

三、「壯密」之氣的審美風格體現及其對詩歌創作的影響

　　氣的概念，雖說很早就與中國的古代美學有所關聯，然而，最明確地將美學建立在氣論之上，而以氣貫串統馭整體美學理論系統者，當推曹丕為首。藉由《典論·論文》與其他相關論述，曹丕非僅建立了一套以作者天賦之氣質、個性與才能為主的文氣論，並且也以之發展出了一套品評詩文風格的標準，而對當時文壇諸子的作品進行了評論。

　　曹丕這套文氣論述，雖說尚未如陸機在〈文賦〉之中、以及劉勰在《文心雕龍》之中已經對作品本身之辭氣進行了專門的探討，然而，或許是基於評論之需要，曹丕在字裡行間，卻也不可避免地預設了一套文章本身必須有氣、必須展現出某種屬於氣之風格的審美評判標準。就此而言，誠如李澤厚與劉綱紀在《中國美學史》一書中所指出者，「壯」與「密」可說是曹丕對詩文是否具備有氣的兩個最基本的品評要求〔註54〕。曹丕認為，表現於文學作品中的氣，首先應當是「壯」或「健」，其次還必須符合「密」的要求。是以，他在《典論·論文》中談到應瑒與劉楨時會說：「應瑒和而不壯，劉楨壯而不密」；論及孔融時亦說：「孔融體氣高妙有過人者，然不能持論，理不勝辭」。而在〈與吳質書〉一文中述及陳琳及劉楨時會說：「孔璋章表殊健，微有繁富；公幹有逸氣，但未遒耳」；談到阮瑀與王粲時會說：「元瑜書記翩翩，致足樂也；仲宣獨自善於辭賦，惜其體弱，不足起其文」。這些評論，在在說明了「壯」與「密」乃是曹丕以作者為主之文氣論所開展的基本美學向度。

　　那麼，什麼是「壯」呢？所謂的「壯」，乃是指文章必須要健壯雄勁，其展現在外的主要特點即是飛動有力而奔放不羈。由於有這樣的美學風格要求，難怪曹丕在批評仲宣時會對其「體弱，不足起其文」頗不以為然，並對徐幹的「有齊氣」頗為嘆惜。事實上，也正因為有

〔註54〕見該書第二卷。台北：谷風出版社，民國76年12台一版，頁48～頁49。

此品評標準，曹丕會稱讚孔璋「章表殊健」、孔融「體氣高妙」、公幹「有逸氣」、而元瑜「書記翩翩」，因為這些特徵皆可說是體氣健壯的最直接展現。而什麼是「密」呢？所謂的「密」，則是意味了詩文在內容或形式上所展現出來的充實、細緻與綿密，與其相對意義的則是空疏、凌亂以及蕪雜不見章法。誠如李澤厚與劉綱紀等人的研究所指出者，曹丕對「密」的這種要求，除了與建安文學本身延續了東漢子學務實傳統、因而反對空論、注重內容本身真切實在的風氣有關之外，亦不脫魏初名理之學盛行、廣泛要求「校練名理」學風的影響。正因持此觀點，是以曹丕會批評孔融「不能持論，理不勝辭」、孔璋「微有繁富」、以及公幹「但未遒耳」，皆是著眼於他們三人尚未能達到「密」的境界所發的議論。

就曹丕而言，「壯」與「密」雖是兩個分立的美學批評範疇，但這兩個概念卻必須形成一個統一而有機的整體，缺一不可。從他的評論中吾人不難窺知，不管是「壯而不密」、或者是「密而不壯」皆是有所缺陷而不可取的，皆未能達到詩文具有體氣的最充分表現。而由曹丕對於「壯」與「密」有機統一的強調來看，不難發現他文氣論所欲追求的，其實乃是一種積極進取、慷慨奮發的新境界，不同於傳統漢儒認為詩歌應體現「溫柔敦厚」理想這一類中正平和境界的看法，曹丕即批評應瑒「和而不壯」。然而，曹丕並非反對「和」的境界出現，但是詩文之中和，卻已不再是建安時期曹丕以氣為主的文學理論所欲追求的最主要理想。

曹丕文氣論中這種對詩文風格應追求「壯」與「密」的有機統一、以充分展露文氣存在的要求，除了在理論發展本身的脈絡中，啟發了往後劉勰在《文心雕龍》中對於「風骨」作為一重要美學範疇的討論，而且更對當時包括詩歌創作在內的文學創作風潮起了重大的影響。事實上，氣的論述非僅是存在於曹丕以作者為主的文氣論的討論中，當時文壇的創作實踐，亦是相當重視氣的「壯」或「密」的表現的。例如，在劉楨的觀察中，與之同為建安文壇健將的孔融，其創作便相當

具有「異氣」的表現：

> 公幹亦云：「孔氏卓卓，信含異氣，筆墨之性，殆不可勝。」
> 〔註55〕

而在劉勰的觀察中，劉楨與王粲則是具有「壯」或「密」等氣的特色：

> 公幹氣褊，故言壯而情駭。〔註56〕
>
> 仲宣溢才，捷而能密，文多兼善，辭少瑕累，摘其詩賦，則
> 七子之冠冕乎！〔註57〕

此外，鍾嶸在《詩品》中提出「建安風力」以概括建安文人詩歌創作之特色時，亦認為劉楨「仗氣愛奇，動多振絕」，並稱曹植為「骨氣奇高，詞采華茂」。其餘如曹操、曹丕等人之詩文，亦莫不含納了氣之展現。是以劉勰說道：

> 自獻帝播遷，文學蓬轉，建安之末，區宇方輯。……觀其時
> 文，雅好慷慨，良由世積亂離，風衰俗怨，並志深而筆長，
> 故梗概而多氣也。〔註58〕

　　非僅劉勰有建安文壇「梗概而多氣也」與「重氣之旨也」（《文心雕龍・風骨》）的觀察，後世如劉師培在《中國中古文學史》中也指出建安文學「多慷慨之音」；而劉永濟在《文心雕龍校釋》之中，亦認為建安文學具有「尚氣」之風尚。可見，就建安時期而言，理論所開展的以氣為主的美學向度，已與包含了詩歌在內之文學實踐所積澱的美學體認產生了密切關聯。建安諸子的文學創作雖不見得已經達到了曹丕文論對於文學風格應「壯」、「密」兼具的美學要求，然而，卻已朝此目標邁進，而且成了文論提昇的最主要來源。換句話說，兩者之間其實已產生了一種互為鏡像、而且相互生發的關係。在此狀況下，建安文壇成了一不折不扣重氣的場域，「氣」在其間，開顯了其在美學層面所可能具有的重大影響！

〔註55〕 劉勰《文心雕龍・風骨》。

〔註56〕 劉勰《文心雕龍・體性》。

〔註57〕 劉勰《文心雕龍・才略》。

〔註58〕 劉勰《文心雕龍・時序》。

第三節 鄴下文士戲遊生活及詩作中所開顯的美學境界

一、戲遊詩作中的審美品類及境界

對鄴下文士來說，平常出席的公讌、戲遊場合，可說是他們生活中最重要的模式，曹丕即經常與眾多文士在銅雀臺等地以詩、酒共娛，甚至圜開不夜，這對建安文壇創作的勃興產生了相當催化的作用。而記敘這種戲遊活動、或就在這樣一種過程中所興發的詩文，不僅承載了他們的特殊生命情態，同時也積澱了他們特殊的美感經驗與境界。

1、美景、餚酒及舞樂所凝聚的時空場域

綜覽鄴下文士的戲遊詩作，映入眼簾的經常是一幕幕時珍、旨酒與美景當前的豐盈場面。美景、餚酒與舞樂，乃是鄴下文士最爲關注的審美品類，藉由自然世界中風、雲、星、月、花、木、魚、鳥等，以及人文世界中餚、酒、樂、舞等特定意象的交織串聯，鄴下文士經營烘托了一個特屬於他們宴遊的景象：

> 清夜延貴客，明燭發高光。豐膳漫星陳，旨酒盈玉觴。絃歌奏新曲，游響拂丹梁。餘音赴迅節，慷慨時激揚。獻酬紛交錯，雅舞何鏘鏘。羅纓從風飛，長劍自低昂。穆穆眾君子，和合同樂康。（曹丕〈於讌作詩〉）

> 良辰啓初節，高會構歡娛。通天拂景雲，俯臨四達衢。羽爵浮象樽，珍膳盈豆區。清歌發妙曲，樂正奏笙竽。曜靈忽西邁，炎燭繼望舒。翊日浮黃河，長驅旋鄴都。（曹丕〈孟津詩〉）

> 遺思在玄夜，相與復翱翔。輦車飛素蓋，從者盈路傍。月出照園中，珍木鬱蒼蒼，清川過石渠，流波爲魚防。……華館寄流波，豁達來風涼。（劉楨〈公讌詩〉）

> 四節相推斥，季冬風且涼。眾賓會廣坐，明鐙嬉炎光。清歌製妙聲，萬舞在中堂。金罍含甘醴，羽觴行無方。……（劉楨〈贈五官中郎將詩四首〉之一）

> 清夜遊西園，飛蓋相追隨。明月澄清景，列宿正參差。秋蘭被長阪，朱華茂綠池。潛魚躍清波，好鳥鳴高枝。……（曹

植〈公讌詩〉)

感夏日之炎景兮，游曲觀之清涼。遂衍賓而高會兮，丹幃曄以四張。辦中廚之豐膳兮，作齊鄭之妍倡。(曹植〈娛賓賦〉)

昊天降豐澤，百卉挺咸蕤。涼風撤蒸暑，清雲卻炎暉。……嘉肴充圓方，旨酒盈金罍。管絃發徽音，曲度清且悲。……(王粲〈公讌詩〉)

陽春和氣動，賢主以崇仁。……上堂相娛樂，中外奉時珍。五味風雨集，杯酌若浮雲。(阮瑀〈公讌詩〉)

不但美景、佳餚、絲竹等紛入詩文之中，彼此引發了美感的相互交融，而且屬於時間的晝夜與季節等意象，也在詩人們的召喚下，來到了詩文之中，並與園林、華館等空間場所遭遇，凝聚成了一處具有文人氣質、而充滿了聲色美感的時空場域。

因此，不管是陽春、清秋、寒冬或炎夏，也不論是白晝還是玄夜，在詩人們的描繪下，遠離了征戰、俗務的宴遊場景，永遠是人車壯盛、盃觥交錯且充滿了音聲曲律與物色光彩所煥發出來的昇平美感。這是一個遠離了征戰的暴虐驚恐、抽離了人間俗務纏繞的時空建構。其有似真空，卻又充滿了雅緻而精鍊的物事。藉由自然美景與物色、以及人間餚酒與舞樂的細膩鋪陳，詩人勾勒出了他們日常生活中所專注的審美品類，同時，也藉由文字的疊砌，建構了一個既存在於詩作文本之中，同時也存在於他們感受中的世界，從而為鄴下文士審美經驗與境界的生發打造了一處豐厚的土壤。

2、戲遊中情感極欲流露的審美經驗及其主客對待

面對著物色光影紛陳的場面，鄴下文士們的內心是充滿了澎湃的情感的。他們並非只在一旁遊目觀察，對這外在的物事作一客觀的描繪，而是以自身的情思與感官主動地投入其間，親自去享受、去品味，在「歡樂猶未央」、「不醉其無歸」與「極夜不知歸」等耽溺沉醉的情境中，盡情地享受著放懷縱情的快感：

常聞詩人語，不醉且無歸。今日不極歡，含情欲待誰。……(王粲〈公讌詩〉)

> 公子敬愛客，樂飲不知疲。和顏既以暢，乃肯顧細微。贈詩
> 見存慰，小子非所宜。為且極讙情，不醉其無歸。凡百敬爾
> 位，以副飢渴懷。(應瑒〈侍五官中郎將建章臺集詩〉)
> 明月照緹幕，華燈散炎輝。賦詩連篇章，極夜不知歸。……
> (劉楨〈贈五官中郎將詩四首〉之四)

誠如王粲詩中「含情欲待誰」一語所直指者，主體情感慾望的極欲流
露可以說是十分明顯的。在聲光物色、佳餚美酒與絲竹舞蹈的盡情催
發下，在博奕、鬥雞等各種妙技參與的鼓動下，詩人的情感獲得了充
分的發揮。曹植〈與吳季重書〉中的一段文字恰可說明此種情狀：

> 若夫觴酌凌波於前，簫笳發音於後；足下鷹揚其體，鳳觀虎
> 視，謂蕭曹不足儔，衛霍不足侔也。左顧右盼，謂若無人，
> 豈非君子壯志哉！過屠門大嚼，雖不得肉，貴且快意。當斯
> 之時願舉泰山以為肉，傾東海以為酒，伐雲夢之竹以為笛，
> 斬泗濱之梓以為箏；食若填巨壑，飲若灌漏巵。如上言，其
> 樂固難量，豈非大丈夫之樂哉！

這其實意味了，在公讌戲遊的「當斯之時」，詩人是作為一個具
有豐沛情感的「個體」而存在的，不同於先秦兩漢之際注重名教而對
個體情性的漠視。在此狀況下，參與宴遊的主體可以說是充滿了積
極、能動的性格，而其所體現的無非是一種藉物同樂、偕人共遊的「戲
遊」特質：

> 兄弟遊戲場，命駕迎眾賓。……博奕非不樂，此戲世所珍。
> (應瑒〈鬥雞詩〉)
> 永日行遊戲，歡樂猶未央。遺思在玄夜，相與復翱翔……(劉
> 楨〈公讌詩〉)
> 遊目極妙伎，清聽厭宮商。主人寂無為，眾賓進樂方。長筵
> 坐戲客，鬥雞觀閒房。(曹植〈鬥雞詩〉)

3、詩歌作為一種遊戲的愉悅展現

鄴下文士公讌場合中的戲遊，非僅指涉了主體放懷縱情的態度，
更指涉了一組特殊的儀式構成，透過一整套具有約定俗成邏輯以及特

殊文化符碼的儀式展演，他們一再反覆地檢查、審視並確認了自身特
屬於「文人」群體的文化特質。

在這樣一套直指著「文學」意涵的表意實踐（signifying practice）
中，前文所曾討論過的諸如美景、餚酒與樂舞等屬於建安詩人的審美
品類，其實扮演著重要的符號化角色。藉著這些符號的刻意挪用與拼
貼，鄴下文士劃分了公讌戲遊與其他不屬於文學性活動間的差異。

其中，除了用以助興的歌舞之外，「美酒」在這套儀式裡所起的
關鍵性作用是相當值得重視的。一如西方傳統對於酒神戴奧尼索斯
（Dionysos）神秘力量的憧憬，鄴下文士在其屬於文人戲遊的儀式
中，對酒的存在可說是充滿了類似期待的情懷的。酒能助興亦能營造
出神秘的想像，藉著酒的催發，藉著醉意的行將降臨，詩人個體的潛
意識獲得了最大的解放。難怪王粲會說道：「常聞詩人語，不醉且無
歸。今日不極歡，含情欲待誰」，應瑒也發出了「為且極讌情，不醉
其無歸」的感慨。

更為重要的是，藉著酒所催發的醉意，諸文士與曹操、曹丕之間
既存的君臣關係被暫時地顛覆了，公讌戲遊儀式的展演本身於是被脫
去政治化，獲致了作為一種單純遊戲的純粹效果。這正如巴赫汀所曾
提及的嘉年華（carnival，或譯為狂歡節）〔註 59〕，雖然具有政治上

〔註59〕巴赫汀所說的「嘉年華」（carnival）或譯為「狂歡節」，乃是指涉著大
眾在特定的節日於公眾廣場之上，藉由狂歡化的種種舉動顛覆了社
會既有的約制邏輯，並因而創造出屬於人民大眾之「公共空間」與
「公民社會」的過程。因此，狂歡節首先乃是一個屬於平民大眾自
發自願的節日；其次，狂歡節最喜歡的一個節目是笑謔地為狂歡國
王加冕與脫冕的二合一儀式，藉之懸置、顛覆與消解一切的權威與
等級；再者，狂歡節的笑話係對等級制度與封建神學的褻瀆；再
來，狂歡節所出現之「上下倒錯」與「卑賤化」傾向乃是對生命力
的歌頌，詛咒一切的保守與僵化；最後，狂歡節緊緊聯繫了一個公
眾廣場的概念，體現了一種巴赫汀希望藉之建構公共空間與公民社
會的政治烏托邦。至於以下引言則為巴赫汀之語，轉引自劉康《對
話的喧聲 —— 巴赫汀文化理論述評》。民國 84 年 5 月出版，台北：
麥田出版有限公司，頁 265（原著 Mikhail Bakhtin, 1984, Rabelais

的效果，但本身卻是美學的、藝術的，具有著以「場景」形式出現的
各種形象，並且遵循著某種如詩般戲劇化的規則：

> 狂歡節形象與某種藝術形式特別相似，這種藝術形式即為場
> 景（spectacle）。……它位於生活與藝術的邊界。在現實中它
> 是生活本身，不過遵循的卻是某種戲劇的規則。

簡而言之，藉著美酒、戲遊的展演除了被脫去政治化之外，也突然
間被提昇了高度，到達了一種詩意縱橫的詩性境界。至此，儀式本
身成了一首詩，充滿了十足浪漫的精神。公讌戲遊於是成了一場場
經常上演的文學盛宴，充滿了劇場般的意象與張力。在此脫去政治
性的詩性過程中，詩人作為一種文學主體受到了空前的重視。而詩
歌作為一種藝術也被提升到了重要的位置，並被暫時地賦予了純文
學的地位。在此狀況下，即席賦詩、甚至命題共作、互較才力等，
便成了戲遊過程中的一個重要環節，是純粹戲遊的對象，更是美學
愉悅的主要來源。

二、戲遊詩作中的和諧隱喻及其釋鬱結的政治社會功能

透過了公讌的戲遊儀式，詩人們享受了屬於詩性的美學愉悅，
同時也獲致了暫時顛覆君臣等上下既有關係的效果，公讌聚會，於
是在想像中被建構成一種純粹屬於文人的聚會。在理想中、甚至在
詩人們具體的感受中，這樣的聚會較沒有政治上的顧慮，亦沒有「其
主不文」與「雄猜多忌」﹝註60﹞的遺憾，而只有特屬於文人之間謙
謙君子般的交遊：

> 合歡同所樂，但愬杯行遲。（王粲〈公讌詩〉）

---

and His World, Indiana University Press, p.7.）。

﹝註60﹞「其主不文」與「雄猜多忌」二句語出謝靈運〈擬鄴中集詩〉之序：
　　　「建安末，余時在鄴宮，朝遊夕讌，究歡愉之極，天下良辰、美景、
　　　賞心、樂事四者難并，今昆弟友朋，二三諸彥共盡之矣。古來此娛，
　　　書籍未見，何者？楚襄王時有宋玉、唐景；梁孝王時有鄒枚嚴馬，
　　　遊者美矣，而其主不文。漢武帝徐樂諸才，備應對之能，而雄猜多
　　　忌，豈獲晤言之適？」

穆穆眾君子，好合同歡康。（應瑒〈公讌詩〉）

四坐同休贊，賓主懷歡悅。（應瑒〈鬥雞詩〉）

穆穆眾君子，和合同樂康。（曹丕〈於讌作詩〉）

無論是身為侍臣的王粲、應瑒，還是位居人主的曹丕，皆不約而同地道出了他們在公讌戲遊場合所體會、與所欲追求的，乃是一種「好合同歡康」、「和合同樂康」的美學境界。這是一種特屬於文人群體生命情調與集體共感的達成，遙指了一種對於人與人之間相知相惜、彼此欣賞的「和諧」關係的深刻禮讚。就此，曹操在〈短歌行〉中，亦曾歌詠道：「青青子衿，悠悠我心。但為君故，沉吟至今。呦呦鹿鳴，食野之苹。我有嘉賓，鼓瑟吹笙。……越陌度阡，枉用相存。契闊談讌，心念舊恩。」令人想起了《詩經·小雅·鹿鳴》中以「呦呦鹿鳴」起興，所展現出的君臣相待以禮、一片融洽和樂的「和諧」況。不過，相較於《詩經》中所透露出的濃厚教化色彩，鄴下文士對於和諧的感動，所體現出的更多是屬於個體才情與氣性的展現。畢竟，建安已是一個個體意識開始覺醒的時期，也是一個詩性精神開始勃發、騰躍的重要階段。

值得注意的是，這種和樂境界的企求、甚至達成，誠如劉楨與應瑒詩中所道出者，具有著一種「敘憂勤」與「釋鬱結」的情感撫慰效果：

清談同日夕，情眄敘憂勤。（劉楨〈贈五官中郎將詩四首〉之二）

辯論釋鬱結，援筆興文章。（應瑒〈公讌詩〉）

相對於鄴下文士在官場上以及在戰場上的不一定如意，他們在公讌戲遊的場合中，反倒常常因為文學才能而獲知遇之恩寵：

見眷良不翅，守分豈能違？（王粲〈公讌詩〉）

布惠綏人物，降愛常所親。（阮瑀〈公讌詩〉）

欣公子高義兮，德芬芳其若蘭，揚仁恩於白屋兮，踰周公之棄餐。（曹植〈娛賓賦〉）

朝雁鳴雲中，音響一何哀。……遠行蒙霜雪，毛羽日摧頹。常恐傷肌骨，身隕沉黃泥。簡珠墮沙石，何能中自諧？……

良遇不可值，伸眉路何階？公子敬愛客，樂飲不知疲。和顏
旣以暢，乃肯顧細微。贈詩見存慰，小子非所宜。爲且極謹
情，不醉其無歸。(應瑒〈侍五官中郎將建章臺集詩〉)
余嬰沉痼疾，竄身清漳濱。……常恐遊岱宗，不復見故人。
所親一何篤，步趾慰我身。清談同日夕，情眄敍憂勤。(劉楨
〈贈五官中郎將詩四首〉之二)

不管是王粲所感受到的「見眷」、阮瑀所體會到的「布惠」與「降愛」，
還是曹植所讚頌的「公子高義」，皆透露了曹操與曹丕作爲人主對鄴
下文士的禮遇與優待。而應瑒與劉楨更敍述了自身從羈旅困頓、罹疾
蒙塵之艱難情境中因見知遇、受寵接，轉而豁然開朗之過程。可見，
公讌戲遊場合中的文人清談、賦詩與樂飲過程，的確具有「敍憂勤」
與「釋鬱結」的政治社會效果，藉之，文士們一掃了群己違異所造成
的陰霾，重獲了意氣昂揚的生機。

　　公讌戲遊之所以對鄴下文士具有心靈撫慰的效果，其實與曹氏父
子對文學的態度是息息相關的。相較於漢代如孝武帝、吳王與梁王等
假文學之名而強求政治上之功效，曹操與曹丕對於文學本身是有著一
定的熱愛的，曹丕即說道：「蓋文章，經國之大業，不朽之盛事。」
〔註61〕而他們對於深具「文才」的鄴下諸子，亦是有著一定的看重與
激賞之處。就此，史家屢有記載：

幹清玄體道，六行脩備，聰識洽聞，操翰成章，輕官忽祿，
不耽世榮。建安中，太祖特加旌命，以疾休息。〔註62〕
文帝嘗賜楨廓落帶，其後師死，欲借取以爲像，因書嘲楨云：
「……」。楨答曰：「……」。楨辭旨巧妙皆如是，由是特爲
諸公子所親愛。〔註63〕
琳避難冀州，袁紹使典文章。袁氏敗，琳歸太祖。太祖謂曰：
「卿昔爲本初移書，但可罪狀孤而已，惡惡止其身，何乃上

〔註61〕曹丕《典論・論文》。
〔註62〕《三國志・王粲傳》注引《先賢行狀》。
〔註63〕《三國志・王粲傳》注引《典略》。

及父祖邪？」琳謝罪，太祖愛其才而不咎。〔註64〕

琳作書及檄，草成呈太祖。太祖先苦頭風，是日疾發，臥讀
琳所作，歟然而起曰：「此愈我疾」。數加厚賜。太祖嘗使瑀
作書與韓遂，時太祖適近出，瑀隨從，因於馬上具草，書成
呈之。太祖攬筆欲有所定，而竟不能增損。〔註65〕

可見，諸子在統治集團中是佔有著一種特定的位置的。不同於靠武
略而受用的將守，也有別於完全以謀略而獲得賞識的策士，鄴下文
士是以其所具有的文學才能而在統治集團中獲得一席之地的。藉由
文學方面的傑出表現，他們得到了曹氏君主在廟堂政治體制外的格
外賞識。透過公讌戲遊的過程，君主具體地傳達了他們對於這些文
士的關懷與厚愛。

　　然則，現實遠非如此單純。公讌戲遊場合中，君臣之間看似泯
滅了界線，但是在真實的情況中，君臣間上下支配的關係卻仍是存
在的。曹操與曹丕父子兩人的統治是十分嚴屬的，對於異己的議論，
他們的容忍度其實非常有限。曹操於建安十年即曾發佈〈整齊風俗
令〉：

阿黨比周，先聖所疾也。聞冀州俗，父子異部，更相毀譽。
昔直不疑兄，世人謂之盜嫂；第五伯魚三娶孤女，謂之撾
婦翁；……此皆以白為黑，欺天罔君者也。吾欲整齊風俗，
四者不除，吾以為羞。

而曹丕在《典論》中則謂：

桓靈之際，閹寺專命於上，布衣橫議於下，干祿者殫貨以奉
貴，要名者傾身以事勢，位成於私門，名定於橫巷，由是戶
異議，人殊論，論無常檢，事無定價，長愛惡，興朋黨。

　　以此觀之，曹操與曹丕對於鄴下文士雖然非常欣賞，但主要著眼
於其文學才能，而非要其無所忌憚地大發議論。是以，在孔融、荀彧

〔註64〕 《三國志・王粲傳》。
〔註65〕 《三國志・王粲傳》注引《典略》。

與崔琰等因言語不慎違逆上意而見殺的情況下，他們只能藉著無涉於政治的文學抒發，以獲得一己存在的空間。在此狀況下，他們於公讌場合中所得到的恩寵，是不能完全掩蓋其在官場中所遭遇到的挫折的。相較於武將、謀士在政治上的舉足輕重，鄴下文士在官場廟堂上其實是不甚得意的。即使如王粲曾於建安十八年官拜侍中，為諸文士中官位最高者，亦無法與陳琳所謂「貴武勇」、「竭其身」、「任權譎」與「盡其策」（〈應讖〉）的武將、策士相提並論。此一景況不難從曹植贈諸文士的詩文中見之：

> 顧念蓬室士，貧賤誠足憐。……良田無晚歲，膏澤多豐年。高懷璵璠美，積久德愈宣。（曹植〈贈徐幹〉）

> 端坐苦愁思，攬衣起西遊。……悲風鳴我側，羲和逝不留。重陰潤萬物，何懼澤不周？誰令君多念，遂使懷百憂。（曹植〈贈王粲〉）

> 從軍度函谷，驅馬過西京。皇佐揚天惠，四海無交兵。……君子在末位，不能歌德聲。丁生怨在朝，王子歡自營。歡怨非貞則，中和誠可經。（曹植〈贈丁廙王粲〉）

難怪，鄴下文士會以文人之身分發出了許多哀怨的低鳴：

> 籌策運帷幄，一由我聖君。恨我無時謀，譬諸具官臣。鞠躬中堅內，微畫無所陳。……我有素餐責，誠愧伐檀人。雖無鉛刀用，庶幾奮薄身。（王粲〈從軍詩〉之四）

> 步籠阿以躑躅，叩眾目之希稠，登衡幹以上干，噭哀鳴而舒憂。……聽喬木之悲風，羨鳴友之相求。（王粲〈鸚鵡賦〉）

> 覽堂隅之籠鳥，獨高懸而背時。雖物微而命輕，心悽愴而愍之。（王粲〈鶯賦〉）

> 奉明辟之渥德，與遊軫而西伐。……伊吾儕之挺力，獲載軍而從師。無嘉謀以云補，徒荷祿而蒙私。非小人之所幸，雖身安而心危。庶區宇之今定，入告成乎后皇。登明堂而飲至，銘功烈乎帝裳。（徐幹〈西征賦〉）

> 職事相填委，文墨紛消散。馳翰未暇食，日昃不知晏。沉迷簿領書，回回自昏亂。釋此出西域，登高且遊觀。方塘含白

水，中有鳧與雁。安得肅肅羽，從爾浮波瀾。(劉楨〈雜詩〉)
誰謂相去遠，隔此西掖垣。拘限清切禁，中情無由宣。思子
沉心曲，長歎不能言。起坐失次第，一日三四遷。步出北寺
門，遙望西苑園。細柳夾道生，方塘含清源。輕葉隨風轉，
飛鳥何翩翩。乖人易感動，涕下與衿連。仰視白日光，皦皦
高且懸。兼燭八紘內，物類無頗偏。我獨抱深感，不得與比
焉。(劉楨〈贈徐幹詩〉)
蕙草生山北，托身失所依。植根陰崖側，夙夜懼危頹。寒泉
浸我根，淒風常徘徊。三光照八極，獨不蒙餘暉。葩葉永彫
瘁，凝露不暇晞。百卉皆含榮，已獨失時姿。比我英芳發，
鶗鴃鳴已哀。(繁欽〈詠蕙詩〉)

儘管鄴下文士多有「背時」、「命輕」之感慨，然而他們卻也因此
體會到了文學作為一獨立志業的可能性。例如曹丕在〈與吳質書〉中
即讚揚徐幹說：「著中論二十餘篇，成一家之言，辭義典雅，足傳于
後，此子為不朽矣。」在《典論‧論文》中亦說：

蓋文章經國之大業，不朽之盛事。年壽有時而盡，榮樂止乎
其身，二者必至之常期，未若文章之無窮。是以古之作者，
寄身于翰墨，見意于篇籍，不假良史之辭，不托飛馳之勢，
而聲名自傳于後。

只是，鄴下文士縱使已體會到了「文學」本身可作為一獨立的
志業，卻仍無法完全忘情於政治。所謂「閑居非吾志，甘心赴國憂」
〔註66〕以及「國讎亮不塞，甘心思喪元」〔註67〕，曹植在〈與楊德
祖書〉中即流露出了希望能在政治上創建不朽功業之心態：

吾雖德薄，位為藩侯，猶庶幾戮力上國，流惠下民，建永世
之業，流金石之功，豈徒以翰墨為勳績，辭賦為君子哉！若
吾志未果，吾道不行，則將采庶官之實錄，辨時俗之得失，
定仁義之衷，成一家之言。

可見，鄴下文士雖多低怨失望之情，但這並非意味了他們對政治即已

〔註66〕曹植〈雜詩七首〉之五。
〔註67〕曹植〈雜詩七首〉之六。

絕念。他們之所以視詩文爲「君子壯志」〔註 68〕或「大丈夫之樂」，往往只是產生於公讌戲遊場合中當下的一時體驗，並非恆久的壯志。誠如曹植〈與楊德祖書〉中所言，文學雖爲其所長，但其所關懷者，又何只是文學。事實上，藉由以詩歌爲主的文學展現，他們已提出了對理想社會的具體想像，不僅透露出了特屬於他們的人生關懷，同時也蘊涵了他們對於美學的深刻體認。

第四節　離亂中的詩情及其對永恆人倫之美的企求

一、情、志合一趨勢下「哀時言志」的新主題

　　鄴下文士在公讌戲遊的場合中，在美景、餚酒與舞樂的催發下，藉由純粹的詩性展演，雖得以暫時地撇開現實裡政治上的不如意，而找到屬於自我生命的存在之姿，但是，這並不表示他們便自此而忘情於政治，也不意味了他們不再掛意著人間的種種牽扯。相反地，他們是相當具有現實意識的，且往往在詩文中傳達出了對理想社會的遠大憧憬。若與漢樂府及東漢文人詩相較，鄴下文士的詩歌創作是具有著顯著特色的。這主要展現在詩體的更加豐富以及詩境與詩歌題材的更加寬廣與開闊上。建安詩人對於詩歌創作藝術原則的理解與掌握，顯然是比之前的詩歌創作者來得有自覺，他們不僅延續了東漢文人五言詩的抒情傳統，更在重新詮釋儒家詩教的原則下，融合了漢末部分文人即已開展的諷時、言志傳統，而爲建安詩歌奠定了情志合一的藝術特色，並爲吾人探索建安詩歌之審美意識提供了不可或缺的面向。

　　誠如錢志熙所指出者，言志與包括哀時在內的諷諭，雖是儒家詩教的基本原則，但由於西漢時期文人少有詩歌創作方面的實績，因此多只停留於理論的層次，而沒有落實在實踐之上。漢武之後所盛行的樂府詩、以及隨後源出於民間五言體的文人五言詩，例如班固的〈詠

〔註 68〕「君子壯志」與「大丈夫之樂」二辭語出曹植〈與吳季重書〉。

史〉詩和張衡的〈同聲歌〉，皆尙未能把握住文人五言詩體得以抒情言志的藝術特色。其雖抒情，但如同賦體寫作一般喜好鋪陳，主要以敘事作爲基礎，相當重視事件的完整性，而非將重心置於情感的抒發上。班固所謂的「感於哀樂，緣事而發」可說是當時樂府詩與文人五言詩的一貫寫作模式，反映了文人五言詩初發之際，其作者尙未能熟練地把握住五言詩體美學特徵的青澀狀況〔註69〕。

　　直至蔡邕、趙壹、秦嘉夫婦、以及古詩十九首的作者以後，方才突破了詩歌必須「緣事而發」的創作模式，而逐漸地將五言詩的重心擺置在情感本身的抒發之上。他們的哀樂之情已不再須藉助於具體事件來抒發，即使仍由具體的事件而發，也不再落入事件的框限，而多將重心置放於情感本身的抒發之上。例如古詩十九首中的作品：

> 庭中有奇樹，綠葉發華滋。攀條折其榮，將以遺所思。馨香盈懷袖，路遠莫致之。此物何足貴，但感別經時。
> 涉江采芙蓉，蘭澤多芳草。采之欲遺誰，所思在遠道。還顧望舊鄉，長路漫浩浩。同心而離居，憂傷以終老。

藉由意象之選擇安排以表現情感，作者擺脫了單純的「感於哀樂，緣事而發」的既有格局，而將讀者帶入了一個屬於古詩作者們獨特卻又普遍的情感心靈世界。身處於漢末動盪的社會以及儒生政治地位日益下降的脈絡之中，古詩的作者們多是前途黯淡、徘徊失落的遊子，他們的人生經常遭遇著許多打擊，不但功名利祿遙遙無期，即連愛情也不得圓滿。在不相信自身能爲社會提供什麼樣出路的情況下，他們於是藉由詩歌的創作抒發了對人生哀歎的普遍心理，寫出了對官場失意、生離死別以及情愛苦悶的憂鬱。這是一種敏感多思的心緒，展現的是以「情」爲主的人生感動。既不同於之前的樂府詩與文人五言詩之創作，同時也有別於後來建安時期的創作模式。

　　有意思的是，漢末文人五言詩之創作雖以抒情爲大宗，然而部分

〔註69〕參見錢志熙《魏晉詩歌藝術原論》。北京：北京大學出版社，1993年1月初版，頁143～頁148。

文人在尚節概與重志望風氣的影響下，卻已重新理解、並運用詩言志的原則，創作出了一些言志詩。其不乏詩題中直接以「志」爲命名者，例如酈炎即寫有〈見志詩〉兩首、侯瑾則有〈述志詩〉、仲長統亦有〈見志詩〉兩首。另外，如古詩十九首中的〈今日良宴會〉、以及傳爲李陵詩中的〈岩岩鍾山首〉，亦皆屬於言志的詩作。此類言志派詩歌的出現，可說是五言詩在主題上的新突破，相對於以抒情爲主的漢末五言詩來說，雖屬變體，然而卻預示了中國文人詩歌後續之可能發展。簡而言之，以節概、志氣互相標榜的漢末文人，第一次將他們對於人格理想的具體想像投射到以五言體爲主之詩歌創作中，從而爲建安詩人情志合一的創作進路墊下了深厚的根基，踏出了詩品提昇、詩境擴大的重要一步。

直至建安之際，情與志方才獲得了較好的統一。鄴下文士們承繼了漢末部分文人尚節氣、重志望之見志詩傳統，並且揉合了漢末五言詩抒情的特色，使得文人詩呈現了另一種新的風貌。以曹操來說，即積極接納俗體，並「歌以言志」或「歌以詠志」（語出〈步出夏門行〉）。他雖寫四言，但已拋棄了原先典雅的規範；寫五言，則更一反綺靡之風格，而追求通脫磊落之格局。他之所以會如此表現，皆因具有宏大人生志願之結果。諸如〈短歌行〉中「對酒當歌，人生幾何？譬如朝露，去日苦多。慨當以慷，憂思難忘。何以解憂，唯有杜康。……月明星稀，烏鵲南飛。繞樹三匝，何枝可依。山不厭高，海不厭深。周公吐哺，天下歸心。」以及〈卻東西門行〉中「鴻雁出塞北，乃在無人鄉。舉翅萬里餘，行止自成行。冬節食南稻，春日復北翔。田中有轉蓬，隨風遠飄揚。長與故根絕，萬歲不相當。奈何此征夫，安得去四方。戎馬不解鞍，鎧甲不離傍。冉冉老將至，何時反故鄉。神龍藏深泉，猛獸步高岡。狐死歸首丘，故鄉安可望。」等詩句，莫不意象豐美，情感充沛，更具有十分宏大的志向。因此我們可以說，在他身上，情與志乃是第一次獲得了較好的結合。其餘如曹丕、曹植、以及王粲、劉楨等人的詩歌創作，皆可見到濃厚情感與慷慨志氣結合的跡

象，亦已突破了傳統緣事抒情的格局。有意思的是，建安詩人雖以志氣之表現為其依歸，然而卻極少有專門以「言志」作為表達的作品，在他們的詩歌中情與志可說是並沒有太大的差別。

在此情、志逐漸合一的過程中，五言詩體也已經逐步地取代了四言詩體，而成為當時詩壇之主流。劉勰《文心雕龍・明詩》篇即說道：「暨建安之初，五言騰踊」。這是因為，一方面五言詩體乃是以採自民間之樂府新詩為母體的，具有著美聲、節奏等音樂性的內在制約，比《詩經》體及《楚辭》體更接近當時的語言習慣，因此能取代後兩者而成為建安之際最重要的詩體。曹操等雖亦有四言之創作，惟其精神卻已是屬於樂府的四言體。另一方面，四言體在表達激烈的情感以及複雜而動態的名物時有其先天上的限制，因應的乃是如《詩經》描寫中一種簡穆、渾樸的原始式社會與生活。相較之下，五言體則具有更好的表現力，因應的則是諸如建安這種文明已然昌興、名物十分繁盛的社會與生活。因此，後者會取代前者是毫無疑問的。鍾嶸在《詩品・序》中說道：

> 夫四言，文約意廣，取效風騷，便可多得。每苦文繁而意少，故世罕習焉。五言居文詞之要，是眾作之有滋味者也，故云會於流俗。豈不以指事、造形、窮情、寫物，最為詳切者耶？

是以在五言詩體的助益下，建安詩人獲得了抒情敘志的利器，終得以突破先前詩歌創作緣事而發或耽於情感的限制，而進一步走入了以諷諭為主的情志合一的表現。對他們來說，情即是志，志即是情，兩者是無法分割的。抑有進者，在建安之際諷諭往往亦與「哀時」的主題相結合，「哀時言志」於是成了建安詩歌嶄新的題材。鄴下文士由於曾經身處戰亂，亦曾飽受顛沛流離之苦，因此對時代是有著一份特殊的感受。但他們卻不像古詩作者般面對困境即陷入哀歎情懷之中，反而能藉由對時代政治的感歎與反省，重新燃起一股希望的火花，表達了他們對於理想社會的深刻志望。這是一種理性的力量，誕生於情感激發的感動之中，卻帶給了情感一種規範與昇華的力量，從

而煥發出了永恆的美感。

二、企盼中以人倫禮樂爲本的理想美學境界

身處動盪的環境，鄴下文士不僅以詩歌道出了他們對於時代、人生的種種情感，更道出了他們熱切的志望，從而爲建安文學情志合一趨向以及哀時言志新主題的開展起了新頁。然而，鄴下文士的詩歌除了是一種文學作品外，更是一種關涉於美學藝術的文本。在詩歌中他們雖然沒有直接針對美與藝術的問題大發議論，然而，從其對理想世界的描繪、對於時光流逝等變遷的敏銳感動、以及詩歌字裡行間散發出的特殊風韻，莫不可見他們在審美層面的深刻體會，是其在公讌戲遊等日常社交生活經驗外所開展的另一美學篇章。因此，我們可以說，透過詩歌的創作，透過他們在詩作中對於理想社會、甚至於仙境等的描述，鄴下文士其實已經委婉而迂迴地表達了他們對於美學的相關思維與經驗，值得予以細究。

鄴下文士雖然多強調個體的才情與才氣，卻不意味著他們對於儒家以仁愛爲本之群體價值便完全棄如敝屣。事實上，他們對於儒家理想中井然有序的古代社會是多所欽羨的，他們認爲君臣之間的「禮」是應該謹守不渝的，因爲禮是仁的外在表現。因此，曹操在〈短歌行〉一詩中對周文王、齊桓公的「臣節不墜」多所稱美：

> 周西伯昌，懷此聖德。三分天下，而有其二。脩奉貢獻，臣節不墜。崇侯讒之，是以拘繫。後見赦原，賜之斧鉞，得使征伐。爲仲尼所稱。逮及德行，猶奉事殷。論敍其美。齊桓之功，爲霸之首，九合諸侯，一匡天下。一匡天下，不以兵車。正而不譎，其德傳稱。孔子所歎，並稱夷吾，民受其恩。賜與廟胙，命無下拜。小白不敢爾，天威在顏咫尺。……

曹丕亦有「行爲臣，當盡忠」〔註70〕的話語。另外，曹植、王粲、阮瑀、與應瑒諸人，亦都認爲臣子應盡忠報國，堅守自己之本分：

〔註70〕曹丕〈臨高臺〉。

功名不可爲，忠義我所安。秦穆先下世，三臣皆自殘。生時等榮樂，既沒同憂患。誰言捐軀易，殺身誠獨難。攬涕登君墓，臨穴仰天歎。長夜何冥冥，一往不復還。黃鳥爲悲鳴，哀哉傷肺肝。(曹植〈三良詩〉)

在漳之湄，亦克晏處。和通篪塤，比德車輔。既度禮義，卒獲笑語。……四國方阻，俾爾歸藩。作式下國，無曰蠻裔。不虔汝德，慎爾所主。(王粲〈贈士孫文始〉)

結髮事明君，受恩良不訾。臨沒要之死，焉得不相隨。……生爲百夫雄，死爲壯士規。黃鳥作悲詩，至今聲不虧。(王粲〈詠史詩〉)

忠臣不違命，隨軀就死亡。……誰謂此可處，恩義不可忘。路人爲流涕，黃鳥鳴高桑。(阮瑀〈詠史詩〉二首之一)

肅將王事，集此揚土。凡我同盟，既文既武。郁郁桓桓，有規有矩。務在和光，同塵共垢。各竟其心，魏國蕃輔。闓闓行行，非法不語。可否相濟，闕則云補。(應瑒〈遠戍勸戒詩〉)

　　在此前提下，曹操與曹丕便把周公旦當成鏡像，冀能紹繼其偉大的志業。曹操即謂：「山不厭高，海不厭深，周公吐哺，天下歸心」〔註71〕。曹丕亦嘗言：

在昔周武，爰暨公旦。載主而征，救民塗炭。彼此一時，唯天所讚。我獨何人，能不靖亂。(〈黎陽作詩三首〉其一)

王粲則祈願曹氏父子能完成周公般偉大之志業：

古人有遺言，君子福所綏。願我賢主人，與天享巍巍。克符周公業，奕世不可追。(〈公讌詩〉)

昔人從公旦，一徂輒三齡。今我神武師，暫往必速平。棄余親睦恩，輸力竭忠貞。懼無一夫用，報我素餐誠。(〈從軍詩五首〉之二)

周公不但輔佐成王定四方，謹守爲臣之道，且制禮作樂，成爲後世典範，曹操、曹丕與王粲等人因而心嚮往之，並在詩中流露出希望天下能因此導向理想美質社會的恢弘志向。

〔註71〕 曹操〈短歌行〉。

　　這是一種以「倫理學」爲本的美學，其形成與鄴下文士思想中對儒家的承傳脫不了關係。當時，儒學雖已失去了它在兩漢時的盛況，不再顯得神聖而不可質疑，然而，這並不意味著傳統的儒學從此便失去了它的作用，在學術思潮銳意革新的大脈絡下，儒學仍是整個士人群體思想上之主要歸宿，仍是建安時期一種重要的文化基礎。以曹操爲例，他在用人與治軍方面固然採取了法家憎惡空談而賞罰分明的思想，通脫的個性也多少顯現出道家追求自然質樸的精神，卻仍保有著先秦儒學所建構出來的豐富的人道主義色彩。這與他早年曾舉孝廉，在靈帝時曾因「能明古學」而被徵拜爲議郎的經歷顯有密切的關聯。因爲在當時能擔任議郎一類官職者，都是學術淵博、能明經致用的儒學之士。在此狀況下，難怪曹操會在恢復儒學方面出了不少力氣。

　　至於曹植，則身爲儒者的成分更重。他除了寫作〈七啓〉、〈學宮頌〉與〈孔子廟頌〉等文章以讚揚曹操施行儒家教化的行徑，更常常將自己的文學創作與儒家的傳統接連，希望成爲儒家理想中的作者：

> 天地無窮極，陰陽轉相因。人居一世間，忽若風吹塵。願得展功勤，輸力于明君。懷此王佐才，慷慨獨不群。鱗介尊神龍，走獸宗麒麟。蟲獸猶知德，何況于士人。孔氏刪詩書，王業粲已分。騁我徑寸翰，流藻垂華芬。（曹植〈薤露行〉）

其餘之建安文士亦多爲信奉儒學者，例如徐幹著《中論》，其內容即「能考六藝，推仲尼、孟子之旨」（曾肇《中論目錄序》）。而劉楨、應瑒等人更直接在行爲與人格上顯露出了儒者的特色。

　　一如孔子以「仁」作爲其哲學及美學出發的本體、並落實爲對禮的重視，鄴下文士在抒發人生的抱負時，亦不時流露出對於「仁」的歌頌。例如曹操在〈善哉行〉中即藉著對周代聖君賢人的稱讚道出了如此心聲：

> 古公亶甫，積德垂仁。思弘一道，哲王於豳。太伯仲雍，王德之仁。行施百世，斷髮紋身。……

此外，曹丕、曹植及阮瑀諸人皆有類似對於仁的歌頌：

> 長吟永歎，懷我聖考。曰仁者壽，胡不是保。（曹丕〈短歌行〉）
>
> 爲人立君長，欲以遂其生。行仁章以瑞，變故誡驕盈。（曹植〈惟漢行〉）
>
> 侍臣省文奏，陛下體仁慈。（曹植〈聖皇篇〉）
>
> 古時有虞舜，父母頑且嚚。盡孝於田壟，烝烝不違仁。……戶有曾閔子，比屋皆仁賢。（曹植〈靈芝篇〉）
>
> 嘉善而矜愚，大聖亦同然。仁者各壽考，四坐咸萬年。（曹植〈當欲游南山行〉）
>
> 陽春和氣動，賢主以崇仁。（阮瑀〈公讌詩〉）
>
> 伯夷餓首陽，天下歸其仁。（阮瑀〈隱士詩〉）

在鄴下文士的心目中，「仁」乃是一切事物釀發的基礎，散發於外，即是對於禮的強調。其所規定的上下等級、與尊卑次序等，並非是外加強迫的，而是一種發自於內心而自然形成的人倫秩序。周代諸王所以令人景仰，正因其「積德垂仁」、並因而維繫了太平盛世之故。事實上，正因鄴下文士有如此思想，所以他們會企望著一個理想社會的降臨，並在詩歌中一再地描述、建構著它的存在：

> 天地間，人爲貴。立君牧民，爲之軌則。車轍馬跡，經緯四極。黜陟幽明，黎庶繁息。於鑠聖賢，總統邦域。封建五爵，井田刑獄，有燔丹書，無普赦贖。皋陶甫侯，何有失職。……（曹操〈度關山〉）
>
> 對酒歌，太平時，吏不呼門，王者賢且明。宰相股肱皆忠良，咸禮讓，民無所爭訟，三年耕有九年儲，倉穀滿盈。斑白不負戴，雨澤如此，百穀用成。卻走馬以糞其土田。爵公侯伯子男，咸愛其民，以黜陟幽明，子養有若父與兄。犯禮法，輕重隨其刑。路無拾遺之私，囹圄空虛，冬節不斷人，耄耋皆得以壽終。恩澤廣及草木昆蟲。（曹操〈對酒〉）

這顯然是一個軌則分明、井然有序的社會，亦是一個「尊卑列敘，典而有章」〔註72〕的社會：不僅風調雨順、五穀豐收，外在自然世界中

〔註72〕曹植〈正會詩〉。

的萬物如草木昆蟲等各得其所；在賢君明主施行仁政的照料下，人間亦充滿了適得其宜的禮法份際，非但君王賢明、宰相忠良，而且都講禮讓，民無爭訟，充滿了一片和諧的景象。這其實意味了在鄴下文士心目中，個人因才性之故雖有其獨立的價值，然而更爲重要的卻是整體社會秩序的和諧運行，因而其嚮往的是散發出人倫、禮法之美的太平理想社會。

這個植基於仁政所釀發出的對「禮」—— 人倫秩序的讚嘆，亦可在對君臣會聚場合的敘述中見之。所謂：「式宴不違禮，君臣歌鹿鳴。樂人舞鼙鼓，百官雷抃讚若驚。儲禮如江海，積善若陵山」，正是對君臣之間以禮相待所散發出來的和諧歡樂境界的具體展現：

> 大魏應靈符，天祿方甫始。聖德致泰和，神明爲驅使。左右宜供養，中殿宜皇子。陛下長壽考，群臣拜賀咸悅喜。積善有餘慶，寵祿固天常。眾喜塡門至，臣子蒙福祥。無患及陽遂，輔翼我聖皇。眾吉咸集會，凶邪妖惡並滅亡。黃鵠遊殿前，神鼎周四阿。玉馬充乘輿，芝蓋樹九華。白虎戲西除，含利從辟邪。騏驥躡足舞，鳳皇拊翼歌。豐年大置酒，玉樽列廣庭。樂飲過三爵，朱顏暴已形。式宴不違禮，君臣歌鹿鳴。樂人舞鼙鼓，百官雷抃讚若驚。儲禮如江海，積善若陵山。皇嗣繁且熾，孫子列曾玄。群臣咸稱萬歲，陛下長壽樂年。御酒停未飲，貴戚跪東廂。侍人承顏色，奉進金玉觴。此酒亦眞酒，福祿當聖皇。陛下臨軒笑，左右咸歡康。杯來一何遲，群僚以次行。賞賜累千億，百官並富昌。（曹植〈大魏篇〉）

而這種對於禮的歌頌甚至出現在遊歷仙境的描述之中。以曹操爲例，他雖不盡信方術天命：「痛哉世人，見欺神仙」〔註73〕，然而卻也開風氣之先以文人身份寫作了多首遊仙詩。這些詩在對於華美仙境以及逍遙遊歷過程極盡描寫能事的同時，也透露出了對禮樂治世的深刻期盼：

〔註73〕 曹操〈善哉行〉。

駕六龍乘風而行。行四海外路，下之八邦。歷登高山，臨谿
谷，乘雲而行。行四海外，東到泰山。仙人玉女下來遨遊。
驂駕六龍飲玉漿，河水盡不東流。解愁腹飲玉漿。奉持行，
東到蓬萊山。上之天之門。玉闕下引見得入。赤松相對，四
面顧望，視正焜煌。開玉心正興其氣，百道至，傳告無窮。
閉其口但當愛氣壽萬年。東到海與天連。神仙之道，出窈入
冥，常當專之。心恬憺無所愒欲。閉門坐自守，天與期氣。
願得神之人，乘駕雲車，驂駕白鹿，上到天之門，來賜神之
藥。跪受之敬神齊，當如此道自來。華陰山自以爲大。高百
丈浮雲爲之蓋。仙人欲來，出隨風列之雨。吹我洞簫，鼓瑟
琴，何閭閭。酒與歌戲，今日相樂誠爲樂。玉女起起舞移數
時。鼓吹一何嘈嘈。從西北來時，仙道多駕煙乘雲駕龍，鬱
何藹藹。遨遊八極，乃到崑崙之山西王母側。神仙金止玉亭，
來者爲誰？赤松王喬乃德旋之門。樂共飲食到黃昏，多駕合
坐，萬歲長，宜子孫。遊君山甚爲眞。磪䃜硋硌爾自爲神。
乃到王母臺，金階玉爲堂，芝草生殿傍。東西廂客滿堂。主
人當行觴，坐者長壽遽何央。長樂，甫始宜孫子，常願主人
增年與天相守。(〈氣出倡〉)

願登泰華山，神人共遠遊。願登泰華山，神人共遠遊。經歷
崑崙山，到蓬萊，飄颻八極，與神人俱。思得神藥，萬歲爲
期。歌以言志。願登泰華山。……明明日月光，何所不光昭。
明明日月光，何所不光昭。二儀合聖化，貴者獨人不。萬國
率土，莫非王臣。仁義爲名，禮樂爲榮。歌以言志。明明日
月光。……(〈秋胡行〉)

詩中所描述、企盼遊歷之處，一如前述理想中的社會，也是個禮樂大
作，仁義教化施行的和諧境界。不僅仙凡有上下之異，主客有禮儀之
分，而且君臣有主從之別。由此可知，曹操等鄴下文士心目中對人倫
等秩序所構成的人文之美，是十分看重的，呈現出的是一種以倫理學
爲本的美學境界。

有意思的是，鄴下文士對這種人倫秩序所呈現出的美質顯然是有
所意識的，是以，他們會將之比擬爲日月之光，一再地高歌：「明明
日月光，何所不光昭。」欲藉日月烘托出理想社會「明明光昭」的和

諧美質。在此，被等同於「日月光」之「明」字所直指的，顯然是一種至高無上的美質，是「和諧」境界的形象展現。嚮往著倫理永恆秩序的鄴下文士顯然認為，不同於螢蟲的微弱光亮，不同於草木的終將枯朽，軌則之美如日月般日復一日所散發出的光輝，正是天地萬物永恆的表徵，而且煥發出亙久明亮的特質，突顯出不同於表象事物瞬息即變的至高眞美！

三、植基於「離亂流逝」的現實經驗而臻「明朗剛健」的美感

鄴下文士們心中雖嚮往著能與仙人同遊的永恆快樂境界，然而他們實際上卻知道，這將是一個永遠不可能達成的夢想：

> 願螭龍之駕，思想崑崙居。思想崑崙居，見欺於迂怪，志意在蓬萊。志意在蓬萊，周孔聖徂落，會稽以墳丘。……（曹操〈精列〉）
>
> 彭祖稱七百，悠悠安可原。老聃適西戎，于今竟不還。王喬假虛辭，赤松垂空言。達人識眞偽，愚夫好妄傳。追念往古事，憒憒千萬端。百家多迂怪，聖道我所觀。（曹丕〈折楊柳行〉）
>
> 苦辛何慮思，天命信可疑。虛無求列仙，松子久吾欺。（曹植〈贈白馬王彪詩〉七首之七）

非僅仙界不能遊、仙境不可期，即連企盼中散發著「明明光昭」的理想秩序社會也是遙不可及的。鄴下文士雖然盡力於透過軍事和政治的力量來促成此一具有倫理之美的世界到來，例如在他們的詩作中即經常出現應致力從軍，以努力報國並救民於塗炭的言談：

> 朝發鄴城，夕宿韓陵。霖雨載塗，輿人困窮。載馳載驅，沐雨櫛風。舍我高殿，何為泥中。在昔周武，爰暨公旦。載主而征，救民塗炭。彼此一時，唯天所讚。我獨何人，能不靖亂。（曹丕〈黎陽作詩三首〉其一）

然而，現實生活中鄴下文士們所處的是一個最為悽慘的世界，是一個連年征戰、「白骨露於野，千里無雞鳴」的人間煉獄：

> 關東有義士，興兵討群凶。初期會孟津，乃心在咸陽。軍合

力不齊，躊躇而鴈行。勢利使人爭，嗣還自相戕。淮南弟稱
號，刻璽於北方。鎧甲生蟣蝨，萬姓以死亡。白骨露於野，
千里無雞鳴。生民百遺一，念之斷人腸。(曹操〈蒿里行〉)

西京亂無象，豺虎方遘患。復棄中國去，委身適荊蠻。親戚
對我悲，朋友相追攀。出門無所見，白骨蔽平原。路有飢婦
人，抱子棄草間。顧聞號泣聲，揮涕獨不還。未知身死處，
何能兩相完。驅馬棄之去，不忍聽此言。南登霸陵岸，迴首
望長安。悟彼下泉人，喟然傷心肝。(王粲〈七哀詩三首〉其一)

洛陽一帶經過了戰亂的大肆破壞，甚至已達廢墟之狀況：

奉辭討罪遐征，晨過黎山巉崝。東濟黃河金營，北觀故宅頓
傾。中有高樓亭亭，荊棘繞蕃叢生。南望果園青青，霜露悽
慘宵零。(曹丕〈黎陽作詩〉)

步登北邙阪，遙望洛陽山。洛陽何寂寞，宮室盡燒焚。垣牆
皆頓擗，荊棘上參天。不見舊耆老，但睹新少年。側足無行
徑，荒疇不復田。遊子久不歸，不識陌與阡。中野何蕭條，
千里無人煙。念我平常居，氣結不能言。(曹植〈送應氏詩二首〉
其一)

而他們的軍旅生活更是艱苦至極：

北上太行山，艱哉何巍巍。羊腸阪詰屈，車輪為之摧。樹木
何蕭瑟，北風聲正悲。熊羆對我蹲，虎豹夾路啼。谿谷少人
民，雪落何霏霏。延頸長歎息，遠行多所懷。我心何怫鬱，
思欲一東歸。水深橋梁絕，中路正徘徊。迷惑失故路，薄暮
無宿栖。行行日已遠，人馬同時飢。擔囊行取薪，斧冰持作
糜。悲彼東山詩，悠悠使我哀。(曹操〈苦寒行〉)

棄故鄉，離室宅，遠從軍旅萬里客。披荊棘，求阡陌，側足
獨窘步。路局笮，虎豹嗷動。雞驚禽失，群鳴相索。登南山，
奈何蹈盤石，樹木叢生鬱差錯。寢蒿草，蔭松柏，涕泣雨面
霑枕席。伴旅單，稍稍日零落。惆悵竊自憐，相痛惜。(曹丕
〈陌上桑〉)

皇考建世業，余從征四方。櫛風而沐雨，萬里蒙露霜。劍戟
不離手，鎧甲為衣裳。(曹植〈失題詩〉)

在此艱困征伐的旅途之中，不免出現了許多征夫思鄉的愁緒：

> 草蟲鳴何悲，孤雁獨南翔。鬱鬱多悲思，綿綿思故鄉。願飛安得翼，欲濟河無梁。向風常歎息，斷絕我中腸。（曹丕〈雜詩二首〉其一）
>
> 西北有浮雲，亭亭如車蓋。惜哉時不遇，適與飄風會。吹我東南行，行行至吳會。吳會非我鄉，安得久留滯。棄置勿復陳，客子常畏人。（曹丕〈雜詩二首〉其二）
>
> 征夫懷親戚，誰能無戀情。拊衿倚舟檣，眷眷思鄴城。哀彼東山人，喟然感鸛鳴。日月不安處，人誰獲恒寧。（王粲〈從軍詩五首〉其二）
>
> 征夫心多懷，悽悽令吾悲。下船登高防，草露霑我衣。迴身赴床寢，此愁當告誰。身服干戈事，豈得念所私。（王粲〈從軍詩五首〉其三）
>
> 寒蟬在樹鳴，鸛鵠摩天游。客子多悲傷，淚下不可收。（王粲〈從軍詩五首〉其五）

身當亂世，屢涉沙場，不管是軍旅生活的艱辛，抑或是親眼目睹了人命的朝不保夕，皆讓鄴下文士對人生苦難多了一分細膩的觀照，對生死存亡亦多了一份哀歎。這種哀歎所牽扯的其實是一種對時間流逝、對生命無常、以及對理想可能失落的感傷。是以曹操高歌道：

> 對酒當歌，人生幾何。譬如朝露，去日苦多。慨當以慷，憂思難忘。何以解憂，唯有杜康。青青子衿，悠悠我心。但為君故，沈吟至今。呦呦鹿鳴，食野之苹。我有嘉賓，鼓瑟吹笙。明明如月，何時可掇。憂從中來，不可斷絕。越陌度阡，枉用相存。契闊談讌，心念舊恩。月明星稀，烏鵲南飛。繞樹三匝，何枝可依。山不厭高，海不厭深。周公吐哺，天下歸心。（曹操〈短歌行〉）

時間在此被賦予了如箭矢般飛快的速度，或從此刻而指向未來、或從此時而逆溯過去（去日苦多）、或從過去而至此刻（沈吟至今），沒入了現有的空間情境之中。對比於企盼中的永恆理想，它方才開始便行將結束，因而帶給人一種「當下」愈發離亂流逝的無常感受。綜觀鄴下文士的詩歌，即經常顯露出一種個體面對著當下事物所突然引發的深刻感慨與焦慮。而除了曹操以外，其他鄴下文士亦曾發出了類似的

歎逝之聲：

> 人生如寄，多憂何爲？今我不樂，歲月如馳。（曹丕〈善哉行〉）
>
> 人生居天壤間，忽如飛鳥棲枯枝。……爲樂常苦遲，歲月逝，忽若飛，何爲自苦？使我心悲。（曹丕〈大牆上蒿行〉）
>
> 人居一世間，忽若風吹塵。（曹植〈薤露行〉）
>
> 慊慊仰天歎，愁心將何愬？日月不恆處，人生忽若寓。悲風來入懷，淚下如垂露。（曹植〈浮萍篇〉）
>
> 騁哉日月逝，年命將西傾。建功不及時，鐘鼎何所銘？收念還寢房，慷慨詠墳經。庶幾及君在，立德垂功名。（陳琳〈遊覽二首〉其二）
>
> 四節相推斥，歲月忽已殫。（劉楨〈贈五官中郎將詩四首〉其三）
>
> 天地無期竟，民生甚局促。爲稱百年壽，誰能應此錄。低昂倏忽去，炯若風中燭。（劉楨〈失題詩〉）
>
> 人生一世間，忽若暮春草。時不可再得，何爲自愁惱？（徐幹〈室思詩〉六首之二）
>
> 丁年難再遇，富貴不重來。良時忽一過，身體爲土灰。冥冥九泉室，漫漫長夜臺。身盡氣力索，精魂靡所能。嘉肴設不御，旨酒盈觴杯。出壙望故鄉，但見蒿與萊。（阮瑀〈七哀詩〉）
>
> 造化雖神明，安能復存我？形容稍歇滅，齒髮行當墮。自古雖有然，誰能離此者？（繆襲〈挽歌〉）

這是一種深陷在孤寂境遇中對生命存在感受到焦慮，因而發出了歎逝心聲的美學。舉例而言，看似戰功彪炳、意氣風發的曹操，雖然有著果敢、豪邁而堅毅的外表，但在內心意識的幽暗之處，卻仍潛藏著一絲深恐壯志未能達成的深層孤獨與憂慮。故其置身於心理與外在事物交相催化而成的特殊情境、並面對著極度的空無時，會突然意識到了時間的無常而被轉化、凝鍊、結晶在現時的剎那空間之中（此際的曹操類似一個海德格所稱的「在世存有者」／「此在」(Dasein)），「人生幾何」、「譬如朝露」般充滿著生命焦慮與歎逝的美感於是油然而生，其對照著鄴下文士企盼中充滿著「明明光昭」的永恆理想，愈發顯得具有無窮的張力與矛盾，從而讓人感受到了人生存在真正可能

的失落與悲涼。誠如反對傳統形上學美學的海德格所指出者，面對著極端的空無與孤獨之境，「此在」方才會開顯其眞正存在的意義。而在這種「在世存有者」彰顯自我存在之過程中，詩歌作爲一種藝術，其實是扮演著一種「讓眞理在作品中自行嵌入」的效果的，易言之，即是擔負了讓存在自身顯現的角色〔註74〕。

　　一如海德格在梵谷的畫作中看到了農婦的世界、以及她那充滿了勞作、焦慮、心酸和喜悅的命運般，吾人也不難從曹操等鄴下文士的詩作中，看到他們作爲一個「此在」所身處的意義豐饒世界。事實上，詩歌作爲一種藝術品，已經排除了器具的有用性，而以其獨特的方式敞開了存在者的存在，向我們昭示了眞理。它非僅揭露了鄴下文士們所在之生存世界的建立，同時也揭示了其所以依存之大地的顯現。因爲，世界係建基於大地之上，而大地也必須通過世界而伸出。開啟的世界和封閉的大地間之對立，乃是一種抗爭。而詩作作爲一種作品，即承擔著如此的抗爭，並在此種張力中指示著眞理的存在〔註75〕。

　　值得注意的是，鄴下文士們歎逝的心聲，伴隨而來的往往是複雜而自相矛盾的行徑。一方面，是消極的思想與及時行樂的風氣。如展現爲公讌戲遊的享樂生活，或是化爲遊仙詩篇中對仙人、仙境的想像。這代表的是一種退縮的人生態度，希望能因此忘卻人世間短暫無常的不安定感。曹丕便說道：

> 人生如寄，多憂何爲？今我不樂，歲月如馳。湯湯川流，中有行舟。隨波轉薄，有似客遊。策我良馬，被我輕裘。載馳載驅，聊以忘憂。（曹丕〈善哉行〉）

　　然在另一方面，對當下離亂流逝境遇十分敏感的鄴下文士，卻也往往是具有著儒者盡其在我的胸懷、明知其不可而爲之的勇氣的。這通常轉化爲其自我鞭策與對文化復興與理想世界堅決追求的

〔註74〕　參見李醒塵《西方美學史教程》。台北：淑馨出版社，民國85年10月初版，頁566～頁578。

〔註75〕　仝上註。

永恆動力：

> 神龜雖壽，猶有竟時。騰蛇乘霧，終爲土灰。老驥伏櫪，志
> 在千里。烈士暮年，壯心不已。盈縮之期，不但在天。養怡
> 之福，可得永年。幸甚至哉，歌以詠志。（曹操〈步出夏門行〉）
> 男兒居世，各當努力。蹙迫日暮，殊不久留。（曹丕〈艷歌何
> 嘗行〉）

這種胸懷及勇氣，代表了鄴下文士對於立德、立功與立言的渴望，與
期盼在碎裂的現實中重尋、甚而重建生命永恆的深層意欲。其結合著
對人間事理與自然萬物變化道理相通的深刻認知，使曹操等個性通脫
之士不致永遠陷入如懷才不遇士人常有的鬱結之情，而具有近乎道家
般坦然豁達的人生觀。就此而言，曹操可說是最具代表性者，而王粲、
徐幹等雖免不了曾流露過低怨之情，但藉著公讌戲遊之場合，卻也一
度顯露了其慷慨任氣之豪邁通脫本色。

　　誠如林師文月在〈蓬萊文章建安骨 —— 試論中世紀詩壇風骨之
式微與復興〉一文中所指出者：

> 動盪的時局，乃是建安詩人寫作的大背景。然而這一群生活
> 於亂世的文士，並不是冷眼的旁觀者，卻是熱血的關懷者。
> 他們對於社會大我，抱持極深的關懷，對於民生疾苦，寄與
> 極大的同情，而揮灑成就一篇篇有血有淚，思想深刻，感情
> 充沛的實錄文學。這樣的詩章，絕不是無病呻吟，正充分反
> 映現實，與生活緊密結合著，所以雖述亂離，而悲壯感
> 人。……至於在個人小我，建安詩也同樣表現了明朗剛健的
> 人生態度，他們既不諱言立功建名，同時也意願盡情享
> 樂……。所以整體看來，建安詩給人一種正面積極的感覺。
> 〔註76〕

易言之，鄴下文士不但不怨天、不尤人，還往往能從哀傷自憐的情境
中跳脫而出，或憑藉軍事武力、或藉由詩歌以言志，希望能因此達成
理想中的太平盛世，從而揮灑出了另一番的「自由」天地，並營造出

〔註76〕 見《中外文學》十一卷一期，民國 71 年 6 月，頁 16～頁 17。

了一種「明朗剛健」的境遇美感。在此，個體英雄任氣使才的豪情壯志被表露無遺，激盪出了一股亟欲超越現實困境、直奔理想情境的如虹美感！

第五節　發揚顯露、麗句滋多的詩美觀

一、從「通脫質樸」以迄「壯麗」的審美風格

　　「直抒胸臆，慷慨多氣」可說是包含了詩歌創作在內的建安文學美學的一般性特色。整體而言，面對政治與社會的動盪，鄴下文士並沒有如古詩十九首的作者般趨向於消極，他們反而轉向了對現實人生的關切，不僅有所志望，並且在論述的進路上採取了直抒胸臆的方式以表達這種企盼。他們除了部分涉及政治上的禁忌者仍以委婉含蓄的方式表達以外，在大部分的詩歌中，對於涵孕於內心的澎湃情感與志向基本上是採取一種大膽抒發的書寫方式。亦即，順著情感之勃發直接地予以闡述與傾訴，因而令人有一種敢說能言且磊落大方的生命感動。因此，劉勰讚道：

> 觀其時文，雅好慷慨；良由世積亂離，風衰俗怨，並志深而筆長，故梗概而多氣也。〔註77〕

> 慷慨以任氣，磊落以使才。〔註78〕

這種直抒胸臆、慷慨多氣、而為後人稱頌為「建安風力」的美學風格的形成，與鄴下文士對詩歌中書寫主體位置的經營是脫不了關係的。鄴下文士的詩歌雖不乏以第三人稱對史事以及景物等的描寫：描寫史事者如：

> 關東有義士，興兵討群凶。……（曹操〈蒿里行〉）

> 燕丹善勇士，荊軻為上賓。……（阮瑀〈詠史詩二首〉之二）

描寫景物者如：

〔註77〕劉勰《文心雕龍·時序》。
〔註78〕劉勰《文心雕龍·明詩》。

> 浩浩長河水，九折東北流。……應瑒〈別詩二首〉之二)
>
> 丹霞蔽日，采虹垂天。……（曹丕〈丹霞蔽日行〉）

亦有藉著哲學高度對物事變遷所進行的真理式宣稱：

> 神龜雖壽，猶有盡時。騰蛇乘霧，終為土灰。……（曹操〈步
> 出夏門行〉）
>
> 自古無殉死，達人所共知。（王粲〈詠史詩〉）

然而其詩作之中卻也不時地穿插了主體第一人稱即興式的感嘆，因而構成了整體詩歌因對外物有所感動而充滿的濃烈情感。例如曹操〈短歌行〉中「對酒當歌，人生幾何。譬如朝露，去日苦多。」的千古名句即是一例。又如王粲在〈公讌詩〉中即歎道：「今日不極歡，含情欲待誰？」再如陳琳在〈遊覽詩〉中曾惕勵說道：「建功不及時，鐘鼎何所銘。」而如曹植在〈浮萍篇〉二首之二雖以較為客觀的描述起始，句中卻不時回到了主體內心的深刻感慨：「日月不恒處，人生忽若寓。悲風來入懷，淚下如垂露。」

藉由詩中書寫主體位置的變換，鄴下文士為情感的直接抒發拉開了莫大的空間。誠如上文所言，他們對生命經驗與情感的抒發是相當直接的，上述〈短歌行〉中對「人生幾何」之感慨固不待言，即連對一般事物的客觀描述，亦頗見其生命積蘊後所抒發的悲天憫人之情，例如曹丕在〈令詩〉的首二句即高唱：「喪亂悠悠過紀，白骨縱橫萬里。」王粲在〈七哀詩三首〉之一中也曾說道：「親戚對我悲，朋友相追攀。出門無所見，白骨蔽平原。路有飢婦人，抱子棄草間。顧聞號泣聲，揮涕獨不還。」而陳琳在〈飲馬長城窟行〉中則謂：「君獨不見長城下，死人骸骨相撐拄。」又如阮瑀在〈駕出北郭門行〉中更曾描述道：「顧聞丘林中，噭噭有悲啼。借問啼者出，何為乃如斯。親母舍我歿，後母憎孤兒。飢寒無衣食，舉動鞭捶施。骨消肌肉盡，體若枯樹皮。」

而這種對生命情感的直接抒發，往往由於配合著樂府詩以「歌」言志的方式，而產生了莫大的氣勢。喜好以樂府舊題改作新辭的鄴下

文士，對音樂，尤其是悲傷怨苦之音，是十分重視的，他們經常在盛宴之際以悲哀動人的歌曲作為娛樂〔註79〕。例如曹植〈正會詩〉中描繪到元旦皇帝接受百僚朝貢、作樂宴饗之際，即曾提到「悲歌屬響，咀嚼清商」的情況，反映出了時人以強烈情感激盪為美的審美心理要求，十分不同於儒家要求情感平和、哀而不傷的文藝思想。對鄴下文士而言，音樂、特別是俗樂乃是他們生活中相當熟稔的一環。例如曹操即「好音樂，倡優在側，常以日達夕」〔註80〕，「登高必賦，及造新詩，被之管絃，皆成樂章」〔註81〕，此外，更曾於建安十三年九月平定荊州，獲漢雅樂郎杜夔之後，命杜夔率人作樂器以恢復先代之古樂。在曹丕心目中，音樂與田獵遊戲一樣是重要的娛樂方式。而曹植則更是詩賦、歌舞與戲劇無不精曉。當時不僅洛陽等都市中的伎人擅長新樂，一般的文士和良家婦女亦都有擅長於此道者，音樂甚至是當時少年教育中重要的課目之一。有此基礎，音樂性的強調自然成了建安詩歌氣勢不凡的重要因素，也構成了詩美觀的關鍵一環。

在此狀況下，鄴下文士的詩作雖然寫景，但多不拘泥於細節之白描，而只是從大略之印象著手，是以劉勰說道：「造懷指事，不求纖密之巧；驅辭逐貌，唯取昭晰之能」〔註82〕，主要希望能因景寄情，藉此表現出情感的澎湃洶湧。例如曹植在〈贈白馬王彪〉等詩中寫到

〔註79〕愛好悲傷怨苦之音，對兩漢及建安文士而言，可說是相當普遍的現象。兩漢俗樂昌盛，並且以相和曲為主，樂器用絲竹，特點便是哀怨清越，而統治階層中許多人都對其熱烈愛好。根據《風俗通義》，漢末時「京師賓婚嘉會，皆作〈魁欉〉（喪樂），酒酣之後，續以挽歌」。（《後漢書・五行志》注引）所謂挽歌，即相和歌中的〈薤露〉與〈蒿里〉兩曲。《後漢書・周舉傳》記載了一個實例：「陽嘉六年三月上巳日，大將軍梁商大會賓客，讌於洛水。酣飲極歡，及酒闌唱罷，繼以〈薤露〉之歌，坐中聞者皆為掩涕。」到了建安時代，儒教地位相對低落，士大夫思想較為解放，愛好強烈情感，以悲為樂的文藝好尚便表現得更普遍且更自由了。

〔註80〕《魏志・武帝紀》裴松之注引〈曹瞞傳〉。

〔註81〕《魏志・武帝紀》裴松之注引《魏書》。

〔註82〕劉勰《文心雕龍・明詩》。

景物時，即寫大印象，著重那與自己情思相互衝擊的情態：

　　太谷何寥廓，山樹鬱蒼蒼。霖雨泥我塗，流潦浩縱橫。

甚至已出現了少數擬人化之詩句，直接賦予外在景物以擬人的主體特性，因而使得情感的宣洩更為鮮明。例如王粲的〈雜詩〉：

　　曲池揚素波，列樹敷丹榮。上有特栖鳥，懷春向我鳴。

　　鄴下文士所以會採取這種詩歌美學的創作進路，原因是相當複雜的，然其中尤為重要者，乃係受到了氣論及隨著氣論而來的「文如其人」觀念的影響。當時文壇對於「氣」是十分重視的，建安諸子的詩歌即以氣見長，故劉勰謂之：「慷慨以任氣，磊落以使才」（《文心雕龍・明詩》）。曹丕《典論・論文》更多對於文氣之強調，「文以氣為主，氣之清濁有體，不可力強而致。譬諸音樂，曲度雖均，節奏同檢，至於引氣不齊，巧拙有素，雖在父兄，不能以移子弟。」即是當時重要之觀念。而所謂文如其人的「人」，除了指涉人的容貌行止等外在，亦包含了他的內心，即是要求詩文創作應表現出創作者本身的才性與才氣。在此狀況下，雖然文氣論並未詳細地論及文辭之氣，但詩文的創作本身亦開始受到了應注重情感抒發之氣勢表現的影響，建安詩歌因而呈現出一種「梗概多氣」的整體特質。其相對於後代詩歌的發展，採取的可謂是一種屬於直抒胸臆的質樸美學進路。

　　這種特質在曹操的詩歌創作中，可謂體現得淋漓盡致。曹操的詩歌即是以「古直悲涼」見稱，其詩句十分簡樸，加上直敘方式，甚少修飾雕琢，亦少晦澀難懂之隱喻，因而使得詩作氣勢磅礴、風格開闊。鍾嶸《詩品》卷下便說道：「曹公古直，甚有悲涼之句」。王世貞《藝苑卮言》卷三亦云：「曹公莽莽，古直悲涼。」皆強調曹操之詩歌具有「古直悲涼」之風格特色。

　　建安詩歌整體而言雖然具有著直抒胸臆、梗概多氣的特質，然而誠如魯迅在〈魏晉風度及文章與藥及酒之關係〉一文中所言，到了曹丕之後，卻「於通脫之外，更加上華麗」，而且「於華麗之外，加上

壯大」〔註83〕：

> 孝文帝曹丕，以長子而承父業，篡漢而即帝位。……不過到
> 那個時候，於通脫之外，更加上華麗。……更因他以"氣"
> 爲主，故於華麗以外，加上壯大。歸納起來，漢末、魏初的
> 文章，可說是："清峻，通脫，華麗，壯大。"

即以曹丕之〈芙蓉池作詩〉與〈於玄武陂作詩〉等詩作中所出現
之「丹霞夾明月，華星出雲間」與「菱芡覆綠水，芙蓉發丹榮」等麗
辭偶句爲例，其氣勢顯然弱於曹操，然而情韻卻有過之而無不及。事
實上，曹丕之詩作無論是抒情抑或寫景均較曹操所作來得細緻婉約，
而無曹操的沉雄蒼茫之氣。就此，曹丕本身在《典論・論文》中即曾
主張：「詩賦欲麗」，意味著文學（尤其是詩歌與辭賦）應講究修辭之
技巧，顯現出詞藻華麗之特色。所以建安詩歌之詩美觀與風格展現到
了曹丕會有所轉變是不令人奇怪的。清代的沈德潛便評論道：「子桓
詩有名士氣，一變乃父悲壯之習矣。」〔註84〕

誠如李澤厚與劉綱紀在《中國美學史》中所指出者，「華麗」而
又「壯大」，所採取的即是所謂「壯麗」的書寫進路，其不同於西晉
陸機所強調的「綺麗」色彩，也相異於齊梁文學所著意的「侈麗」風
格。以此觀之，建安詩歌創作之詩美觀，除了原先展現出「通脫質樸」
的重質表現以外，同時亦逐漸加入了對「文藻」本身的講究，亦即逐
步展現出了一種「發揚顯露，麗句滋多」的整體風格。其相對於古詩
十九首的樸素面貌，已多了份對於文辭本身的追求，但又未如西晉全
然墮入形式本身的自娛遊戲。整體而言，可謂是對先秦儒家所提出「文
質彬彬」的最佳反應，意味了詩作在內容與形式上已達到了一種相互
生發與彼此滋長的審美境界。難怪，建安會被視爲文學覺醒的重要時
代，因爲藉著「文」與「質」的並轡齊進，建安詩歌實已獲致了詩性
精神得以開顯的重要憑據！

〔註83〕見《魯迅全集》第三卷。谷風出版社民國78年12月臺一版，頁504。
〔註84〕沈德潛《古詩源》卷五。

二、「文質之辯」及其在詩歌創作藝術風格的展現

　　相較於之前的古詩、以及之後西晉與東晉等的詩歌，建安詩歌作為美學文本的創作，整體而言採取的是一種屬於「文質彬彬」的書寫進路，亦即在其中文與質得到了較好的統一。然而鄴下文士之中對於質文關係之思想、以及詩歌創作應採取之進路仍是有相對差異的，這些觀點主要反映在當時關於「文、質」的辯論之上。

　　文與質這對範疇，首先出現於先秦之際。孔子為了說明他心目中的人文理想，提出了「質勝文則野，文勝質則史，文質彬彬，然後君子」〔註85〕的說法，可說是第一次將文與質關係提出討論的例子。誠如顏崑陽在〈論魏晉南北朝文質觀念及其所衍生諸問題〉一文中所歸納者，對儒家而言，「文質」觀念的提出，具有如下幾個重要的概念：首先，它肯定了修飾乃是人文活動中一種必要的行為舉止；其次，「質」意味了自然生命所潛藏的本質性情，以「真」為性格，若流露在外，則顯現出「樸實」的特性。「文」則是節制性情、修飾舉止儀容的外在規範，以「善」及「美」為性格，其外顯之面貌則必表現為一定之華采；再者，「質」若無文以節制，則會流於鄙略，而「文」若無質以為基礎，則會陷於虛飾，因此，兩者的關係其實應是辨證的與融合的，如此方能達到真、善、美合一的境界〔註86〕。

　　除了儒家之外，先秦諸子中的道家、墨家以及法家亦對「文質」概念有一定的看法。基本上，墨家與法家都比較是從「功用」的角度以考慮文質問題。因此，墨家雖不完全棄文，但就價值之先後而言，泛指文學作品之實際功效的「質」，先於代表著語言形式之修飾的「文」；而站在法律政治之實效立場上的法家，則更是對「文」採取了一種根本反對的態度。至於道家，雖然亦強調質，但非從實用功利之角度出發，而是在面對著「文勝於質」的弊病下，提出了保存自然

〔註85〕 《論語・雍也》。
〔註86〕 見《古典文學》第九集。台北：台灣學生書局，民國76年4月，頁53～頁104。

生命之質的看法，諸如老子所謂的「見素抱樸」〔註87〕、以及莊子所說的「無爲復樸」〔註88〕，皆是對此一觀念的直接印證。

綜觀儒道兩家的文質觀，皆是於現實的存在中處理著文、質之間的關係。兩者所不同者在於：儒家主要是從人文理想的角度出發，希望能讓以忠恕仁義爲旨歸的「質」涵攝於「文」中，最後更以「文」之形象顯露於外。是以儒家系統所設定的美的本質是「雅」，是「修飾得宜」，重視的是一種文質兼融的美學表現。至於道家則從自然之本質出發，希望其終極地以「質」之形象而出現。因此，「質」代表的不僅是內容、亦是形式本身；而「文」則不再是儒家所謂的人爲文采，而是意味了一種自然本質所外顯的形象，例如虎豹彪炳、日月輝麗等皆屬「自然之文」。是以道家系統所設定的美的展現是「樸」，它並非在於完全消除文采，而是順其自然、毫無造作與虛飾，亦即是「本色」的呈現。

先秦之際以儒家爲主對於質文關係的論述，對於文與質涵義的界定到了漢代雖沒有多少的改變，然而這對範疇的應用範圍卻隨之而擴大了，不管是論人、論政治、論社會生活、還是論藝術文學等等，都普遍地使用了「文質」這對文化性的範疇。此一趨勢在東漢中葉以降更是明顯，由於文學上出現了一些新變、而社會生活也整體地展現出一種由質趨文的現象，因此，在各個領域幾乎都出現了有關文、質關係的頻繁討論。而此正是建安時期鄴下文士們展開文質之辯的重要基礎。透過文質之辯，詩人們展現出了他們同中求異的獨特詩美觀，並中介且創作了自身獨特的詩歌藝術。

建安之際，鄴下文士對於文質關係的問題有更深的討論，並呈顯出兩種幾近於對立的觀點，這主要表現在阮瑀與應瑒所分別著作的〈文質論〉篇章之中。阮瑀與應瑒雖皆作有〈文質論〉，然而兩者對於文質關係的觀點是極端不同的，而且明顯是分別承傳自道、儒兩個

〔註87〕　《老子·第十九章》。
〔註88〕　《莊子·天地》。

不同的思想體系。阮瑀是阮籍之父，阮籍特別愛好老莊，似乎有其家學淵源，因為從阮瑀的〈文質論〉中即可略窺端倪。在這篇文章中，阮瑀不僅把質與文對立起來，更藉由自然之現象，闡述了他所認為質之有用、以及文之無用的觀點：

> 蓋聞日月麗天，可瞻而難附。群物著地，可見而易制。夫遠不可識，文之觀也；近而得察，質之用也。文虛質實，遠疏近密，援之斯至，動之應疾，兩儀通數，固無攸失。若乃陽春敷華，遇衝風而隕落；素葉變秋，既究物而定體。麗物苦偽，醜器多牢；華璧易碎，金鐵難陶。

阮瑀顯然認為美麗的形式其實不具有實用的意義，反不如沒有文采的事物，所謂的「麗物苦偽，醜器多牢」與「華璧易碎，金鐵難陶」等語即透露了如此觀點，頗為接近法家韓非重視質的功用之說。儘管如此，阮瑀很快地便回歸到以道家「無為」作為主軸的思想基礎來論述他的質文之說：

> 故言多方者，中難處也；術饒津者，要難求也；意弘博者，情難足也；性明察者，下難事也：通士以四奇高人，必有四難之忌。且少言辭者，政不煩也；寡知見者，物不擾也；專一道者，思不散也；混濛蔑者，民不備也：質士以四短違人，必有四安之報。故曹參相齊，寄託獄市，欲令姦人有所容立；及為宰相，飲酒而已。故夫安劉氏者周勃，正嫡位者周勃。大臣木強，不至華言。孝文上林苑欲拜嗇夫，釋之前諫，意崇敦朴。自是以降，其為宰相，皆取堅強一學之士。安用奇才，使變典法？

從阮瑀對於自然「敦朴」的推崇、以及諸如「大臣木強，不至華言」等的說辭，可見其乃繼承了老子「美言不信，信言不美」〔註89〕的看法，表達出了把美的形式與質實的內容對立起來的傾向。對阮瑀而言，所謂的「質」已不是儒家「文質彬彬」一語中的質，一反儒家將「質」作為「文」的內容，阮瑀的「質」則是拋棄了「文」的質，

〔註89〕《老子‧第八十一章》。

其主要係源自於道家。漢魏之際，黃老思想十分盛行，鄴下文士鮮有不受其影響者，尚質的觀念即是其中相當重要的一環，其目的並不在於否棄文化或文學本身，也不是簡單地否定文采的表現，而在於崇尚自然，將文視為質之自然本色的展現，主張不事雕彩。

　　應瑒〈文質論〉的提出，可說是對阮瑀文質觀的辯駁。其主要站在儒家的立場上，批駁阮瑀「棄五典之文，闇理智之大，信管望之小，尋老氏之蔽」，明確地反對老莊重質輕文之觀點。應瑒對文質的觀點來自儒家，他雖然一如當時的許多學者，主張文與質不可分割而應該並重、適宜，並應隨時變化，然則他的論述重心卻更在於闡述文的作用，意即暗示著文應較質來得關鍵：

> 蓋皇穹肇載，陰陽初分。日月運其光，列宿曜其文，百穀麗於土，芳華茂於春。是以聖人合德天地，稟氣淳靈，仰觀象於玄表，俯察式於群形，窮神知化，萬國是經。故否泰易趨，道無攸一，二政代序，有文有質。若乃陶唐建國，成周革命，九官咸乂，濟濟休令。火龍黼黻，暐　於廊廟，袞冕旂旒，烏奕乎朝廷。冠德百王，莫參其政。是以仲尼嘆煥乎之文，從郁郁之盛也。

應瑒顯然認為文是自然萬物外顯之特徵，是以合德天地的聖人便以天地自然之文作為典範而創制了人世間的文化。可見，儘管文質二者應該互相補充，但文乃是根本，尤其正當革命重建之際，更當恢弘文治，任用才華文辯之士，方才能撥亂反正，建立不朽之功業。是以應瑒繼續說道：

> 夫質者端一，玄靜儉嗇，潛化利用；承清泰，御平業，循軌量，守成法。至夫應天順民，撥亂夷世，搞藻奮權，赫奕丕烈，紀禪協律，禮儀煥別，覽墳丘於皇代，建不刊之洪制，顯宣尼之典教，探微言之所弊；若乃和氏之明璧，輕穀之褘裳，必將遊玩於左右，振飾於宮房，豈爭牢偏之勢，金布之剛乎？且少言辭者，孟僖所以不能答郊勞也；寡智見者，慶氏所以困相鼠也。今子棄五典之文，闇禮義之大，信管望之

> 小，尋老氏之蔽，所謂循規常趨，未能釋連環之結也。且高
> 帝龍飛豐沛，虎據秦楚，唯德是建，唯賢是與：陸酈摛其文
> 辯，良平奮其權譎，蕭何創其章律，叔孫定其庠序，周樊展
> 其忠毅，韓彭列其威武。明建天下者，非一士之術；營宮廟
> 者，非一匠之矩也。逮至高后亂德，損我宗劉，朱虛軫其慮，
> 辟強釋其憂，曲逆規其模，酈友詐其遊，襲據北軍，實賴其
> 籌；冢嗣之不替，誠四老之由也。夫諫則無義以陳，問則服
> 汗沾濡，豈若陳平敏對，叔孫據言，言辨國典，辭定皇居，
> 然後知質者之不足，文者之有餘。

應瑒不僅談論了政治之文，更進一步談到了人才之文，可謂是從多方面肯定了「文」的重要性，是以他會說道：「然後知質者之不足，文者之有餘」。他所謂的文，源自儒家對人文的理想，主要指的是禮樂制度、以及人的才華與智能，相當符合建安時候士人群體著重文化復興，希望藉之重整政局的整體大趨勢，這亦是大多數人共同的看法。

　　阮瑀與應瑒的〈文質論〉，所談論的雖然不是直接以詩文作為對象，然而其對「質」或「文」的個別強調卻對當時的詩壇產生了莫大的影響。就以阮瑀及應瑒本身的詩文來看，與其自身對質或文的看法是若合符節的。基本上，阮瑀的詩篇幅一般相當短小、語言相當樸質而不尚虛飾，加以色彩幽淡而不事鋪張，因此詩風在建安諸子中可以算是較為樸素的。鍾嶸在《詩品》中便認為他「平典不失古體」，可說與他在〈文質論〉中主張應該重「質」、重「樸」的思想是一致的。至於應瑒，則相對地詞藻華麗，是屬於文彩藻飾一派，此從他〈文質論〉中的遣辭用句即可得知。這種傾向亦不難從他的詩歌創作中看出，例如他的代表作〈侍五官中郎將建章臺集詩〉徐昌谷即謂「應瑒巧思透迤，失之靡靡」〔註90〕，這亦即代表了他的詩歌創作其實是相當重視文彩藻飾的，與他在〈文質論〉中重「文」的主張也是相當一致的。

　　雖然建安詩歌與之前的古詩、以及之後西晉的詩歌相較之下，大

〔註90〕許學夷《詩源辨體》引徐昌谷語。

體而言是呈現出一種「文質彬彬」的整體風格，但其在不同文質觀作為鏡像的中介下，卻仍可分爲重質與尚文的兩派。重質的一派，除了阮瑀之外，尚包含了曹操、曹丕與王粲等人，呈現出的是一種講究「質勝於文」的詩美觀。其中，曹操不僅具有通脫之個性，更大力提倡文學之革新，而其詩歌向來被譽爲「古直悲涼」，甚具磅礴之氣勢與開闊之風格；曹丕則將詩文是否能抒情達意置於首位，而將文辭之工放在其次，其詩文之創作則強調個人之情感，展現出一種「洋洋清綺」的藝術風貌；至於王粲，其詩賦雖有清麗特色，但誠如其作〈神女賦〉所暗示者，所謂清麗的麗，應該是屬於自然的麗，而非人工造作之結果。簡而言之，曹操、曹丕、王粲與阮瑀等，主要係承傳自先秦道家的影響，強調事物之本質在文章中的自然呈現，所持者亦是一種注重本色自然、不重矯飾的詩美觀。

相對於曹操、曹丕、王粲與阮瑀等對於文章自然本色的重視，曹植、劉楨、徐幹與應瑒諸人則比較是從文章是否符合崇儒、崇德之基礎出發來看待詩文的價值的，因此是屬於尚文的一支。其中，曹植本身即比其父兄多了一份儒者的色彩，他在詩歌等文體中所塑造的文學形象，通常是與儒家的倫理價值息息相關的，例如他所創作的許多女子形象，即經常滲透了儒家倫理道德的色彩。其餘如徐幹、劉楨等人亦有類似的傾向，基本上，徐幹以樹立溫和敦厚、怨而不怒的文學形象爲主，而劉楨則旨在發揚堅剛貞亮的人格特質，皆具體地體現了承傳自儒家的詩美觀。

第六節　曹植後期詩歌的美學展現

一、曹植後期獨特的生命轉折以及詩歌創作對他的意義

在鄴下眾多詩人當中，曹植可說是相當獨特的一個。他的作品在當時即予人才情發露、文采巨麗的印象。例如陳琳說他的作品「音義既遠，清辭妙句，焱絕煥炳，譬猶飛兔流星，超山越海，龍驥所不敢

追。」〔註91〕吳質稱讚他的作品「是何文采之巨麗」〔註92〕。楊修亦說他的作品使「觀者駭視而拭目，聽者傾首而竦耳。」〔註93〕事實上，早在鄴下時期曹植即已博採眾家之長，展露了相當的風采。吳淇在《六朝選詩定論》中明確指陳，鄴下詩壇「群彥蔚起，門戶各立」，但「要以陳思為傑」。基本上看來，曹植鄴下時期的詩歌創作雖已十分可觀，然而他後期（亦即黃初、太和時期）作品則更具有美學上獨特探討的意義。因曹植早期的詩歌乃是年輕時所作，尚缺乏深刻的生命沉澱，加以其是鄴下諸子才情共同顯露的一環，尚非完全屬於獨特個體之作。而他在黃初、太和之際的作品，雖承繼了鄴下時期之養分，但在風格與美學展現上顯然有了極大的轉變。對比於當時庸庸碌碌的詩壇，可謂極為顯目，非僅是其生命歷程深刻的沉澱，更見證了建安以迄正始之間詩歌美學發展的過程。

　　曹植後期詩歌之所以會有所轉變，主要與他在黃初之後所處的政治情勢具有密切的關係。《世說新語・文學》中曾記載了如下的一段故事：

> 文帝嘗令東阿王七步中作詩，不成者行大法。應聲便為詩曰：「煮豆持作羹，漉菽以為汁。其在釜下然，豆在釜中泣。本自同根生，相煎何太急？」帝深有慚色。

曹植為魏文帝逼迫於七步之間成詩、否則便要見殺之事，雖有可能係後人附會之說，但卻點出了曹植與曹丕兩兄弟王位爭奪白熱化的狀況。曹植在曹操在世時，所受到的榮寵雖然日益衰減，但並未完全失去繼承大統的機會。直到建安二十五年（西元220年）曹操去世，曹丕繼位（改元延康）並於十月篡漢改國號為魏（為黃初元年）之後，大勢方才底定。自此，時年二十九歲的曹植結束了他在鄴城的公子生活，開始了「就藩」漂泊的日子，人生可謂進入了另一個完全不同的

〔註91〕陳琳〈答東阿王箋〉。
〔註92〕吳質〈答東阿王書〉。
〔註93〕楊修〈答臨淄侯箋〉。

階段。

　　爲了防止諸王對皇室造成威脅，曹丕於登位之後的冬天，即遣諸弟就國。曹植〈聖皇篇〉記載道：「三公奏諸公，不得久淹留。藩位任至重，舊章咸率由。」曹植被迫離開幼年即已習居的鄴城而前往臨淄，這可說是對他迫害的一個開端。根據史傳，直到曹丕於黃初七年（西元 226 年）病逝洛陽之前，曹植曾幾度入罪、幾至到了被殺的地步。例如在曹植離鄴的隔年（黃初二年），臨淄的監國使者就曾上奏曹植酒醉劫脅使者，使其幾乎被殺。事實上，魏文帝對曹植是相當猜忌而歧視的〔註 94〕，以至於他在黃初五年要連上三表，將從前曹操所賜的鎧甲、銀鞍、以及自己所養的駿馬皆上交朝廷，以表忠誠。明帝在位時，曹植先於太和元年（西元 227 年）被徙封浚義，次年又還封雍丘，到了太和三年底則被改封到較富庶卻離京師更遠的東阿，太和六年（西元 232 年）最終病死之前則被徙封陳王〔註 95〕。可見，明帝雖曾對曹植在生活上略予優待，但卻絕不願其參與政治，猜忌之心可謂依然未消。

　　曹植雖然屢屢求用，然終其一生在政治上卻始終未能得志。景蜀慧在《魏晉詩人與政治》一書中的研究指出：「從本質上論，曹植在曹氏集團中的不得志是必然的。這種情況的深刻根源，就在於抱儒學政治理想又具詩人氣質的曹植，根本不能適應其父兄及整個曹氏集團的那種思想政治氛圍，也不符合曹氏取人的兩大標準。」〔註 96〕曹植內心嚮往的政治理想，始終是純粹以儒家色彩爲本的仁德之政。他在

〔註 94〕根據《通鑑》魏文帝黃初三年所載，曹氏諸王在當時的地位雖然極其低下，但仍有郡王之封號，而曹植因被視爲待罪之臣，卻只有縣王之名號。

〔註 95〕參見傅亞庶《三曹詩文全集譯注》附錄〈三曹年表〉。長春：吉林文史出版社，1997 年 1 月出版，頁 1072～頁 1117；林瑞翰《魏晉南北朝史》。台北：五南圖書出版公司，民國 79 年 5 月初版，頁 96。

〔註 96〕景蜀慧《魏晉詩人與政治》。台北：文津出版社，民國 80 年 11 月出版，頁 45。

〈惟漢行〉中說道：

> 三光照八極，天道甚著明。爲人立君長，欲以遂其生。行仁
> 章以瑞，變故誠驕盈。神高而聽卑，報若響應聲。明主敬細
> 微，三季瞢天經。二皇稱至化，盛哉唐虞庭。禹湯繼厥德，
> 周亦致太平。在昔懷帝京，日昃不敢寧。濟濟在公朝，萬載
> 馳其名。

曹植講求躬行仁義的理想施政風格，自是與曹氏爲了統治之需而重視
刑名法術的思想作爲格格不入。當時曹植以其詩人溫厚的感性，對漢
室被簒其實抱持著同情的態度，而這顯然違背了曹操與曹丕一向以利
益得失爲主要考量的政治作風；另一方面，曹植偏愛辭藻、著重交遊
的個性，顯與魏武以降不尙浮華的選材標準大相逕庭。更何況，曹植
曾經捲進了魏王太子爭立的風波，這就注定了他被排除在眞實政治運
作之外的命運。因而曹植心中是充滿了痛苦與埋怨的。〈怨歌行〉即
充分展露他受到排擠的憤懣之情：

> 爲君既不易，爲臣良獨難。忠信事不顯，乃有見疑患。周公
> 佐成王，金縢功不刊。推心輔王室，二叔反流言。待罪居東
> 國，泣涕常流連。

除了遭受到政治上的迫害、有志難伸以外，兄弟手足親情的破滅
亦爲曹植帶來了無比的痛苦。前述政治上的猜忌、排擠就是直接來自
於親兄長曹丕以及親子侄曹叡所爲。對此曹植雖表現出了一定的忠恕
精神，但卻不能沒有感慨。事實上，從曹丕即位後，由於禁止諸王之
間相互往來與通信，曹植與母姐兄弟間的聯繫就幾近於斷絕。黃初四
年（西元223年），曹植徙封雍丘，同時奉准入朝覲見之時，雖曾「入
見清河長公主，欲因主謝」〔註97〕，但卻也因此而險些罹禍。更令人
悲傷的是，在留京期間，與曹植手足之情最爲親篤的任城王曹彰竟暴
疾身亡（一說爲曹丕所毒害〔註98〕）。而到了當年七月諸王歸藩之際，

〔註97〕　《三國志·曹植傳》注引《魏略》。
〔註98〕　《世說新語·尤悔》：「魏文帝忌弟任城王驍壯。因在卞太后閤共圍棋，
　　　　　並噉棗，文帝以毒置諸棗蒂中。自選可食者而進，王弗悟，遂雜進

有司又藉口「二王歸藩，道路宜異宿止」〔註99〕，不令其與白馬王曹彪同行東歸。曹植因感與親手足之間「離別永無會，執手將何時？」〔註100〕的悲慘命運，於是遂「憤」〔註101〕而作成〈贈白馬王彪〉的詩篇。自此，終曹丕在位之際，曹植不復有入朝與母姐兄弟會面的機會〔註102〕。

平心而論，自從黃初之後，曹植無異是一個失群的人。由於隨時有「監國使者」的監視，他不僅被禁錮於特定的封地，更被剝奪了兄弟手足間的聯繫。這種隔絕，更因爲一系列志同道合的文友的相繼去世而愈顯淒涼。早在建安十七年（西元212年），建安七子中的阮瑀即已逝世；建安二十二年，由於「癘氣流行」〔註103〕，王粲、徐幹、陳琳、應瑒與劉楨等在一時之間相繼去世；二十三年，另一重要的詩人繁欽亦撒手人寰；二十四年曹植的知心好友楊修因「前後漏泄言教，交關諸侯」〔註104〕之罪名而被曹操所殺；建安二十五年（亦即魏黃初元年，西元220年），曹植的另兩位密友丁廙與丁儀兄弟被曹丕所殺；而到了黃初二年，曾與曹植縱談道、藝的才士邯鄲淳亦已去世。一系列知名文人的相繼凋零，直接造成了黃初、太和之際文壇的衰弊。不僅文學創作低落，文人士風與人格理想亦因而轉變，建安文士承繼於漢末士人的弘道濟世理想可說是完全消逝了，取而代之的則是逐漸服膺於皇權政治的瑟縮作風，不見有實踐政治抱負的凌雲豪氣。當時的曹植由於僻處下國，與文學界失去聯繫，因而愈發顯得孤伶。他不僅悲傷於文友的凋零，同時也感慨於

之。既中毒，太后索水救之。帝預敕左右毀缾罐，太后徒跣趨井，無以汲。須臾，遂卒。」
〔註99〕曹植〈贈白馬王彪〉之〈序〉。
〔註100〕曹植〈贈白馬王彪〉七首之七。
〔註101〕曹植〈贈白馬王彪〉之〈序〉。
〔註102〕參見傅亞庶《三曹詩文全集譯注》附錄〈三曹年表〉。長春：吉林文史出版社，1997年1月出版，頁1072～頁1117。
〔註103〕曹植〈說疫氣〉。
〔註104〕《三國志·陳思王植傳》注引《典略》。

共同理想的隨風飄逝。這種狀況對曹植本身的創作雖然有深化沉澱的助力，然而文壇卻因為沒有曹植的直接參與而少了一位精神上的導師，以至於在曹植的詩歌逐漸超越、昇華並凝結成千錘百鍊的藝術結晶的同時，整個文壇的創作卻愈發變得膚淺而因襲了。以此觀之，曹植後期的詩作是具有相當獨特的個體特質的，截然不同於當時的一般流俗〔註105〕。

處於這樣的境遇中，曹植內心可謂是極度孤獨的。政治上的挫折、兄弟手足之情的破滅、文壇交遊的相繼凋零以及空間上的孤立，在在將他拋擲於一絕對孤獨的生命情境之中。他雖然不減年少時建功立業的熱情，如〈雜詩七首〉之五便說道：「閑居非吾志，甘心赴國憂。」並於太和年間寫下了〈薤露行〉這首為人傳誦的詩篇：

> 天地無窮極，陰陽轉相因。人居一世間，忽若風吹塵。願得展功勤，輸力於明君。懷此王佐才，慷慨獨不群。鱗介尊神龍，走獸宗麒麟。蟲歌猶知德，何況於士人。孔氏刪詩書，王業粲已分。騁我徑寸翰，流藻垂華芬。

然而，他的內心深處卻是充滿了焦慮的、是對現實與理想的落差充滿了疑惑的。於是他藉由〈求自試表〉及〈求通親親表〉表露了這種心情：

> 今臣無德可述，無功可紀，若此終年，無益國朝，將挂風人彼己之譏。是以上慚玄冕，俯愧朱紱。……如微才弗試，沒世無聞，徒榮其軀，而豐其體，生無益于世，死無損于數，虛荷上位，而忝重祿。禽息鳥視，終于白首，此徒圈牢之養物，非臣之所志也。〔註106〕
>
> 每四節之會，塊然獨處，左右惟僕隸，所對惟妻子，高談無所與陳，發議無所與展，未嘗不聞樂而拊心，臨觴而嘆息也。

〔註105〕參見錢志熙《魏晉詩歌藝術原論》。北京：北京大學出版社，1993年1月初版，頁159～頁160；李建中《魏晉文學與魏晉人格》。漢口：湖北教育出版社，1998年9月初版，頁53。

〔註106〕曹植〈求自試表〉作於太和二年，曹植時年三十七歲。

> 臣伏以爲犬馬之誠不能動人，譬人之誠不能動天，崩城隕
> 霜，臣初信之，以臣心況，徒虛語耳！〔註107〕

顯然，曹植的生命已蒙上了一層悲劇性的色彩，非僅是孤獨而已，而
是對於生存以及生命發展無以爲繼的深刻擔憂。在這樣的大前提下，
他曾經在思想上轉向了老莊，以求得解脫。於〈釋愁文〉中，他即塑
造了一個老莊哲學化身的「玄靈先生」，希望藉由向他訴苦的過程而
解除內心中揮之不去的憂愁。曹植在向玄靈先生訴說了「愁之爲物」
後，玄靈回答道：

> 予徒辨子之愁形，未知子愁何由而生，我獨爲子言其發矣。
> 今大道既隱，子生末季，沉溺流俗，眩惑名位，濯纓彈冠，
> 咨諏榮貴。坐不安席，食不終味遑遑汲汲，或憔或悴。所罣
> 者名，所拘者利，良由華薄，凋損正氣。吾將贈子以無爲之
> 藥，給子以澹泊之方，刺子以玄虛之針，灸子以淳朴之方，
> 安子以恢廓之宇，坐子以寂寞之床。使王喬與子遨遊而逝，
> 黃公與子詠歌而行，莊子與子具養神之饌，老聃與子致愛性
> 之方。趣遐路以栖跡，乘輕雲以高翔。於是精駭意散，改心
> 回趣，願納至言，仰崇玄度，眾愁忽然，不辭而去。

玄靈先生給予曹植的藥方，是道家的「無爲」、「澹泊」、「玄虛」、「淳
朴」、「恢廓」、「寂寞」。在此，曹植一改他在早年〈七啟〉中藉由「鏡
機子」所展露的奮進態度，轉而導向了對於老莊哲學以及王喬、黃公
等神仙遨遊之境的嚮往。以此觀之，早年不信鬼神的曹植〔註108〕會
在後期作了不少的遊仙詩（例如〈桂之樹行〉、〈飛龍篇〉等），並在
諸如〈箜篌引〉中出現「生存華屋處，零落歸山丘。先民誰不死，知
命復何憂。」之類達觀的詩句，是一點也不令人意外的。因爲受到現
實挫折的他，是必須從儒學之外去尋求某種精神滿足的。

　　然而深受儒家影響的曹植雖然說出了「知命復何憂」的話語，
但直到他去世之際，內心中一直是懷著矛盾的，老莊哲學並未帶給

〔註107〕曹植〈求通親親表〉作於太和五年，曹植時年四十歲。
〔註108〕曹植〈辨道論〉認爲神仙之事「經年累稔，終無一驗」。

他恆久的思想出路。他在生命最後幾年中所作的〈臨觀賦〉即透露
了這種心態：

> 嘆東山之懇勤，歌式微以訴歸。進無路以效公，退無隱以營
> 私。俯無鱗以遊遁，仰無翼以翻飛。

可見，曹植始終未嘗放棄其進取的理想，因而一再徘徊於莊、孔之間。
誠如景蜀慧所說：「由於曹植內心裡儒家積極有為的人生哲學沾溉既
深，其氣質又多思善感，執著纏綿，所以當時那種尚未經玄學大師揉
合改造的老莊哲學，並未使曹植真正獲得安慰感，反而與他固有的努
力進取的周孔遺教形成衝突，產生了更深的矛盾與困惑。……這樣，
曹植精神上所承受的，除了外界的壓力之外，更有因兩種哲學的相互
搏擊而造成的自我懷疑，自我批判，連環百結，不能自解，心態極為
痛苦複雜。」〔註109〕

　　最後，曹植後半生以追求心靈及思想平衡為主的生命基調，亦
促使了他往文學方面的大力發展，而且無形中構成了他文學觀的改
變。從上引的〈薤露行〉一詩中不難窺知，早年在〈答楊德祖書〉
中將文學視為小道的曹植，後期已有日漸重視文學的趨勢。「孔氏刪
詩書，王業粲已分。騁我徑寸翰，流藻垂華芬。」等話語所透露的，
乃是其對文學的極端重視。對他而言，文章翰藻與立德立功一樣重
要，是達到人生三不朽中不可或缺的一環。與鄴下時期相較，曹植
後期的詩歌明顯地具有轉向內心的特色。雖然這些詩作仍具有委婉
地揭發現實黑暗的社會作用，但主要乃是詩人心理焦慮的抒發。換
句話說，詩歌不再是透過公讌戲遊以發露才情的中介，而是詩人藉
之以進行內心探索並尋求人生出路的場域。在這樣的心理探尋中，
曹植最終雖無法弭平現實與理想的鴻溝、以獲得永久的平靜，卻在
此過程中，積澱了最為深刻而震撼人心的美學意識。

〔註109〕引自景蜀慧《魏晉詩人與政治》。台北：文津出版社，民國80年11
　　　月出版，頁56～頁57。

二、曹植後期詩歌中所展現的審美意識

　　曹植的詩歌創作早期如〈公讌詩〉、〈鬥雞詩〉、〈芙蓉池詩〉、〈侍太子坐詩〉等，主要是鄴下時期狂熱外放詩風的體現。然而由於他在短短的十一年內經歷了「號則六易，居實三遷。連遇瘠土，衣食不繼」〔註110〕的變故，充分感受到政治理想與權力現實的落差，故後期的詩風摒棄了鄴下時期自由外放的路線，轉而發展了深沉內斂的一面，終於成就了有血有肉的刻骨銘心之作。這可說是一種沈憂積憤、但卻怨而不怒的特殊美感展現。

　　青年時期的曹植是一個意氣風發、充滿豪情壯志的翩翩公子。此種少年風流自賞的主體姿態，除了可在公讌戲遊間的詩作窺見之外，亦可在諸如〈雜詩七首〉之六、〈白馬篇〉中略窺究竟：

> 飛觀百餘尺，臨牖御櫺軒。遠望周千里，朝夕見平原。烈士多悲心，小人媮自閑。國讎亮不塞，甘心思喪元。拊劍西南望，思欲赴太山。絃急悲聲發，聆我慷慨言。(〈雜詩七首〉之六)

> 白馬飾金羈，連翩西北馳。借問誰家子，幽并游俠兒。少小去鄉邑，揚聲沙漠垂。宿昔秉良弓，楛矢何參差。控弦破左的，右發摧月支。仰手接飛猱，俯身散馬蹄。狡捷過猴猿，勇剽若豹螭。邊城多警急，胡虜數遷移。羽檄從北來，厲馬登高隄。長驅蹈匈奴，左顧陵鮮卑。棄身鋒刃端，性命安可懷。父母且不顧，何言子與妻。名編壯士籍，不得中顧私。捐軀赴國難，視死忽如歸。(〈白馬篇〉)

不管是「遠望」、「拊劍」，還是「控弦」、「仰手」、「俯身」等，顯現的皆是一個少年英雄挺拔壁立的偉岸形象。然而，這種早年外放浪漫的心靈與姿態，卻在生命後期遭受到政治及人倫的挫折後有了劇烈的改變。如其在〈贈白馬王彪詩〉中突顯的即是一種顛沛流離而形神蕭索的主體：

> 謁帝承明廬，逝將歸舊疆。清晨發皇邑，日夕過首陽。伊洛

〔註110〕曹植〈邊都賦〉之〈序〉。

> 廣且深，欲濟川無梁。泛舟越洪濤，怨彼東路長。顧瞻戀城
> 闕，引領情内傷。（〈贈白馬王彪詩〉七首之一）
>
> 太谷何寥廓，山樹鬱蒼蒼。霖雨泥我塗，流潦浩縱橫。中逵
> 絕無軌，改轍登高岡。修阪造雲日，我馬玄以黃。（〈贈白馬王
> 彪詩〉七首之二）
>
> 玄黃猶能進，我思鬱以紆。鬱紆將何念，親愛在離居。本圖
> 相與偕，中更不克俱。鴟梟鳴衡軛，豺狼當路衢。蒼蠅間白
> 黑，讒巧反親疏。欲還絕無蹊，攬轡止踟蹰。（〈贈白馬王彪詩〉
> 七首之三）

其中「顧瞻」、「欲還」、「踟蹰」等顯示的是詩人心中的眷戀與不甘，
而身體也是遲疑猶豫的，絲毫未見開朗的豪氣。這種心靈與姿態的轉
變，亦可從〈雜詩七首〉之三、及〈種葛篇〉見之：

> 西北有織婦，綺縞何繽紛。明晨秉機杼，日昃不成文。太息
> 終長夜，悲嘯入青雲。妾身守空閨，良人行從軍。自期三年
> 歸，今已歷九春。飛鳥遶樹翔，噭噭鳴索群。願為南流景，
> 馳光見我君。（〈雜詩七首〉之三）
>
> 行年將晚暮，佳人懷異心。恩紀曠不接，我情遂抑沈。出門
> 當何顧，徘徊步北林。……攀枝長歎息，淚下沾羅襟。（〈種
> 葛篇〉）

黃初以後的曹植，心態已然逐漸老去。在不斷的打擊下，他年歲未老
而內心先衰，日益變成了一個「『嫠婦夜泣，自怨自艾』的待罪老夫」
〔註111〕。

　　曹植儘管沈憂積憤，深受了兄長的不平等對待，壯志又不能伸
展，但對儒家君臣、人倫之禮的堅持，卻讓他的生命經驗體現出了一
種「怨而不怒」的境界，輝映出了一種儒家講求忠恕之道的特有美感。
這種對於仁愛本位的堅持，讓他在生命受到極度打擊時，猶能以一種
寬厚的胸懷去體諒曹丕、曹叡的無情，充分展露了他生命本質中以誠
拙為基調的人格之美。而自覺待罪的心態，反而讓他將種種的不平轉

〔註111〕引自鍾優民《中國詩歌史》。高雄：麗文化事業股份有限公司，
　　　　民國83年5月初版，頁93。

化成對自我內心的深沉質問，因而產生了怨極而哀的感受：

> 長夜何冥冥，一往不復還。黃鳥爲悲鳴，哀哉傷肺肝。（〈三
> 良詩〉）
> 孤雁飛南游，過庭長哀鳴。（〈雜詩七首〉之一）

在此，「哀」不僅是一種對於身體的內在斲傷，更是對於生命出路的疑惑。是心靈經過了巨大撕裂後，卻無能爲力的失落，而其鏡照出的是一種對於外在網羅無力反抗的荒謬美感。

難怪，曹植會將一切遭遇歸諸於難以理解的「天命」：

> 太息將何爲，天命與我違。（〈贈白馬王彪詩〉七首之五）
> 苦辛何慮思，天命信可疑。……變故在斯須，百年誰能持。
> （〈贈白馬王彪詩〉七首之七）

於是早年不信鬼神、不覺宇宙自然可以影響世人命運的他，在生命受到極度的挫折後轉向了對仙境以及幻想世界的企求，希望能弭平內心中的不平靜。至此，曹植十分看重心靈的力量，他在〈精微篇〉中說道：

> 精微爛金石，至心動神明。杞妻哭死夫，梁山爲之傾。子丹
> 西質秦，烏白馬角生。鄒衍囚燕市，繁霜爲夏零。

藉由心靈主體的感應靈變，亦即精微的力量，他希望能尋得生命本質的解脫與自由。這乃是一種「神思」般的審美經驗，是一種審美主體馳騁心靈力量，透過想像的翅膀以安頓受創心靈的審美方式。

〈洛神賦〉開頭對於洛神出現的描述，可說是這種想像馳騁相當適切的比喻：

> 日既西傾，車殆馬煩，爾乃稅駕乎蘅皋，秣駟乎芝田，容與
> 乎陽林，流眄乎洛川，於是精移神駭，忽焉思散。俯則未察，
> 仰以殊觀，睹一麗人，於岩之畔。

他在〈釋愁文〉中對「愁之爲物」的描述，亦展現了對這種心理過程的深刻體認：

> 愁之爲物，惟恍惟惚，不召自來，推之弗往；尋之不知其際，
> 握之不盈一掌；寂寂長夜，或群或黨，去來無方，亂我精爽；

其來也難進，其去也易追……。

在這種想像馳騁的審美交會過程中，曹植其實已在無形中揭露了他對於美與醜的判斷。年少時期喜愛的「寶劍」、「玉樽」、「白馬」、「神魚」、「靈芝」等奇珍異寶，雖仍是曹植晚期詩歌中不可忽視的審美品類，然而在藉由幻想的含蓄表達中，帶著一抹哀怨的「美女」、「佳人」卻成了他新一階段最重要的審美品類：

> 美女妖且閑，採桑歧路間。柔條紛冉冉，落葉何翩翩。攘袖見素手，皓腕約金環。頭上金爵釵，腰佩翠琅玕。明珠交玉體，珊瑚間木難。羅衣何飄颻，輕裾隨風還。顧盼遺光采，長嘯氣若蘭。行徒用息駕，休者以忘餐。借問女安居，乃在城南端。青樓臨大路，高門結重關。容華耀朝日，誰不希令顏。媒氏何所營，玉帛不時安。佳人慕高義，求賢良獨難。眾人徒嗷嗷，安知彼所觀。盛年處房室，中夜起長歎。(〈美女篇〉)

> 南國有佳人，容華若桃李。朝遊江北岸，夕宿瀟湘沚。時俗薄朱顏，誰爲發皓齒。俛仰歲將暮，榮曜難久恃。(〈雜詩七首〉之四)

> 攬衣出中閨，逍遙步兩楹。閒房何寂寞，綠草被階庭。空室自生風，百鳥翩南征。春思安可忘，憂戚與我并。佳人在遠道，妾身單且煢。(〈雜詩七首〉之七)

> 有美一人，被服纖羅。妖姿豔麗，蓊若春華。紅顏韡燁，雲髻嵯峨。彈琴撫節，爲我弦歌。清濁既均，既亮且和。取樂今日，遑恤其他。(〈閨情詩〉)

詩中的女子，其容顏體態乃是「顧盼遺光采，長嘯氣若蘭」，其居處則是青樓高門、閒房綠草，而其身上的服飾更是明珠珊瑚、羅衣輕裾，以此襯托出女子深美芳潔的氣質與情懷。誠如劉履評論〈美女篇〉時所說：「其言妖閑皓素以喻才質之美，服飾珍麗以比己德之盛，至於文彩外著、芳譽日流、而爲眾所希慕如此。」〔註112〕曹植藉由女子託喻所意指的，無疑是他自己的人格之美，潛藏了他透過對自我人格

〔註112〕見黃節《曹子建詩注》卷二。

的理想描述，對瑰麗美質的極度歌頌。這種對特定美質的禮讚，亦可在〈桂之樹行〉等遊仙詩中對仙境之美的描述見之：

> 桂之樹，桂之樹，桂生一何麗佳。揚朱華而翠葉，流芳布天涯。上有棲鸞，下有盤螭。桂之樹，得道之眞人，咸來會講仙，教爾服食日精。

在曹植的筆下，神仙世界是何等的瑰麗、何等地令人眼花撩亂。然而，曹植對於美的想像並非僅止於此，藉由對男女「會合」、「歡會」的期待，曹植進一步揭示了一個最終以「和」、「諧」爲依歸的審美理想：

> 明月照高樓，流光正徘徊。上有愁思婦，悲歎有餘哀。借問歎者誰，言是宕子妻。君行踰十年，孤妾常獨棲。君若清路塵，妾若濁水泥。浮沈各異勢，會合何時諧。願爲西南風，長逝入君懷。君懷良不開，賤妾當何依。（〈七哀詩〉）
>
> 佳人在遠道，妾身單且煢。歡會難再遇，芝蘭不重榮。人皆棄舊愛，君豈若平生。寄松爲女蘿，依水如浮萍。齎身奉衿帶，朝夕不墮傾。倘終顧盼恩，永副我中情。（〈雜詩七首〉之七）
>
> 浮萍寄清水，隨風東西流。……在昔蒙恩惠，和樂如琴瑟。（〈浮萍篇〉）

從詩中女子企求與夫君琴瑟和鳴的強烈願望可知，曹植終究離不開儒家傳統對於人倫和諧的期待。這不僅暗喻了曹植希望能重獲君主賞愛以及與兄長修復人倫摯情的具體期待，更隱涵了他對於人世間和諧美好境界的深刻盼望。

而曹植後期的詩歌一方面雖透露了美的理想，另一方面，卻同時也展現了他對於醜的厭惡。相對於奇珍異寶、美女、仙人、仙境等引起美的想像的品類，詩歌中亦出現了諸如「蒼蠅」、「鴟梟」、「豺狼」等召喚醜的意象：

> 鴟梟鳴衡軛，豺狼當路衢。蒼蠅間白黑，讒巧反親疏。欲還絕無蹊，攬轡止踟躕。（〈贈白馬王彪詩〉七首之三）

他甚至還作了〈蝙蝠賦〉，明白表示了他對於「形殊性詭，每變常式」、「明伏暗動，……盡似鼠形」、「巢不哺鷇，空不乳子」的厭惡。從這

些曹植心目中認為醜陋的品類不難發現，其大體具有陰森、晦暗、奸巧的性質，相對的是仁義和諧的瑰麗美質，潛藏了曹植對於奸佞以及曹丕醜陋手段等的沉痛指控。因為正是這些現實中醜陋的事物，逼得他走投無路，必須透過神感的作用，以抒發沉鬱積憤的心理挫折。

可惜的是，曹植希望透過神感般的詩性超越以去除心中塊壘的作法，最終是沒有成功的。神感雖可使他暫時遨遊在極美的世界中，然而屬於身體與心靈的現實卻在在拉扯著他回到眼前的境遇。更何況，極美事物所對照的往往是極醜的存在，詩性超越本身固然帶來了屬於烏托邦的神秘體驗，卻也拉大了原先與現實間的距離。而往返徘徊於這兩極分裂的對比之間，他的內心只有變得更加地苦楚與悲哀。這也難怪曹植會以「轉蓬」、「泥塵」、「浮萍」自喻，說出了他最終對於生命本質的無限疑惑！

最後，值得一談的是曹植後期詩歌所運用的藝術技巧及其所呈現出來的風格。相應於美感經驗與審美理想上的改變，曹植後期詩歌其實亦揭示了一種獨特的詩美風格。他後期的詩歌創作，明白透顯出如《楚辭》般「憂」與「遊」結合的浪漫趨勢。屈原當年被楚懷王流放，心中有著無限的積鬱，因而寫下了〈離騷〉、〈遠遊〉等篇章，藉由神話與想像世界的遨遊以諷刺時政並抒發心靈的哀傷。曹植亦採用了此一書寫方式，尤其是遊仙詩，更是深得《楚辭》的精神，因此黃節在注曹植〈遊仙〉一詩時說道：「子建〈遊仙〉、〈五遊〉、〈遠遊〉諸篇，則尤極意模仿屈原者也。」〔註113〕透過這樣的書寫方式，曹植如同屈原般在詩歌中到處展露了主觀的情緒與理想，再加上神話色彩的渲染，為整體詩歌的風格奠下了浪漫的基調。

曹植詩歌會出現以「憂」與「遊」結合為基礎的風格展現，其實透露了他已將書寫的重心由外在客體轉向了內心世界。鄴下時期的曹植，創作技巧已經十分地成熟，諸如〈鬥雞詩〉、〈侍太子坐詩〉等篇

〔註113〕見黃節《曹子建詩注》卷二。

章即具體呈現了他摹寫傳神、體物眞切的功力：

> 群雄正翕赫，雙翹自飛揚。揮羽激清風，悍目發朱光。觜落輕毛散，嚴距往往傷。長鳴入青雲，扇翼獨翱翔。願蒙狸膏助，常得擅此場。（〈鬥雞詩〉）
>
> 白日曜青春，時雨靜飛塵。寒冰辟炎景，涼風飄我身。清醴盈金觴，餚饌縱橫陳。齊人進奇樂，歌者出西秦。翩翩我公子，機巧忽若神。（〈侍太子坐詩〉）

黃初之後，他的詩作雖仍保持著先前描寫事物的精湛功力，但已將表現的重心由對外轉而爲對內。如果說曹植早期的詩歌是對外物形貌的歌頌，則他後期的詩作便是對個體內在心理的深刻刻畫。例如〈七哀詩〉中即出現女子希望與夫君會合的心理鋪陳：

> 君行踰十年，孤妾常獨棲。君若清路塵，妾若濁水泥。浮沈各異勢，會合何時諧。願爲西南風，長逝入君懷。君懷良不開，賤妾當何依。

作者十分巧妙地將主體的心靈活動化爲具體的藝術形象，以抒發一己之感受與憂憤。他經常借用傳統且看似普通的題材來抒發哀怨之情，例如：

> 高臺多悲風，朝日照北林。之子在萬里，江湖迥且深。方舟安可極，離思固難任。孤雁飛南游，過庭長哀吟。翹思慕遠人，願欲托遺音。形影忽不見，翩翩傷我心。（〈雜詩七首〉之一）
>
> 西北有織婦，綺縞何繽紛。明晨秉機杼，日昃不成文。太息終長夜，悲嘯入青雲。妾身守空閨，良人行從軍。自期三年歸，今已歷九春。飛鳥遶樹翔，噭噭鳴索群。願爲南流景，馳光見我君。（〈雜詩七首〉之三）
>
> 夜光明珠，下隱金沙。採之誰遺，漢女湘娥。（〈遠遊篇〉）

他雖然以傳統的題材與意象入詩，但卻具有豐富而深厚的人文理想，截然不同於眼光淺短的擬古、仿古之作，而是將歷史視域當作感興的媒材，俾以投射一己存在的寄託。可以說，他後期詩作中雖充滿了外物具體的形象，但卻無處不見詩人內心的眞情流露。透過具有歷史感的傳統題材與意象，曹植毫無斧鑿痕跡地展現了自我內

心的深刻告白。

在這樣的書寫之中，情感十分自然地進入了他的詩作。曹植蒐羅了大量的意象入詩，而意象本身即被賦予了相當強烈的主觀性色彩，具有豐富而生動的象徵意涵。例如「蒼蠅」具有「奸佞」的陰險意涵，「窮鳥」則為自我失群的投射。在此同時，配合著神仙世界以及幻想的無際馳騁，曹植在詩作中運用了實境與虛境交互結合，亦即「虛實結合」的方式，經營出了一種空靈恍惚、神思超逸的色彩，因而更增添了詩作原先所具有的浪漫色彩。例如〈妾薄命行〉：「攜玉手，喜同車，北上雲閣飛除。釣臺蹇產清虛，池塘觀沼可娛。仰汎龍舟綠波，俯擢神草枝柯。想彼宓妃洛河，退詠漢女湘娥」。值得一提的是，曹植雖然相當重視辭藻，詩中用字亦不乏瑰麗色澤（例如〈棄婦詩〉中的「石榴植前庭，綠葉搖縹青。丹華灼烈烈，璀彩有光榮。光榮曄流離，可以戲淑靈。」又如〈靈芝篇〉中的「靈芝生王地，朱草被洛濱。榮華相晃耀，光彩曄若神。」），但卻不似西晉詩作般流於綺靡矯作。綜觀其詩作，並沒有出現艱澀、隱晦的字句，而是從民間樂府層出不窮的形式創新中汲取了創作的源頭活水，賦予了詩歌真情流露的自然本色〔註 114〕。事實上，曹植的可愛之處，即在於他的拙誠、在於他對自我內心澎湃情感的誠實以對。

〔註114〕參見陳鴻銘〈曹植之文學理論與實踐〉。《人文學報》，第三卷二一期，民國 86 年 8 月，頁 60。

第三章 正始詩歌中的審美意識 —— 憂悶情感的奔騰與內在理境的超越

第一節 玄學興起的政治社會作用與詩歌創作角色的改變

一、玄學興起的社會作用及其政治理想

> 夫老、莊之書，蓋全真養性，不肯以物累己也。故藏名柱史，終蹈流沙；匿跡漆園，卒辭楚相，此任縱之徒耳。何晏、王弼，祖述玄宗，遞相誇尚，景附草靡，皆以農、黃之化，在乎己身，周、孔之業，棄之度外。而平叔以黨曹爽見誅，觸死權之網也；輔嗣以多笑人被疾，陷好勝之阱也；山巨源以蓄積取譏，背多藏厚亡之文也；夏侯玄以才望被戮，無支離臃腫之鑒也；荀奉倩喪妻，神傷而卒，非鼓缶之情也；王夷甫悼子，悲不自勝，異東門之達也；嵇叔夜排俗取禍，豈和光同塵之流也；郭子玄以傾動專勢，寧後身外己之風也；阮嗣宗沉酒荒迷，乖畏途相誡之譬也；謝幼輿贓賄黜削，違棄其餘魚之旨也：彼諸人者，並其領袖，玄宗所歸。其餘柱梏塵滓之中，顛仆名利之下者，豈可備言乎！直取其清談雅論，剖玄析微，賓主往復，娛心悅耳，非濟世成俗之要也。

（顏之推《顏氏家訓》卷三〈勉學〉）

根據顏之推在《顏氏家訓》一書中的觀察，正始之際即已盛行的玄談風氣，乃是屬於賓客之間「清談雅論」的小道，並「非濟世成俗之要也」。顏氏之批評雖係出自儒家本位經世濟用之觀點，有其預設立場，但是，他對於玄學並非遠離現實、以及正始與竹林玄學之領袖如何晏、王弼、荀融、夏侯玄、嵇康、山濤、與阮籍等人並非超塵出世者的看法，卻頗有道理。揭示了玄學之出現雖以老、莊為宗，然在特殊政治、經濟與社會脈絡的制約下，卻與先秦的原始道家有了相當的差別。玄學從表面上看似乎是虛而不實、玄而不明的，因此往往被認為是一脫離了社會實際而獨立存在的領域，然而玄學實際上正如顏之推所指出者，卻正是社會現實的產物，是在正始之際皇權與世家貴族權力消長之下知識——權力的論述產物，具有一定的政治社會意義。

玄學之所以在正始之際成為論述的主要核心，乃是有其社會現實之基礎的。可以這樣說，是社會實際生活的需要召喚著玄學的出現的，這可從如下幾方面來觀察：一來，以經學為尊的儒學，在經過東漢末年以來社會的大變動後，其在西漢之際曾經定於一尊的權威已經被打破，此一趨勢到了建安、黃初、乃至正始之際更是明顯。《魏志‧王肅傳》注引魚豢《魏略‧儒宗傳序》云：「從初平之元，至建安之末，天下分崩，人懷苟且。綱紀既衰，儒道尤甚。至黃初元年之後，新主乃復始掃除太學之灰炭，補舊石碑之缺壞，備博士之員錄，依漢甲乙以考課。申告州郡，有欲學者，皆遣詣太學。太學始開，有弟子數百人。至太和、青龍中，中外多事，人懷避就，雖性非解學，多求詣太學。太學諸生有千數，而諸博士率皆粗疏，無以教弟子。弟子本亦避役，竟無能學習，冬來春去，歲歲如是。而雖有精者，而台閣舉格太高，加不念統其大義，而問字指墨法點注之間，百人同試，度者未十，是以志學之士，遂復凌遲，而末求浮虛者各競逐也。正始中，有詔議圜丘，普延學士。是時，郎官及

司徒領吏二萬餘人，雖復分布，見在京師者尚且萬人，而應書與議者略無幾人。又是時朝堂公卿以下四百餘人，其能操筆者未有十人，多皆相從飽食而退。嗟夫！學業沉隕，乃至於此。」

在此經術殞落的狀況下，加上各種思想日益地活絡起來，原本士人所信奉的一套以儒家爲本的人生理想與行爲規範也逐漸失去了既有的吸引力，個體的情感一度被提高到相當重要的地位。然而，放縱個體的任情而行畢竟只是一時的過渡，一個社會的合理運作，仍是需要有其思想或意識形態上之根源的。於是，老、莊強調「無爲」與「任自然」的思想便被用來解釋現實生活中所出現的種種新價值與新行爲，思欲藉此來彌補因儒學地位殞落後所出現的思想眞空。只是，先秦老、莊的無爲與任自然思想，畢竟與建安、正始之際所強調的任情縱性是有所扞格的，因爲，前者關注的是特屬於心靈的自由，誠如顏之推所觀察者，其非但輕視物質的享受，「不肯以物累己」，更希望摒除肉身、超越慾念，從而達到人生超然的境界。相較之下，建安、正始之際的士人非僅強調心靈的自由，同時亦重視身體的養生，「貴身」是其論述的一大重心。是以，先秦道家的思想便需要在新的社會條件的考慮下重新予以詮釋、加以改造，方才合乎現實的需要。如此便促成了正始玄學的出現，藉由談玄、注玄與論玄的過程，正始玄學既吸收了先秦道家的基本原則，卻也同時接收了其他的思想來源，因而賦予了自身以有關現實的生機。

二來，雖然漢末建安以降人的個體意識逐漸覺醒，但早先因儒術獨尊所奠下的種種思想價值、社會準則與日常生活習慣亦同時頑強地存在著，並抗拒著新的價值、新的行爲規範與新的生活方式的出現。誠如法國社會人類學家布狄爾（Pierre Bourdieu）所指出者：一個社會的結構雖會因爲外力的作用而有所改變，但此改變並非是一朝一夕即能克盡其功的，而是需要經過一段牽涉了日常生活習癖

（habitus）中介改造之結構化歷程（structuration）的〔註 1〕。這種
存在於新、舊習癖間之扞格所產生的深刻矛盾，被提到了思想的層
次來加以討論，便是所謂的「自然」與「名教」之間的爭議。為此，
便需要有一種新的論述，來緩和甚或解除兩者之間的矛盾，「玄學」
於是在此情況下粉墨登場，擔負起調停甚或塗銷兩者之間意識形態
差異的具體任務。以此觀之，正始玄學在強調老、莊道家學說之際，
會沾染了許多儒家色彩乃是不足為奇的。例如阮籍雖著重任自然，
卻也十分重視儒家的仁愛思想，而各個玄學領袖雖宗易、老，但並
不否認孔子作為聖人的地位。畢竟，玄學之所以產生，乃是為了在
理論上解決名教與自然間看似無以跨越的鴻溝而出現的，它本身即
是社會現實的具體產物。

　　正始以及竹林玄學作為一種知識——權力論述，除了是社會生活
現實的文化產物外，更與當時政治及經濟的運作脫不了關係。正始，
乃是魏齊王曹芳在位時之年號，從西元 240 年至 248 年，然而文學史
中所謂的廣義的正始玄學（包含了正始名士與竹林名士）與正始詩
歌，產生的時間遠長於這段時間，大約是指三少帝 —— 亦即齊王曹
芳、高貴鄉公曹髦與元帝曹奐，在位之際。有別於先前魏文帝與魏明
帝的強權統制，齊王曹芳即位後的正始年間，可說是魏代政治情勢最
為寬鬆之時期。文帝與明帝在位時，由於繼承了曹操以刑名法制治天
下之傳統，君權之控制非但未見減少，反而有日漸森嚴之趨勢。此一
氣氛非僅及於政經層面，連文化思想領域亦不免受到波及，黃初以後
文學之由抒情言志轉為歌功頌德即是最好的明證。

　　直到正始之際，來自於君權的強力控制方才轉為鬆弛。齊王曹芳
以幼年繼位，明帝遂託孤於大將軍曹爽與司馬懿，朝政大權終而旁落
於以曹爽為主之世家大族的手中，文、明兩帝時期受到君權禁錮之社

〔註 1〕　參閱王志弘譯（R. J. Johnston, D. Gregory, and D. M. Smith eds）《人
　　　　文地理學詞典選譯》。台北：譯者自印，1995 年 4 月二版，頁 57～
　　　　頁 58。

會上層的浮華士人於是趁機而起，受到了曹爽的重用，重新展開了他們在政治與文化上的事業。這些包含了魏代功臣、權貴和世家大族子弟的上層社會人士，憑藉著他們散落在各處封建領土上、自給自足的塢堡莊園經濟爲後盾，於是以京師洛陽爲中心，圍繞在何晏與鄧颺的身旁展開社交生活，他們每每談玄論道，表現了極高的理論熱情，從而蔚成了歷史上知名的「正始名士」集團。自此之後，談玄逐漸蔚爲一種風氣，當時談玄的名士除了何晏、王弼、魏瓘、鍾會與荀融等的正始名士外，夏侯玄身旁亦圍繞了一群士人，如應貞等人。而到了正始中期之後，更出現了被後人稱之爲「竹林名士」或「竹林七賢」的嵇康、阮籍、山濤、向秀、王戎、劉伶與阮咸。

　　由此不難想見，正始玄學之出現，委實具有世家大族藉著文化論述與君權抗衡的絃外之音。事實上，何晏、王弼等人雖然是玄學名家，然而他們所從事的卻不折不扣是帶有濃厚政治意味的活動。觀諸何晏、王弼等人所高談的「貴無」玄學，亦是針對強權政治所可能帶來的弊端而提出的「無爲而治」的政治哲學。他們認爲，眞正則天行道的君主，百姓是講不出其好處的，因而是無名的，這即是統治者應該要追尋的理想君主人格，而達成此一人格的最具體途徑，便是順應自然的「無爲」。然而無爲並非不爲，而是有所爲而民卻不知其有所爲，故無所稱頌。王弼於解釋《論語・泰伯》篇「巍巍乎！唯天爲大，唯堯則之。蕩蕩乎民無能名焉」一語時說道：

> 聖人有則天之德。所以稱唯堯則之者，唯堯於時全則天之道也。蕩蕩，無形無名之稱也。夫名所名者，生於善有章而惠有存。善惡相須，而名分形焉。若夫大愛無私，惠將安在？至美無偏，名將何生？故則天成化，道同自然。

何晏、王弼之所以提倡無爲之說，旨在矯正先前君主過分專制的弊病，然而他們雖然以「無」作爲出發點，但最後之目的卻在肯定「有」，對他們來說，「無」顯然只是個手段，而非目的，是用以肯定現實的。這樣的說法，極有利於正始時期政治的實際運作狀況，藉由玄學討論

所暗藏的知識——權力意涵、以及它所預設的政治理想，以曹爽爲主
的世家大族獲得了削弱君權的合法性，並在此基礎上更進一步地開展
了其所特有的以清談爲主的生活模式與文化。

　　齊王曹芳即位後，曹爽雖然一度掌握了大權，然而同時受到明
帝託孤的司馬懿卻也在暗中虎視眈眈地想要奪取政治上的權炳。經
過了多年不動聲色的籌備，司馬懿終於在正始十年（亦即嘉平元年，
西元 249 年）逮到了機會，利用曹爽隨齊王曹芳離開京城之際發動
了高平陵之變，不僅殺害了曹爽，更大舉捕殺了受到曹爽庇護、扶
持的何晏等玄學名士，於是天下名士去其半。自此之後，由於曹氏
集團與司馬氏集團相互傾軋，親曹氏集團而被視爲浮華之徒的玄學
名士屢屢受到殺害，例如夏侯玄即於嘉平六年（西元 254 年）因密
謀殺害司馬師事敗而反爲後者所殺、正元二年（西元 255 年）則有
毋丘儉見殺、甘露三年（西元 258 年）亦有諸葛誕被戮、甚至到了
景元四年（西元 263 年）尚有嵇康見誅，玄學與實際政治密切結合
的時期於焉告終，從此走上了與政治背道而馳的消極路線。以嵇康、
阮籍爲主的竹林名士，即是此一社會脈絡下的具體代表。不同於何
晏、王弼等與政治間的緊密連結，阮籍、嵇康等人與實際政治之間
的關係可說是較爲疏離的。面對著司馬氏家族日益強大的集權統
治，本想要有一番作爲而最終卻不免失落的竹林名士，是有著相當
大的不平與激越的，他們於是運用了玄學作爲緩衝劑，藉由自然學
說暫時弭平了存在於他們理想中與現實社會間的巨大落差，從而爲
一己人生尋得了再出發的意義與動力。有別於正始名士較明顯的政
治取向，竹林名士不管是其玄學論述還是其文學創作，皆表露了更
爲深刻地探討人生意義歸趨問題的傾向，呈現出了一股對人生哲學
殷殷探尋的意念。而此雖是逃避司馬氏政治高壓下不得不爾的無奈
之舉，卻也同時展現出了一種個體追求自由超越的浪漫主義意涵，
從而爲正始詩歌所特有之審美意識發展提供了意義豐饒的土壤。

二、玄虛相尙的清談社交及其所開展的審美向度

　　與鄴下文士集團相較，以何晏、王弼爲首的正始名士以及以嵇康、阮籍爲代表的竹林名士，雖然稱不上是嚴格意義下的文人集團，然而以他們爲中心所展開的清談社交，卻對當時的士人群體產生了莫大的影響，終而蔚成了被後世稱爲「正始之音」的一代風尙。

　　清談的風尙並非始自於正始時代，東漢之際盛行的清議可說是清談的雛形。清議原是一種選拔人才的社會監督，其主要是以道德判斷作爲人物品評的標準。值得注意的是，這種評斷之主流意見到了東漢末年雖仍未見巨大的改變，然而，卻開始出現了一些對於人的才性、以及風姿儀容的評論，後者並在劉劭《人物志》所載人物品鑑之風逐漸流行的狀況下，取代了前者，而成爲魏晉以降評論的主要傾向。而就在評論標準日益由道德轉向才性的同時，一種以探索義理爲主要內容的談論也在發展當中，可說是玄學出現的先聲。隨著學術本身由重實證轉向重義理的反省，東漢末年蔡邕的談論，即已涉及了玄遠的意涵：

> 王充作論衡，北方都未有得之者。蔡伯喈嘗到江東，得之，嘆其文高，度越諸子。即還中國，諸儒覺其談論更遠，嫌得異書，或搜求至隱處，果得論衡，捉數卷將去。伯喈曰：「唯我與爾共之，勿廣也。」〔註2〕

從江東歸來的蔡邕雖然尙不可能涉及玄學的命題，然而其談論的義理卻更爲深遠、玄遠，透露出了一絲涉及抽象義理問題的訊息。此後，曹植雖亦曾談及道家有關於「淡泊、無爲、自然」〔註3〕問題，然正式談論玄學之問題者，當屬荀粲。《世說新語・文學》注引〈荀粲別傳〉即說：「粲太和初到京邑，與傅嘏談。嘏善名理，而粲善玄遠，宗致雖同，倉卒時或格而不相得意。裴徽通彼我之懷，爲二家釋。頃之，粲與嘏善。」可見，談玄之肇始至少不應晚於太和初荀粲。

〔註2〕　《太平御覽》卷六〇二引《抱樸子》。
〔註3〕　曹植〈桂之樹行〉：「要道甚省不煩：淡泊、無爲、自然。」

然而，談玄之蔚為一股盛大的風氣，卻是到了正始時候方才發生的，而且得力於曹爽在政治上的扶持。當時「少有異才，善談老、易」〔註4〕的何晏、以及鄧颺等以京師洛陽為中心，聚攏了諸如王弼等的世家子弟，展開了清談的風尚。就此現象，《三國志·管輅傳》注引〈輅別傳〉記載道：

> 輅辭裴使君，使君言：「何、鄧二尚書有經國才略，於物理無不精也。何尚書神明精微，言皆巧妙，巧妙之志，殆破秋毫，君當慎之！自言不解易九事，必當以相問。比至洛，宜善精其理也。」

《世說新語·文學》注引《文章敘錄》亦說道：

> 晏能清言，而當時權勢，天下談士，多宗尚之。

而《世說新語·文學》更說道：

> 何晏為吏部尚書，有位望。時談客盈坐，王弼未弱冠，往見之。晏聞弼名，因條向者勝理語弼曰：「此理僕以為極，可得復難不？」弼便作難，一坐人便以為屈，於是弼自為客主數番，皆一坐所不及。

可見，在何晏、鄧颺以及王弼清言的主導下，「天下談士，多宗尚之」，競相以清談為社交之能事，除結交朋黨外，並誇耀自己之才學。

這樣的社交生活與建安時期鄴下文士的公讌場合是大不相同的。由曹丕所領導的鄴下文士間的彼此戲遊，著重的乃是一己情感與志望的抒發，他們往往在美景、佳餚當前之際，藉由好酒與舞樂的助興，透過了吟唱、即興賦詩等浪漫的舉動，尋求文人集體共感的達成。相對之下，正始之際的名士交遊，除了竹林七賢彼此之間放浪形骸的縱情酣飲外，則顯然是一個極端強調理性的主智場合，非但不一定需要餚、酒、舞、樂與美景的助興，甚至連文章都可以省略，而只剩下賓、主之間藉由言辭的彼此「攻難」。這種談論，不必有特殊的形式，只要隨時隨地，有二人以上相聚而談，即為「談坐」。上文所引王弼

〔註4〕《世說新語·文學》注引《魏氏春秋》。

與何晏等人間的談坐即爲一例。另再舉阮籍與王戎談玄之事例二則亦可證之：

> 初，籍與戎父渾俱爲尚書郎，每造渾，坐未安，輒曰：「與卿語，不如與阿戎語。」就戎，必日夕而返。〔註5〕

> 戎年十五，隨父渾在郎舍，阮籍見而説焉。每適渾，俄頃，輒在戎室久之。乃謂渾：「濬沖清尚，非卿倫也。」〔註6〕

雖然談坐之門是開放的，而且沒有人數的限制（甚至在理論上連參與者的資格都沒有限定），但這並不意味了每個參與的人都可以談。事實上，除了偶有第三者爲彼此解析義理不通之處外（例如，前引文中裴徽即曾爲荀粲與傅嘏二家判析，使「粲與嘏善」），談坐只是屬於主、客二人間的事，從前引王弼往見何晏的事例中，不難窺見當日主、客互相對談的情形。像這樣的談論，既有主客之勢，自然必有來往，而一來一往，則稱之爲「一番」。談坐時對於番數並沒有特別規定，端看何時一方已再無法繼續，談坐便宣告結束（在前例中，王弼即「自爲客主數番」，可見其談坐工夫之深）。而其所得之理即爲勝理。至於談坐中其餘大部分的人，不僅是抱著欣賞之心情，更是懷著學習之態度。談坐於是成爲貴族子弟們受教育的最重要場所，希望能藉由觀摩練就一身好的言談功夫。

值得注意的是，談坐雖不拘形式，但名士們對於「談論」本身，卻是抱持著極爲審愼而嚴肅的態度。畢竟，談玄與日常生活中的談天說地是大不相同的，「談端」既啓之後，決不容許參與談論者漫無目的地想到哪裡便說到哪裡，而是必須對自身所欲訴說的道理加以思考、經過組織，使其合乎邏輯而能自圓其說，非但要適切地引用古往今來的「談證」以推翻對手的理論，更須自築城圍以防止對手來攻。由於採取了「論難」的方式，談坐頗似戰場，在彼此談論的場合中，不但比較雙方實力之高下，而且相當重視戰術、戰略之運用。甚至連

〔註5〕　《世說新語・簡傲》注引〈竹林七賢論〉。
〔註6〕　《世說新語・簡傲》注引《晉陽秋》。

談論的字彙亦出現諸如「堅城壘」、「偏師」、與「濟河焚舟」等軍事上之用語：

> 謝胡兒語庾道季：「諸人莫當就卿談，可堅城壘。」庾曰：「若文度來，我以偏師待之；康伯來，濟河焚舟。」〔註7〕

　　總而言之，就玄談發展的歷史而言，正始乃是一個相當關鍵的時期，雖然談風並非由其所開創，卻是樹立規模、豐富內涵，並加以發揚光大的一個階段。更爲重要的是，在何晏、王弼、乃至竹林名士嵇康、阮籍等的論述實踐中，其除了在內容上建構了一套用道入儒、玄虛相尚的玄學理論外，更開展出了一個獨特的審美世界，不僅具有獨特的審美標準，更影響了當時包括詩歌在內的文學創作：首先，承續了漢末以來對於人物品鑑的重視，在行爲舉止方面，正始與竹林名士藉由談坐加強並鞏固了素來注重儀容、風度的審美傳統。例如，正始名士的領袖何晏與夏侯玄皆以美姿儀著稱。《世說新語‧容止》即稱前者爲「美姿儀，面至白」，稱後者「朗朗如日月之入懷」。此外，對於嵇康，《世說新語‧容止》亦描述他爲：

> 身長七尺八寸，風姿特秀。見者歎曰：「蕭蕭肅肅，爽朗清舉。」或云：「蕭肅如松下風，高而徐引。」山公曰：「嵇叔夜之爲人也，巖巖若孤松之獨立，其醉也，傀俄若玉山之將崩。」

　　其次，就談論本身所展現的風格而言，則樹立了聲調優美、言辭簡約自然的標準。談坐的進行，對於交談言語的操弄，是相當重視的。就其過程而言，雖亦曾出現詩文的創作，但更重要者顯然在於言談本身，即直接表現在對於音調與措辭的要求之上。

　　誠如何啓民在《魏晉思想與談風》的研究中所指出，漢末注重辭清語妙的風氣，與論難的結合，一直到了正始時期終於定型。一方面，正始談坐雖然摒棄了符偉明「談辭如雲」〔註8〕的作風，卻採取了郭林宗的「美音制」，因此使得談坐本身能夠藉由音調的起伏更加地挑

〔註7〕　《世說新語‧言語》。
〔註8〕　《後漢書‧符融傳》。

動人心，並且亦能避免流於繁瑣的弊病。二方面，談論的目的雖在求
理，然而談論本身的特色卻在譬喻。力求言辭的簡約不煩與出之於自
然，非但不會使得談坐的進行流於枯燥，且能形塑一種高尚的風格。
因此，除了注重聲調的優美以外，談坐的言語經常會使用譬喻的手
法，藉由譬喻的自然、適當，當有助於事理的澄清與格調的提昇〔註
9〕。是以劉劭會說：

> 善喻者，以一言明數事；不善喻者，百言不明一意。〔註 10〕

就正始諸家談坐的狀況而言，下文所引的兩段文字實可幫助吾人
了解當時之品評標準：

> 弼論道約美不如晏，自然出拔過之。〔註 11〕

> 何尚書神明精微，言皆巧妙……。〔註 12〕

由《魏氏春秋》對於何晏與王弼論道優劣之比較、以及〈輅別傳〉對
何晏「言皆巧妙」的描述，可看出時人對於談坐工夫之好壞乃是以其
言辭是否「巧妙」、「約美」、以及是否「自然出拔」作為重要之品評
標準的，事實上，言辭的簡約自然正是正始名士是否具有清言能力的
關鍵指標。另外，從魏瓘等對於樂廣能清言的推崇事例中，亦不難或
窺此一風尚的樣貌：

> 尚書令魏瓘見廣曰：「昔何平叔諸人沒，常謂清言盡矣，今
> 復聞之於君。」〔註 13〕

> 樂廣善以約言厭人心，其所不知，默如也。太尉王夷甫、光
> 祿大夫裴叔則能清言，常曰：「與樂令談，覺其至簡，吾等
> 皆煩。」〔註 14〕

〔註 9〕 參閱何啓民《魏晉思想與談風》。台北：台灣學生書局，民國 79 年
　　　　6 月出版，頁 97～頁 101。

〔註 10〕 《人物志・材理》。

〔註 11〕 《三國志・鍾會傳》注引《魏氏春秋》。

〔註 12〕 《三國志・管輅傳》注引〈輅別傳〉。

〔註 13〕 《世說新語・文學》注引《晉陽秋》。

〔註 14〕 仝上注。

三、詩歌創作成為玄學的附庸

　　正始，可說是一個玄學興盛的時期。何晏、王弼等正始名士、以及嵇康、阮籍等竹林名士雖非嚴格意義下的文人集團，然而圍繞著他們所進行的一些談玄、釋玄、與注玄等活動，卻對當時的士風產生了莫大的影響。值得注意的是，正始玄學看似不涉現實，然而絕非真空中之產物，而是有其深厚的歷史社會根源。一方面，曾經在西漢盛極一時的儒學，經過了漢末社會的大變動後，已經衰頹了。儒家的思想在政權的中樞雖仍有著一定的影響力，然而士人卻不再相信原先所信奉的一套以儒家規範為主的思想方式以及生活模式，在此狀況下，先秦之際強調「無為」、「任自然」的老、莊思想於是在經過改造後，終於以玄學的面貌粉墨登場，思欲藉此而填補因論述失落而產生的思想真空。二方面，儒家思想雖然一直在動搖中，然而原有因為儒術獨尊所深植的種種思想價值、社會準則與日常生活習慣亦同時頑強地存在著，並抗拒著新的價值、行為規範與生活方式的出現。這種矛盾，反映到思想的層面，便是所謂的名教與自然的爭議，因此需要以「玄學」這種新興的論述來調和、甚或解決兩者間的矛盾。難怪玄學在以老、莊為宗的同時，還沾染了不少的儒學成分，因為它本身即是不同論述彼此撥接與調停的產物。

　　有意思的是，正始玄學的出現更與當時政治經濟情勢的發展具有密切關係。齊王曹芳在位之際，雖是魏代君主箝制最寬鬆的時候，然卻也是曹氏集團與司馬氏集團明爭暗鬥、相互爭奪政權最為慘烈的時代。因此，由何晏與王弼所倡行的正始玄學，是直接與現實政治的運作脫不了關係的，它具有在論述上為曹魏世家大族的統治合理化、並反抗司馬氏集團奪權的政治意涵。至於稍後由嵇康與阮籍所形成的竹林玄學，與現實政治的關係雖較為疏遠，但其論述，卻仍明顯具有著抗拒司馬氏政權的絃外之音。內心中十分激越的他們，運用了玄學作為緩衝劑，藉由自然學說暫時弭平了存在於他們理想中與現實社會之間的巨大落差，從而為一己人生尋得了再出發的意義與動力。

　　因此，可以這麼說，一反建安時代對於詩歌創作所展現出的無限熱力與衝勁，正始時代的士人乃是將其注意力轉到了玄學理論的追求上面，藉由玄虛相尚的清談社交，藉由清談過程中對於容貌風度的講究、以及對於美聲與措辭簡約自然的要求，正始及竹林名士們不僅開展出了一個特屬於他們的審美向度，同時也馳騁了他們作為一個談家的主體想像。相對於建安之際公讌場合對於個體情感流露的重視，正始時期的名士們普遍展現出了一種較為理性的態度。藉由談坐之間客、主的彼此「攻難」，藉由玄思妙解，他們演練出了較為冷靜的態度與綜觀形而上全局的心智習慣，從而影響了他們對於詩歌等文學的創作與欣賞。

　　這是一個對於理論建構具有相當熱情的時代，因而也是一個呈現出高度理性與自制的時代。作為一個談玄的行家，其雖不乏個體情感的自然流露，但更多的是對於情感衝動的節制與提昇。在這樣主智風氣的影響下，包含詩歌在內的文學傳統明顯地是比較不容易培養與承傳的。這並非說在談坐的進行中，便絕對沒有文學的產生，例如，在《三國志‧王粲傳》注引《文章敘錄》的記載中，少有才能的應貞便曾在夏侯玄談坐的場合中創作過五言詩，並獲得了夏侯玄的嘉賞：

　　　　貞字吉甫，少以才聞，能談論。正始中，夏侯玄甚有名勢，
　　　　貞嘗在玄坐作五言詩，玄嘉玩之。

　　然而，相對於玄談，當時士人對於詩歌等文學創作的熱情明顯是比較低落的。他們即使有所創作，也多半沾染了玄學的痕跡，此即劉勰在《文心雕龍‧明詩》篇中所言「正始明道，詩雜仙心」。事實上，這不是一個以詩歌見長的時代，並沒有形成一種整體的詩歌創作的風氣〔註15〕。而文學史上公認比較有成就的詩人，也只有阮籍與嵇康二人。然而，儘管詩歌已淪為玄學的附庸，且此時期所存的詩歌數量並

〔註15〕參見錢志熙《魏晉詩歌藝術原論》。北京：北京大學出版社，1993
　　　　年1月初版，頁172。

不豐盛，但就一個詩歌美學史的觀察而言，仍舊有必要從這些僅存的
篇章中理出一個頭緒，並描繪出這時期詩歌美學所特有的世界。

第二節　玄言思辨滲透下的詩歌美學

一、玄學「貴無」的審美理想及其對詩歌創作的影響

> 虛無之日，日以廣衍，眾家扇起，各列其說。
>
> 上及造化，下被萬事，莫不貴無。（裴頠〈崇有論〉）

　　誠如裴頠在〈崇有論〉中所說的，正始玄學乃是以「貴無」作為
其理論上的依歸的。關於這一命題，何晏首先說道：

> 天地萬物，皆以無為本。無也者，開物成務，無往不存者也。
> 陰陽恃以化生，萬物恃以成形，賢者恃以成德，不肖恃以免
> 身。故無之為用，無爵而貴矣。〔註16〕

何晏之所以提出這種源出於道家、卻又與原始道家不盡相同的貴無主
張，係有其政治上之考量，乃是在為最高統治者治國提供形而上的理
論根據，希望統治者以「無名為道，無譽為大」〔註17〕。王弼在《老
子指略》中亦提出了類似的看法：

> 夫物之所以生，功之所以成，必生乎無形，由乎無名。無形
> 無名者，萬物之宗也。

而且他進一步說道：

> 不溫不涼，不宮不商；聽之不可得而聞，視之不可得而彰；
> 體之不可得而知，味之不可得而嘗。故其為物也則混成，為
> 象也則無形，為音也則希聲，為味也則無呈。故能為品物之
> 宗主，苞通天地，靡使不經也。若溫也則不能涼矣，宮也則
> 不能商矣。形必有所分，聲必有所屬。故象而形者，非大象
> 也；音而聲者，非大音也。

　　王弼的主要貢獻，在於針對何晏所提出的「夫唯無名，故可得遍

〔註16〕《晉書·王衍傳》注引何晏〈無為論〉。
〔註17〕《列子·仲尼篇》注引述何晏的〈無名論〉。

以天下之名名之」〔註18〕的想法作了更爲具體的闡揚與補充。他的論述旨在說明所謂的「無形」、「無名」，指涉的即是「無限」之物。例如，有形可見、可觸之物，若呈現溫熱的狀態，則必不能是呈現出涼的狀態。而有聲可聞的樂音，若是宮調則不能是商調。因此，只有那些無形無名，亦即無限之物，方能總攬一切的屬性，方能「爲品物之宗主，苞通天地，靡使不經也。」王弼顯然認爲，要把握那無窮無盡的現實性，必須先從對萬物之宗主，亦即「無」的掌握入手。然而，這並非意味了便當棄有形、有名之物於不顧，因爲，無形、無名之物還是必須透過有形、有名之物方能表現出來：

　　　然則四象不形，則大象無以暢；五音不聲，則大音無以至。

因此，比較正確的方法應當是，面對著有形有名之物，但卻不可執著於其表象，而應拋開有形、有名之物，方能掌握那無形、無名的無限之物：

　　　四象形而物無所主焉，則大象暢矣；五音聲而心無所適焉，
　　　則大音至矣。無形暢，天下雖往，往而不能釋也；希聲至，
　　　風俗雖移，移而不能辨也。

由上述可知，王弼雖然認爲無限不能脫離有限而存在，但要通達無限之境界卻需要拋開有限之束縛。因爲，無限高於有限，「無」是「本」、也是「母」，而「有」是「末」、也是「子」，只有掌握住「本」才能取得「末」：

　　　天下之物，皆以有爲生。有之所始，以無爲本。將欲全有，
　　　必反於無也。〔註19〕

　　　守母以存其子，崇本以舉其末，則形名俱有而邪不生，大
　　　美配天而華不作。故母不可遠，本不可失。……舍其母而
　　　用其子，棄其本而適其末，名則有所分，形則有所止。雖
　　　極其大，必有不周；雖盛其美，必有憂患。功在爲之，豈

〔註18〕全上注。
〔註19〕王弼《老子注・第四十章》。

足處也。〔註20〕

可見，王弼這個本體指涉的「無」並非「空無」，而是「自然的有」，是存在於自然萬物自身之中的。易言之，是存在於「有」本身之中的，是「道」，是「一」。藉此，王弼繼何晏之後再度達到了正始玄學所關注的人格本體論的建構，對他來說，「無」乃是帝王、聖人內在人格的最高本體所在，能以無爲體的人，即是聖人，因爲他徹底地掌握了「崇本息末」、「以無全有」的玄學最高運行奧秘。

值得注意的是，有無、本末問題之所以提出，另有其肆應現實需要之意義，乃是爲了從根本上解決當時生活中存在的名教與自然間的矛盾。就此，何晏與王弼找到了一個解決辦法，他們主張「名教」應植基於「自然」之上，亦即，承認名教的存在，但認爲它應循自然之物性而不爲，希望藉此把名教引向自然。王弼在注《論語・學而》的「孝悌也者，其爲仁之本與！」時說道：

自然親愛爲孝，推愛及物爲仁也。

所以，並非是不要孝，而是不要虛假而徒具形式的孝，要親愛而發自內心的自然之孝。相對之下，較晚的阮籍與嵇康則主張「越名教而任自然」，可說是名教與自然問題三階段立論中最爲激進的一種觀點。至於進入西晉後的郭象，則主張「名教」即是「自然」，因而，合乎名教即合乎自然。這可說是一種爲已逐漸形成的封建倫理作辯護的學說，全然失卻了原先提出此一問題所具有的批判性。

在上述以無爲本的哲學基礎上，正始玄學引申出了一系列如下相關的美學觀點，並影響了詩歌藝術的創作：誠如李澤厚與劉綱紀在《中國美學史》一書中所指出者，對玄學家而言，首先，「美」即是超越有限以達到無限，必須透過有限以掌握無限。例如在上引例中，王弼即認爲「大美」乃是聖人能守母存子，崇本舉末，不受制於有限而能達到無限的一種表現；其次，美既是無限的一種表現，那麼，它也將

〔註20〕 王弼《老子注・第三十八章》。

是人生中的一種絕對自由的精神境界；再者，美既是無限，那麼，它就不可能受限於個別單一的事物，亦即不是一種可以用任何名號或概念予以表達之物；又再者，美既是無限，那麼它便不再停留於可見可知的事物本身，而是一種超越形音之上、亦即超感性的不可見聞之物；最後，美既是無限的表現，因而玄學特別推重「平淡無味之美」，認爲它乃是一種至高無上的美。例如王弼即說道：「道之出言，淡兮其無味也」，強調「以恬淡爲味」，亦即以「無味」爲「味」，方是最爲自然而可以統包一切味的大味〔註21〕。

　　正始玄學追求形而上無限本體的蓬勃發展，不僅引發了相關美學的討論，更深刻地影響了當時諸如詩歌等文學與藝術的創作。一如玄學對於「無」作爲至高本體境界的熱衷，詩歌等文學創作本身在內容上亦展開了對這種形而上境界的企求，其最爲明顯者，即是援引自老莊哲學的各種主題與境界紛紛入詩。此一趨向從東漢末年仲長統〈見志詩〉中對於「敖翔太清，縱意容冶」的期盼即可略窺端倪：

> 大道雖夷，見幾者寡。任意無非，適物無可。古來繞繞，委曲如瑣。百慮何爲，至要在我。寄愁天上，埋憂地下。叛散五經，滅棄風雅。百家雜碎，請用從火。抗志山西，游心海左。元氣爲舟，微風爲柂。敖翔太清，縱意容冶。（〈見志詩二首〉之二）

　　然到了正始之際，將老莊追求超越境界入詩的情形則成爲一種普遍風氣，例如玄學領袖之一的何晏，即曾在〈言志詩〉中表露了這種情形：

> 鴻鵠比翼遊，群飛戲太清。常恐天網羅，憂禍一旦并；豈若集五湖，順流唼浮萍。逍遙放志意，何爲怵惕驚！（〈言志詩〉三首之一）

在嵇康之兄嵇喜的詩作〈答嵇康詩〉四首之一中亦可發現此種情形。

〔註21〕見李澤厚、劉綱紀《中國美學史》第二卷。台北：谷風出版社，民國76年12月台一版，頁137～頁142。

他雖非當時玄風的主要參與者，但其詩作中分明可見對老、莊超越之
道的嚮往：

> 逍遙步蘭渚，感物懷古人。李叟寄周朝，莊生游漆園。時至
> 忽蟬蛻，變化無常端。

另外，郭遐周的〈贈嵇康詩三首〉亦可見莊子思想的影響；郭遐叔的
〈贈嵇康詩二首〉以及阮侃〈答嵇康詩二首〉則更直接引述了老、莊
的典故。

事實上，援引老莊入詩的情形，於此時期詩人中，嵇康與阮籍更
是明顯。在嵇康的詩作中，莊子的逍遙境界通常被轉化成為人間優遊
容與的特殊情境：

> 息徒蘭圃，秣馬華山。流磻平皋，垂綸長川。目送歸鴻，
> 手揮五絃。俯仰自得，游心太玄。嘉彼釣叟，得魚忘筌。
> 郢人逝矣，誰與盡言？（嵇康〈四言贈兄秀才入軍詩〉十八首之十
> 四）

> 琴詩自樂，遠遊可珍。含道獨往，棄智遺身。寂乎無累，
> 何求於人。長寄靈岳，怡志養神。

（嵇康〈四言贈兄秀才入軍詩〉十八首之十七）

而在阮籍的詩作中，亦經常出現逍遙遊之形象，他不是展現為大鵬、
便是以玄鶴的形象出現，藉此將讀者帶入了一個共同神遊的清虛境界：

> 鴻鵠相隨飛，飛飛適荒裔。雙翮凌長風，須臾萬里逝。
> 朝餐琅玕實，夕宿丹山際。抗身青雲中，網羅孰能制。
> 豈與鄉曲士，攜手共言誓。（阮籍〈詠懷詩八十二首〉之四十三）

> 於心懷寸陰，羲陽將欲冥。揮袂撫長劍，仰觀浮雲征。
> 雲間有玄鶴，抗志揚聲哀。一飛沖青天，曠世不再鳴。
> 豈與鶉鷃遊，連翩戲中庭。（阮籍〈詠懷詩八十二首〉之二十一）

這其實透露了一種詩歌創作的哲理化傾向。不同於建安詩人在感
慨中抒情、在悲憤中吟唱，正始詩人在玄學追求超越理境之美的同
時，亦讓他們的詩歌等文學創作浸染了玄學說理的味道，詩歌往往成

了說理的工具。這固然有可能成就如嵇康與阮籍般的佳作,但也可能產生如何晏之徒般的平淡與浮淺之作,劉勰在《文心雕龍・明詩》篇中便說:「正始明道,詩雜仙心,何晏之徒,率多浮淺。惟嵇志清峻,阮旨遙深,故能標焉。」畢竟,玄學的追求雖然有其一定開展的美學深度,然而,對於所謂「大美」、以及諸如「無味之味」的超感性審美推崇,卻也在另一方面阻斷了詩歌等藝術發展所需要的情感根基,從而極深地妨礙了詩歌創作的發展。

二、從王弼論「大音希聲」以迄嵇康論「聲無哀樂」的美學啓發

除了論及形而上超越本體所牽涉到的「有、無」與「本、末」等玄學命題外,王弼、阮籍與嵇康等正始及竹林名士,皆不約而同地對音樂作為一種藝術的本質進行了深入的探討,並提出了一連串有關於藝術創作與審美鑑賞的寶貴見解。雖然他們不是針對詩歌在進行討論,但所揭示的相關論點與詩歌的創作亦有相當密切的關係,故須進一步加以探討。

王弼論及音樂,主要是從對《老子・第四十一章》的「大音希聲」一句話的闡釋而展開的:

> 聽之不聞名曰希。大音,不可得聞之音也。有聲則有分,有分則不宮而商矣。分則不能統眾,故有聲者非大音也。〔註22〕

他又在《老子指略》中說道:

> 無形無名者,萬物之宗也。……不宮不商。聽之不可得而聞……。故其……為音也則希聲,……故能為品物之宗主,苞通天地,靡使不經也。若……宮也則不能商矣。……聲必有屬。故……音而聲者,非大音也。然則……五音不聲,則大音無以至。……五音聲而心無所適焉,則大音至矣。……希聲至,風俗雖移,移而不能辨也。

〔註22〕 王弼《老子注》。

　　王弼顯然是從「大音」與「五音」兩者的對比及關係來探討音樂
所具有的本質。秉持著一貫以「無」爲「有」之本體的立場，掌握著
「將欲全有，必反於無」〔註23〕的玄學原則，他指出，大音是道、是
母、是無；五音則是物、是子、是有。而五音之所以出現，乃是大音
「善貸且成」〔註24〕的結果。

　　王弼認爲，在音聲領域中欲反於無，則須有主客觀兩方面的條件
加以配合：就客觀方面來說，須五音具體的呈現，亦即必須「五音聲」；
而就主觀之方面來說，則須「心無所適」，亦即必須內心閒適自在。
這兩方面的條件一旦成熟，「則大音至矣」。一旦達到大音的境界，則
五音不矯飾、不妄作，而能顯現出自然純和的美感，並能於潛移默化
中感應人物，達到移風易俗的效果。

　　相較於王弼，阮籍對於音樂的研究更爲深入，〈樂論〉一文即是
明證。阮籍主要是從「自然」之角度切入以闡述「樂之所始」，並依
據自然之道發展出了「和諧」與「一體」之類的理念，使他對音樂
的論述比王弼所涉及的大音有更爲豐富的內涵。阮籍在〈樂論〉中
說道：

　　　　夫樂者，天地之體，萬物之性也。合其體，得其性，則和；
　　　　離其體，失其性，則乖。昔者聖人之作樂，將以順天地之體，
　　　　成萬物之性也。故定天地八荒之音，以迎陰陽八風之聲，均
　　　　黃鐘中和之律，開群聲萬物之情氣。……
　　　　乾坤易簡，故雅樂不煩；道德平淡，故五聲無味。不煩則陰
　　　　陽自通，無味則百物自樂，日遷善成化而不自知，風俗移易
　　　　而同於是樂，此自然之道，樂之所始也。

對阮籍來說，「樂」作爲一本體即是「天地之體」與「萬物之性」，若
能「合其體，得其性」，則能達到「和」的境地，否則便會淪落入乖
戾的狀況，於此不難看出他亦把握了反於「無」（亦即自然之理）以

〔註23〕王弼《老子注·第四十章》。
〔註24〕《老子·第四十一章》。

全「有」的玄學原則。在此基礎上，他指出，真正的樂乃是「雅樂」或稱「正樂」，與其相對的則是所謂的「怪聲」、「奇音」或「鄭聲」、「淫聲」。雅樂具有「易簡」、「不煩」、「平淡」與「無味」的特性。而其所以如此，亦是有主客觀兩方面的條件以資配合：客觀方面，由於「八音有本體，五聲有自然」〔註25〕，因此雅樂之形成，乃是因為樂器製作的材料有「常處」〔註26〕、五聲的音調標準有「常數」〔註27〕、以及詩歌與舞蹈的表現有「常規」〔註28〕。至於主觀方面，則必須具有清虛靜定的內在心靈，方能在「微妙無形」〔註29〕與「寂寞無聽」〔註30〕的情境中，體會到雅樂大作時所透顯而出的「淑清」〔註31〕之善。阮籍進一步指出，由於人們一旦對源於自然之道的雅樂有所感應，便能回歸自然、達到和諧一體的境界，因此雅樂具有使人「和」、使人「樂」、進而使「天地合德，萬物合生」，人「日遷善成化而不自知」的功能：

> 故律呂協則陰陽和，音聲適而萬物類；男女不易其所，君臣不犯其位；四海同其歡，九州一其節。奏之圜丘而天神下，奏之方岳而地祇上。天地合其德，則萬物合其生，刑賞不用而民自安矣。〔註32〕

基於雅樂具有如此的功能，阮籍十分排斥使人湮滅心耳的煩奏淫聲，並反對以哀為樂、以悲為樂的論調。凡此種種見解皆使其對於音樂的討論達到了一定的深度。

　　除了王弼與阮籍以外，嵇康亦寫就了著名的〈聲無哀樂論〉，展

〔註25〕阮籍《樂論》。
〔註26〕仝注24。
〔註27〕仝注24。
〔註28〕參看戴璉璋〈玄學中的音樂思想〉，收錄於《中國文哲研究期刊》第十期，1997年3月，頁59-頁90。
〔註29〕阮籍〈清思賦〉。
〔註30〕仝注28。
〔註31〕仝注28。
〔註32〕阮籍《樂論》。

開了對於音樂本質的相關探討。一如王弼與阮籍，嵇康對音樂之探討，亦存在著反於「無」，亦即反於自然之道而全「有」的思想，此不難從他以「二無」之說論證聲無哀樂、以及以「三體」之說強調聲有自然之理的推論過程中見之。不同於阮籍樂論中的聲有哀樂、聲有政情、以及聲中可見德業、乃至盛衰吉凶等看法，嵇康提出了「聲無哀樂」，希望藉由玄學的智慧來滌除世俗所加予聲音方面的種種比附與訛誤。所謂的「二無」即指「音聲無常」與「和聲無象」。「音聲無常」主要在於闡釋聲音與情感的關係並非是一對一的武斷關係：

> 夫殊方異俗，歌哭不同；使錯而用之，或聞哭而歡、或聽歌而戚。然而哀樂之情均也。今用均同之情，而發萬殊之聲，斯非音聲之無常哉？〔註33〕

為了更加清楚地說明聲音與情感間並非存在著一種固定的關係，嵇康除了申論「音聲無常」外，更指出「和聲無象」：

> 夫哀心藏於內，遇和聲而後發。和聲無象，而哀心有主。夫以有主之哀心，因乎無象之和聲，其所覺悟，惟哀而已。豈復知「吹萬不同，而使其自已」哉？〔註34〕

所謂的和聲無象，係指和諧的聲音是沒有具體的形象的，因此也就無從模擬與反映。而其既然無從模擬與反映，則更不會在其中蘊含有任何哀樂之類的情感。在此基礎上，嵇康進一步指出了哀樂之所以產生，並不在聲而在於心。哀樂乃是心之情的其中一種，諸如此類的情感積蘊於內心中，遇到無象的和聲便會有所反應，有所流動，而被無象的和聲導引而出，形成了哀樂等形諸於外的種種情緒。由此可見，嵇康雖然主張音聲本身無常、無象、甚至無哀樂，但並不認為音聲便不能感動人而引發種種哀樂的情緒。

為了說明無常、無象與無哀樂的音聲是如何地引發、並牽動聆聽

〔註33〕嵇康〈聲無哀樂論〉。
〔註34〕仝注32。

者的情感，嵇康提出了「聲音之體，盡於舒疾」、「聲音以平和爲體」
與「樂之爲體，以心爲主」的「三體」之說，對應了聆聽者聆聽的三
個層次而說明這種逐步提升的過程。首先，聽之以耳，是指感官層面
的聽，聆聽者若是只停留在這一個階段，則只能由聲音形式本身所具
有的舒疾猛靜與單複高卑等性質，而引發一些「躁靜專散」的情緒反
應，是以嵇康說道：「聲音之體，盡於舒疾；情之應聲，亦止於躁靜
耳。」〔註35〕其次，聽之以心，則是屬於感興的層面，嵇康說道：「聲
音以平和爲體，而感物無常；心志以所俟爲主，應感而發。」〔註36〕
聆聽者若能提升到此一層次，則可以在和聲「兼御群理，總發眾情」
〔註37〕的作用中「感盪心志，發洩幽情」〔註38〕，不僅能盡情、盡心、
盡性以成德，而且能產生類似「聽聲類形」〔註39〕、將聲音感覺轉化
爲視覺意象的情趣。最後，聽之以氣，則是屬於感悟的層次，嵇康說
道：「樂之爲體，以心爲主。故無聲之樂，民之父母也。」〔註40〕若
能提升到如此高度來聆聽，則和樂及和心便能透過和氣而會通爲一，
個體之生命也能因此獲得超越，而與天地宇宙間之萬物會通爲一，以
共濟其美：

> 和心足於內，和氣見於外。故歌以敘志，舞以宣情；然後文
> 之以采章，照之以風雅，播之以八音，感之以太和；導其神
> 氣，養而就之；迎其情性，致而明之；使心與理相順，氣與
> 聲相應。合乎會通，以濟其美。

綜而觀之，王弼、阮籍與嵇康三者對於音樂的論述，皆是秉持著「將
欲全有必返於無」的玄學原則，指出了音樂必須調適於虛靜平和之
心，藉之以歸本於自然之道。他們認爲，在平常用感官可以感覺的五

〔註35〕　仝注 32。
〔註36〕　仝注 32。
〔註37〕　仝注 32。
〔註38〕　嵇康〈琴賦〉。
〔註39〕　馬融〈長笛賦〉。
〔註40〕　嵇康〈聲無哀樂論〉。

聲八音之上，其實還存在著一種寂寞無聽的大音，亦即雅樂、或必須用和心與和氣來加以感應的和樂。此不難看出，王弼、阮籍與嵇康在獲至這種大音的過程中，對於創作與鑑賞主體所應具有的能動性是相當關切的。他們三者皆體認到了，單是靠著客觀方面的條件，是無法達成音樂等藝術之至高境界的。一種藝術之展演，能否返於無而入自然之化境，創作主體及鑑賞主體的是否具有閒適心、虛靜心乃至於嵇康所謂的和氣，乃是相當重要的。因此，主體需要透過各種自我實踐的方法，不時地培養自己的心靈，使之能達到虛靜的地步。這樣的論點，可說是大大地提昇了主體在藝術創作過程中所應具有的能動性與重要性，間接也宣示了美感的形成，鑑賞主體之心靈本身佔有了相當關鍵的作用，可說是一種回到以人爲本、同時掌握物我交融關係的美感產生論。

第三節　越名教而任自然的審美意境與創作風格

一、嵇康、阮籍孤獨的生命現實及其詩歌創作所開展的「憂悶」美感

　　正始可說是魏代君權箝制最爲寬鬆的時期，在曹爽主政下，由曹魏功臣、權貴與世家大族子弟等所構成的上層士人，圍繞著何晏、王弼等而形成了一代貴無談玄的風尚，期盼爲當時政治的運作建構出一定的合法性基礎。很不幸的，這種談玄與政治緊密結合的時代，終於在司馬氏政爭取得優勢後煙消雲散，何晏於正始十年被殺、以及王弼次年相繼去世，使得玄學風光的時代從此落幕。繼之而起的則是一個玄學與政治較爲疏離的時代，嵇康、阮籍等竹林名士雖然仍本著何晏、王弼所奠下的貴無之論而開展了玄學的清談之風，然而，由於置身司馬氏集團與曹氏集團慘烈的政爭之中、以及司馬氏集團日益嚴酷的專制統治之下，他們所發展出來的玄學，不管在具體的內容上、還是所扮演的社會意義上，皆有了微妙的變化。就何晏、王弼而言，雖

免不了對政爭可能失敗的憂心，然而其心情上卻相對是比較舒緩的，畢竟他們在政治上曾獲得了一定的光環與保障。相較之下，竹林名士則承擔了更多的苦難，他們與社會現實間的矛盾也比較多，因而充滿了不平與激越，以自然學說為主的玄學於是成為他們遲滯並調和與現實之間對立的緩衝劑。

處於惡劣現實條件下的嵇康、阮籍等竹林名士，可以說是相當孤獨的，他們是濁濁紅塵中難得清醒的少數人。這種深沈孤獨感之所以形成，其實來自如下幾個層面的原因：首先，是由於平生志向不得遂行所肇生的孤獨感受。阮籍與嵇康在生命晚期雖具有濃厚的出世思想，然而他們在年少時卻不乏擊劍任俠、想有一番作為的抱負，而且他們思想的根本，原來也不離儒學。就阮籍而言，其在〈詠懷詩八十二首〉之十五中即說過：「昔年十四五，志尚好詩書。被褐懷珠玉，顏、閔相與期。」〈詠懷詩八十二首〉之六十一亦寫道：「少年學擊刺」，可見其有企圖報效朝廷建功立業的壯志，這些皆是阮籍「本有濟世志」〔註41〕的最好說明；而嵇康之兄嵇喜為嵇康作傳時則說：「家世儒學，少有俊才，曠達不群」〔註42〕。可見嵇康與阮籍一樣，原本皆有濟世之志，只是由於客觀環境之不容許，方才日漸不與世事並投入老莊與自然的懷抱，終而引發了一種時不我予的強烈孤獨感受。是以阮籍會在〈詠懷詩八十二首〉中說道：「誰云君子賢，明達安可能？」「焉知傾側士，一旦不可持」；而嵇康也說道：「煌煌靈芝，一年三秀。予獨何為，有志不就。懲難思復，心為內疚」〔註43〕。

其次，則是因為不肯與現實同流合污所引發的強烈孤獨感。阮籍與嵇康等在面對著司馬氏集團的政治壓力時，基本上乃是採取了不合作的態度。以阮籍為例，阮籍在司馬氏集團統治下，雖曾經先

〔註41〕《晉書·阮籍傳》。
〔註42〕《魏志·王粲傳》注。
〔註43〕嵇康〈幽憤詩〉。

後出任了大司馬從事中郎、散騎常侍、東平相等官，而且還一度被封爲關內侯，並在四十七歲時任步兵校尉，但做官對他來說不過是虛應故事罷了！其一生「未嘗評論時事，臧否人物」〔註44〕，係爲了避免被捲入統治階級的政爭之中，因而被稱爲「天下之至愼」〔註45〕。而阮籍的嗜酒、經常沉醉不醒、以及行事蔑視任何禮法，也是爲了避禍。對於惡劣的現實，他所採取的可說是一種在暗中迂迴抵抗的方式。與阮籍不同，性烈的嵇康則是秉持了明顯對立、不惜玉石俱焚的態度。例如他曾於司馬氏集團中的鍾會造訪時與向秀鍛而不輟，似乎不見其人，直到鍾會掃興欲歸之際，嵇康方才說道：「何所聞而來？何所見而去？」〔註46〕鍾會馬上答道：「聞所聞而來，見所見而去」〔註47〕，內心中充滿了怨恨之情。這般行徑，鍾會及司馬昭等皆視其爲眼中釘，終於利用嵇康爲呂安伸張正義、書寫了〈與呂長悌絕交書〉之事件，將其構陷入獄，並問斬於洛陽東市。《晉書・嵇康傳》稱：「康將刑東市，太學生三千人請以爲師，弗許。康顧視日影，索琴彈之，曰：『昔袁孝尼嘗從吾學〈廣陵散〉，吾每靳固之，〈廣陵散〉於今絕矣。』時年四十」，可說是中國中古史中經常被傳頌的悲壯場面，象徵著與魏晉玄學息息相關的深刻悲劇性。

最後，則是由於玄學本身超越境界之知音難求所引發的孤獨感受。正始雖是玄學大行其道之際，然而各個玄學流派本身有其獨特之差異，而阮籍與嵇康即屬以「返回自然」爲主要立論的玄學家。不同於何晏與王弼純粹以貴無爲立論宗旨的玄學。因此對玄學理境有其特定的理解，這就造成了一種區隔，也形成了他們內心中孤獨感受產生的另一來源。是以阮籍會說：「獨坐空堂上，誰可與歡者？」〔註48〕

〔註44〕 《世說新語・德行》注引李康《家誡》。
〔註45〕 仝上注。
〔註46〕 《世說新語・簡傲》。
〔註47〕 仝上注。
〔註48〕 阮籍〈詠懷詩八十二首〉其十七。

而嵇康也曾說道：「郢人逝矣，誰與盡言」〔註49〕，皆是因為知音難求而內心孤獨的具體展現。

由上可知，身處在充滿了血腥、殘忍、動亂與腐敗的年代中，阮籍與嵇康等竹林名士的內心是十分孤獨的。由於不得志、不肯同流合污、乃至於玄境的知音難尋，在在形成了他們內心中巨大深沉的孤獨感，所以阮籍會說：「焉見孤翔鳥，翩翩無匹群」〔註50〕，而嵇康亦言：「嗟我征邁，獨行踽踽」〔註51〕、「遠遊可珍，含道獨往」〔註52〕。弔詭的是，正是在如此孤獨的境界中，他們才得以發展出具有獨特風格的玄學，並吟唱出具有深刻內涵的詩歌創作。以此觀之，玄學對他們來說，無疑是一種苦難時代中的「心學」。易言之，藉由創作主體之心經歷「玄靜」到「玄覽」的歷程，藉由進入眾妙之門的「玄心」融入玄學本體之內、因而達成了「玄同」的境界，個體終於能安身立命，並且能超越有限而達到自然的無限之道〔註53〕。玄學作為一種苦難時代中的「心學」，因而是他們尋求超越理想與現實間鴻溝、追求生命安頓的具體表徵。

在這種情況下，詩歌創作於是成為一種苦悶的象徵，是阮籍與嵇康藉之抒發自身苦痛與憂傷情感、以及如何超越苦痛憂傷經驗的具體工具。易言之，藉由詩歌藝術的情感流洩，他們將長久積蘊於心中的塊壘以直接或間接的方式加以表達出來，成了他們撫平自身極度苦悶與孤獨的一種良方。因而，他們詩中雖然常有哲思玄理的表現，卻也不時可見一種因為苦悶而生孤獨的具體美感：

> 夜中不能寐，起坐彈鳴琴。薄帷鑑明月，清風吹我衿。孤鴻號外野，朔鳥鳴北林。徘徊將何見，憂思獨傷心。（阮籍〈詠

〔註49〕嵇康〈四言贈兄秀才入軍詩〉十八首之十四。
〔註50〕阮籍〈詠懷詩八十二首〉其四十八。
〔註51〕嵇康〈四言贈兄秀才入軍詩〉十八首之三。
〔註52〕嵇康〈四言贈兄秀才入軍詩〉十八首之十七。
〔註53〕參見李建中《心哉美矣 —— 漢魏六朝文心流變史》。台北：文史哲出版社，民國82年9月初版，頁113～頁127。

懷詩八十二首〉其一）

登高臨四野，北望青山阿。松柏翳岡岑，飛鳥鳴相過。感慨懷辛酸，怨毒常苦多。李公悲東門，蘇子狹三河，求仁自得仁，豈復歎咨嗟！（阮籍〈詠懷詩八十二首〉其十三）

一日復一夕，一夕復一朝。顏色改平常，精神自損消。胸中懷湯火，變化故相招。萬事無窮極，知謀苦不饒。但恐須臾間，魂氣隨風飄。終身履薄冰，誰知我心焦。（阮籍〈詠懷詩八十二首〉其三十三）

一日復一朝，一昏復一晨。容色改平常，精神自飄淪。臨觴多哀楚，思我故時人。對酒不能言，悽愴懷酸辛。願耕東皋陽，誰與守其眞。愁苦在一時，高行傷微身。曲直何所爲，龍蛇爲我鄰。（阮籍〈詠懷詩八十二首〉其三十四）

而這種孤獨敏銳的心靈，對於繁華景物的凋零與消逝特別敏感：

嘉樹下成蹊，東園桃與李。秋風吹飛藿，零落從此始，繁華有憔悴，堂上生荊杞。（阮籍〈詠懷詩八十二首〉其三）

春秋非有託，富貴焉常保。清露被皋蘭，凝霜霑野草。朝爲媚少年，夕暮成醜老。（阮籍〈詠懷詩八十二首〉其四）

天天桃李花，灼灼有輝光。悅懌若九春，磬折似秋霜。（阮籍〈詠懷詩八十二首〉其十二）

除了苦悶之外，阮籍與嵇康的內心中還沾染了一種憂思，憂心於魏國的即將覆亡。嵇康便將自己的獨門琴曲稱作〈廣陵散〉，意味了魏朝皇祚將從廣陵而散〔註54〕。而阮籍〈詠懷詩八十二首〉中亦時時可見這種憂思：

湛湛長江水，上有楓樹林。皋蘭被徑路，青驪逝駸駸。遠望令人悲，春氣感我心。三楚多秀士，朝雲進荒淫。朱華振芬芳，高蔡相追尋。一爲黃雀哀，涕下誰能禁？（阮籍〈詠懷詩八十二首〉其十一）

徘徊蓬池上，還顧望大梁。綠水揚洪波，曠野莽茫茫。走獸交橫馳，飛鳥相隨翔。是時鶉火中，日月正相望。朔風厲嚴

〔註54〕參見《太平廣記》卷二百三「韓皋」條。

寒，陰氣下微霜。羈旅無儔匹，俛仰懷哀傷。小人計其功，
君子道其常。豈惜終憔悴，詠言著斯章。（阮籍〈詠懷詩八十二
首〉其十六）

處此境況之中，無怪阮籍與嵇康會高唱不如歸去，希望回到自
然、平淡的境地以尋回己身的安寧：

驅馬舍之去，去上西山趾。一身不自保，何況戀妻子？凝霜
被野草，歲暮亦云已！（阮籍〈詠懷詩八十二首〉其三）

昔聞東陵瓜，近在青門外。連畛距阡陌，子母相鉤帶。五色
曜朝日，嘉賓四面會。膏火自煎熬，多財爲患害。布衣可終
身，寵祿豈足賴？（阮籍〈詠懷詩八十二首〉其六）

微風吹羅袂，明月耀清暉。晨雞鳴高樹，命駕起旋歸。(阮籍
〈詠懷詩八十二首〉其十四)

咄嗟榮辱事，去來味道眞。道眞信可娛，清潔存精神。巢由
抗高節，從此適河濱。（阮籍〈詠懷詩八十二首〉其七十四）

何爲人事間，自令心不夷。慷慨思古人，夢想見容輝。願與
知己遇，舒憤啓其微。岩穴多隱逸，輕舉求吾師。晨登箕山
巔，日夕不知飢。玄居養營魄，千載長自綏。（嵇康〈述志詩
二首〉其二）

總而言之，由於內心中懷著極度的孤獨感受，阮籍與嵇康等在詩
中流露出了一種既苦悶又充滿了憂思的情緒。這是一種植基於「憂悶」
體驗下所散發出的境遇美感，是其心靈眞實體驗的產物，而正是在此
基礎上，他們進一步發展出了超越於既存苦痛之上的超現實美學。

二、嵇康、阮籍詩歌創作所開顯的超越性審美境界

處於惡劣的現實環境之中，阮籍與嵇康等竹林名士的內心中可說
是十分孤獨的，由於這種的孤獨，催發出他們既苦悶又充滿了憂思的
憂悶美感。然而，阮籍與嵇康的生命境界卻不僅止於此，他們雖身處
於不圓滿的現實之中，可是藉由苦痛年代的心學 —— 亦即自然玄
學、以及憂悶的象徵 —— 亦即包含了詩歌在內的文學，他們卻得以
超越既存的憂悶，而達到一自由的境地，並從而開展出一個充滿了超

越性審美理想的境界。

綜觀阮籍與嵇康追求超越性審美理想的進路，是從對現實美的否定開始的，他們對於世俗以爲美的事物是抱持著懷疑與揚棄態度的。此一態度與建安時期的詩人們對於現實事物的態度是大不相同的。建安文學整體而言是以反映現實生活爲主，而且是以肯定現實生活的方式來加以呈顯的。對於現實生活中的一切，建安詩人都以充滿熱情的心態來加以追尋，散發出了濃厚的文學與藝術創造的興趣。在此狀況下，會出現詠物小賦、言情小賦、樂府詩以及抒情寫物的五言詩等文學品類，是不足爲奇的。鄴下文士以其細膩敏感的心靈盡情地描述並表現事物，使得鄴下文學展現出了一種肯定現實之美、以及體察人情世事之眞的整體特色。

相對之下，阮籍與嵇康等正始文學的創作，則整體呈現出一種否定現實美的趨向。誠如錢志熙在《魏晉詩歌藝術原論》中的觀察，此一趨勢從阮、嵇二人對於文學品類的選擇即不難看出。鄴下文壇流行的幾種文學類型，到了阮籍與嵇康手中，不是完全消失不見，即是改變了性質。就以建安時期盛行一時、用以描寫人情世態的樂府詩來說，阮籍根本就沒有此類的作品，而嵇康雖然存有〈代秋胡歌詩〉一首，但內容已轉向以言理、遊仙爲主。另就賦的寫作而言，阮籍、嵇康亦捨棄了建安言情詠物小賦的優美與寫實風格，而是以各種形式展現出浪漫文學的意涵，具有崇高的美感〔註55〕。

這種對於現實美進行批判、揚棄的創作方式，在阮籍的詩歌中表現得尤其顯著。從阮籍〈詠懷詩八十二首〉的意象表現來看，即明顯具有強烈地否定現實美、並追求超越性審美理想的傾向。阮籍在詩歌中非但無意於表現現實的形象，亦無意於表達一般人類的情感。諸如青春、歌舞、美色與愛情等在傳統文學中一般被視爲美的象徵的事物，在阮籍的詩歌中卻一再地成了被懷疑、譏刺甚而否定的對象。阮

〔註55〕參見錢志熙《魏晉詩歌藝術原論》。北京：北京大學出版社，1993年1月初版，頁185～187。

籍總是習慣性地從活力、生機中看到消逝、死亡，並從青春、美麗中看出暮氣、醜陋：

> 嘉樹下成蹊，東園桃與李。秋風吹飛藿，零落從此始，繁華有憔悴，堂上生荊杞。(阮籍〈詠懷詩八十二首〉其三)
>
> 春秋非有託，富貴焉常保。清露被皋蘭，凝霜霑野草。朝爲媚少年，夕暮成醜老。(阮籍〈詠懷詩八十二首〉其四)
>
> 豈知窮達士，一死不再生。視彼桃李花，誰能久熒熒。(阮籍〈詠懷詩八十二首〉其十八)
>
> 朝陽不再盛，白日忽西幽。去此若俯仰，如何似九秋。(阮籍〈詠懷詩八十二首〉其三十二)
>
> 幽蘭不可佩，朱草爲誰榮。脩竹隱山陰，射干臨增城。(阮籍〈詠懷詩八十二首〉其四十五)
>
> 被服纖羅衣，深榭設閑房。不見日夕華，翩翩飛路傍。(阮籍〈詠懷詩八十二首〉其五十三)
>
> 墓前熒熒者，木槿耀朱華。榮好未終朝，連飈隕其葩。(阮籍〈詠懷詩八十二首〉其八十二)

不同於鄴下文士「憐風月，狎池苑，述恩榮，敘酣宴」〔註56〕的盡情歌頌事物形象之美，諸如桃李花、幽蘭、清露與華草等，在阮籍的詩作中幾乎毫無例外地都是作爲被揚棄懷疑的事物，故可見其對現實否定的決心。

　　由於有這種揚棄現實美的心態，視其爲世俗名利之士沉溺之深淵，阮籍與嵇康等名士於是轉向了對山水自然之美的追求。他們往往「駕言出游，日夕忘歸」〔註57〕、「登臨山水，經日忘歸」〔註58〕、「游山澤，觀魚鳥，心甚樂之」〔註59〕，遠比園林京郊來得廣闊的山水大自然，於是成了他們發現造物之美的一片樂土。

　　只是，阮籍、嵇康雖然置身於大自然山水之間，然而有形有色的

〔註56〕劉勰《文心雕龍·明詩》。
〔註57〕嵇康〈四言贈兄秀才入軍詩〉十八首之十三。
〔註58〕《晉書·阮籍傳》。
〔註59〕嵇康〈與山巨源絕交書〉。

大自然本身，仍舊不是他們理想審美的終極境地。他們盤桓於大自然之中，並非爲了尋找存在於山林中的「逸野閒趣」，而是爲了進一步藉由自然上參造化，尋得那自然作爲本體的玄機妙理以及蘊含於其中的終極美境。在此前提下，他們的山水之遊於是有了不同於鄴下文士公讌出遊的嶄新意義：

> 息徒蘭圃，秣馬華山。流磻平皋，垂綸長川。目送歸鴻，手揮五絃。俯仰自得，游心太玄。嘉彼釣叟，得魚忘筌。郢人逝矣，誰與盡言？（嵇康〈四言贈兄秀才入軍詩〉十八首之十四）
>
> 肅肅泠風，分生江湄。卻背華林，俯泝丹坻。含陽吐英，履霜不衰。嗟我殊觀，百卉具腓。心之憂矣，孰識玄機？（嵇康〈四言詩〉十一首之五）

不僅是山林之遊被賦予了尋找玄機的意義，即連仙境方外之遊也被賦予了同樣的內涵，甚至某些遊仙詩還往往是升天與歸隱的意象互相交雜，仙境與山林的意象彼此相混：

> 願攬羲和轡，白日不移光。天階路殊絕，雲漢邈無梁。濯髮暘谷濱，遠遊崑岳傍。登彼列仙岨，採此秋蘭芳。時路烏足爭，太極可翱翔。（阮籍〈詠懷詩八十二首〉其三十五）
>
> 乘風高遊，遠登靈丘。託好松喬，攜手俱遊。朝發太華，夕宿神州。彈琴詠詩，聊以忘憂。（嵇康〈四言贈兄秀才入軍詩〉十八首之十六）
>
> 遙望山上松，隆谷鬱青蔥。自遇一何高，獨立迥無雙。願想遊其下，蹊路絕不通。王喬棄我去，乘雲駕六龍。飄颻戲玄圃，黃老路相逢。授我自然道，曠若發童蒙。採藥鍾山隅，服食改姿容。蟬蛻棄穢累，結友家板桐。臨觴奏九韶，雅歌何邕邕。長與俗人別，誰能睹其蹤。（嵇康〈遊仙詩〉）
>
> 飾車駐駟，駕言出遊。南歷伊渚，北登邙丘。青林華茂，春鳥群嬉。感悟長懷，能不永思？永思伊何，思齊大儀。凌雲輕邁，托身靈螭。遙集芝圃，釋轡華池。華木夜光，沙棠離離。俯漱神泉，仰嘰瓊枝。結心浩素，終始不虧。（嵇喜〈答嵇康詩四首〉其四）

藉著遊仙形象的描述，阮籍與嵇康等名士不但建構了一個超越於

現實之外的逍遙世界，同時也揭示了一個理想的美境。誠如他們在玄學的追求中所透露者，他們是相信有真正的美存在著的，這種美是存在於本體、亦即自然本身的，體現了一種終極的審美境界。換言之，這種美並非現實具體的感官所能察覺，只有進入「悠悠念無形」的境界之中，只有藉助著「變化神微」的神感能力才能予以把握，並於剎那的冥合之中達到永恆的境界。藉由象徵的手法，阮籍與嵇康在詩中比喻了此一審美境界的達成：

> 西方有佳人，皎若白日光。被服纖羅衣，左右珮雙璜。修容耀姿美，順風振微芳。登高眺所思，舉袂當朝陽。寄顏雲霄間，揮袖凌虛翔。飄颻恍惚中，流眄顧我傍。悅懌未交接，晤言用感傷。（阮籍〈詠懷詩八十二首〉其十九）
>
> 東南有射山，汾水出其陽。六龍服氣輿，雲蓋切天綱。仙者四五人，逍遙晏蘭房。寢息一純和，呼噏成露霜。沐浴丹淵中，炤燿日月光。豈安通靈臺，游漾去高翔。（阮籍〈詠懷詩八十二首〉其二十三）
>
> 昔有神仙者，羨門及松喬。噏習九陽間，升遐嘰雲霄。人生樂長久，百年自言遼。白日隕隅谷，一夕不再朝。豈若遺世物，登明遂飄颻。（阮籍〈詠懷詩八十二首〉其八十一）
>
> 羽化華岳，超遊清宵。雲蓋習習，六龍飄飄。左配椒桂，右綴蘭苕。凌陽讚路，王子奉轺。婉孌名山，真人是要。齊物養生，與道逍遙。（嵇康〈四言詩〉十一首之十）
>
> 俗人不可親，松喬是可鄰。何為穢濁間，動搖增垢塵。慷慨之遠遊，整駕俟良辰。輕舉翔區外，濯翼扶桑津。徘徊戲靈岳，彈琴詠泰真。滄水澡五藏，變化忽若神。恆娥進妙藥，毛羽翕光新。一縱發開陽，俯視當路人。哀哉世間人，何足久託身。（嵇康〈五言詩三首〉其三）

這種在「登明遂飄颻」境界中所獲致的美，就其實質而言，亦即正始玄學所推崇的「無味之味」、或者如嵇康所說的「朱紫雖玄黃，太素貴無色。淵淡體至道，色化同消息」〔註60〕，而王力堅更稱其為

〔註60〕嵇康〈五言詩三首〉其二。

「白賁之美」（註61）。其真正的涵義便是「自然天成之美」，指涉了
一個充滿色彩、芳香與萬物生機，卻絕無一點人爲污染的天籟靈趣世
界，令人想起了阮籍於〈清思賦〉中對自我內在審美經驗的內省描述
所曾提及的，於「微妙無形，寂寞無聽」境界中透過神感而引發的「窈
窕而淑清」之美：

> 余以爲形之可見，非色之美；音之可聞，非聲之善。昔黃帝
> 登仙於荊山之上，振咸池於南□之岡，鬼神其幽，而夔、牙
> 不聞其章；女娃耀榮於東海之濱，而翩翩於西山之旁，林石
> 之隙從，而瑤臺不照其光。是以微妙無形，寂寞無聽，然後
> 乃可以睹窈窕而淑清。故白日麗光，則季后不步其容；鐘鼓
> 闐鈴，則延子不揚其聲。

對阮籍與嵇康等人而言，「窈窕而淑清」所意味的乃是一種真正純潔
永恆的超感官之美，是只有在專一、寧靜、精誠的狀態下方能神感而
見的神妙之象。而其在本質上，乃是對玄學所追求的一種個體人格無
限精神的內在反省與直觀，象徵了自正始以降，自我作爲一個個體存
在者在價值與意義層面的又一度提昇。

三、竹林名士對「超時空」內在自由境界的追求

面對著惡劣的現實環境，內心中十分孤獨的阮籍與嵇康等竹林
名士，藉由談玄說理的過程、藉著玄味詩等文學的創作、甚至藉由
諸般狂放的作風，一方面對現實作出巨大的抵抗，從而在生命感受
上創造出一種獨特的憂悶美感；另一方面，則在想像力的馳騁中將
自己的心靈逐次提升到與萬物自然共同悠游的境界，從而在「微妙
無形，寂寞無聽」的神感境界中，一睹「窈窕而淑清」的終極永恆
之美。不同於黑格爾式藉由純粹邏輯的理性推演過程以達到形而上

〔註61〕王力堅〈自然之道與白賁之美 —— 正始詩歌審美理想新探〉。收錄
於《大陸雜誌》，第九十一卷第五期，民國 84 年 11 月，頁 26～30；
王力堅《魏晉詩歌的審美觀照》。台北：文津出版社有限公司，2000
年 1 月初版，頁 57～頁 74。

「絕對精神」的追求，阮籍與嵇康等竹林名士對於超越境界的掌握，主要是透過內在生命的現實追求與超越過程而去參讚造化的。亦即，係透過「感物懷殷憂」〔註62〕的生命歷程而去體會並進行超越的。值得注意的是，在此主體透過自身生命的感悟，而達到「飄颻登雲湄」〔註63〕的境界中，實際上是充滿了時空間的變化的。這固然牽扯到詩歌等文學美學文本作為「時空表徵」（representation of time-Space）的操弄，同時更關涉了阮籍與嵇康置身所在的「表徵的時空」（representational time-Space）的超越與挪移〔註64〕。

　　事實上，阮籍與嵇康等竹林名士乃是身處在一個相當獨特的社會時空之中的。在這個時空間中，充滿了竹林名士以他們知識視域（horizon）所無法理解、也沒有能力解決的種種物事，他們於是將之化約為一均質、靜止而密不見縫隙的現實，如同一緊密的羅網牢牢地圈圍住一己充滿苦悶、憂思的心靈與軀體。這極類似沙特（Jean-paul Sartre）等存在主義者將生活與外在世界視為一個「黏滯」（visqueux）實體的感慨〔註65〕。有意思的是，在此認知下，阮籍與嵇康更透過了

〔註62〕阮籍〈詠懷詩八十二首〉其十四。

〔註63〕阮籍〈詠懷詩八十二首〉其四十。

〔註64〕為了說明社會生產的空間，人文地理學家愛德華・索雅（Edward W. Soja）提出了動態、具有時間意涵的「空間性」（spatiality）概念以與靜態的、結構主義式的「空間」概念區別，相當類似於「時空」的概念。他指出「真實空間」（real space）、「表徵的空間」（representational space）與「空間表徵」（representation of space）乃是空間性的三環構造。「表徵的空間」指一由身體及社會生活實踐所建構而成的時空間，亦即福寇所謂的「異質地方」（heterotopia）；「空間表徵」指稱表現空間的相關論述；「真實空間」則指涉了物理向度的空間。有關於「表徵的時空」、「時空表徵」，乃是筆者借用索雅的觀念發展而成者，用以描述「時空」形成的三環構造。至於空間性之三重構造及其演化的辯證性關係，除了可參見索雅等人的原著外，亦可參見夏鑄九在《公共空間》（台北：藝術家出版社，1994）一書中、以及王志弘在〈後現代的空間思考：愛德華・索雅（Edward W. Soja）思想評介〉（《空間》雜誌五三期，頁 112〜頁 118）一文中的闡發。

〔註65〕參閱沙特（陳宣良等譯）《存在與虛無》。民國 79 年出版，台北：桂

文字的建構，將其所認知到的現實時空轉化爲「天網」、「雲網」、「高羅」、「網羅」、「百羅」或「罻羅」這類的時空表徵，因而愈發鞏固了原先對封閉實體的想像：

> 天網彌四野，六翮掩不舒。隨波紛綸客，汎汎若浮鳧。(阮籍〈詠懷詩八十二首〉其四十一)
>
> 翩翩鳳翔，逢此網羅。(嵇康〈遊仙詩〉)
>
> 雲網塞四區，高羅正參差。奮迅勢不便，六翮無所施。(嵇康〈五言贈秀才詩〉)
>
> 人害其上，獸惡網羅。(嵇康〈代秋胡歌詩〉七首之一)
>
> 人生譬朝露，世變多百羅。(嵇康〈五言詩三首〉其一)
>
> 坎壈趣世教，常恐嬰網羅。(嵇康〈答二郭詩三首〉其二)
>
> 鸞鳳避罻羅，遠託崑崙墟。(嵇康〈答二郭詩三首〉其三)

值得慶幸的是，與存在主義者將外在世界視爲全部沒有出路的黏滯實體相較，竹林名士們身處的紅塵世界之中，仍有一處得以獲得生機的所在。不同於都邑、京城等充滿了名利爭逐之處、或是戰場等瀰漫著血腥殘忍之地，這是一處充塞了大自然閒適野趣的寧靜樂土。透過了「名教」與「自然」兩度時空間所造成的極端對比，他們爲自己找到了一處得以對抗惡劣現實、衝破網羅並上參造化的滋養之地。

正是在此「絕塵埃」的自然滋養之地，竹林名士們方得以馳騁他們主體心靈的想像力。其或幻化爲玄鶴、或變身爲鴻鵠、或展翅爲翔鸞，在翩飛之中，幾度越過了肉身所在的滾滾紅塵，突破了網羅，來到了大自然的山林之中。然後，又再次地縱身而起，直上雲霄，沖進那象徵著無形無影的太清仙境當中：

> 於心懷寸陰，羲陽將欲冥。揮袂撫長劍，仰觀浮雲征。雲間有玄鶴，抗志揚哀聲。一飛沖青天，曠世不再鳴。豈與鶉鷃遊，連翩戲中庭。(阮籍〈詠懷詩八十二首〉其二十一)
>
> 鴻鵠相隨飛，飛飛適荒裔。雙翮臨長風，須臾萬里逝。朝餐琅玕實，夕宿丹山際。抗身青雲中，網羅孰能制。豈與鄉曲

冠圖書有限公司。

士，攜手共言誓。(阮籍〈詠懷詩八十二首〉其四十三)

雙鸞匿景曜，戢翼太山崖。抗首漱朝露，晞陽振羽儀。長鳴戲雲中，時下息蘭池。自謂絕塵埃，終始永不虧。何意世多艱，虞人來我維。雲網塞四區，高羅正參差。奮迅勢不便，六翮無所施。隱姿就長纓，卒為時所羈。單雄翩獨逝，哀吟傷生離。徘徊戀儔侶，慷慨高山陂。鳥盡良弓藏，謀極身必危。吉凶雖在己，世路多嶮巇。安得反初服，抱玉寶六奇。逍遙遊太清，攜手長相隨。(嵇康〈五言贈秀才詩〉)

　　藉由想像中時空間的變化，透過翔鸞等的振翅飛翔，阮籍與嵇康等竹林名士投擲心靈以安身立命的存在之姿，亦且賦予美學境界逐漸昇華的想像。想像中的空間抽離，被等同於美學境界的提昇，並被等同於理想終極之美的追求。亦即，想像中的時空是被逐次地跳躍並予以捨棄的，首先捨棄的當是網羅所在的現實紅塵，其次則是大自然樂土之境，最後連想像中建構而出的仙境所在也被捨棄，而到達自然之道所在的終極時空之中。這是一個絕對自由之境，是由自然之道本身所凝聚而成的一個超現實的時空。而在逐次的捨離當中，不僅新的時空意象被接引插入，即連其所等同的嶄新美學想像也被連帶地吸納引進，構成了一意象豐富而充滿了時空層次的美學之境。

　　有意思的是，這層層的時空構造，並非他們最後的歸宿，當想像力透過捨棄的過程建構出超現實的時空之後，卻在最後將其收納入一己的心靈之中，藉此，使得心靈也達到了充滿理想與自由的境界，充分體現出了東漢末年以來，詩歌等美學追求個體自覺的趨勢。

第四節　玄學影響下詩歌創作的美學原則及書寫進路

一、玄學中的「言、意」之辯及其對詩歌藝文創作的影響

　　正始時期，言、意之辯可說是影響了詩歌等文學藝術創作的又一重大命題。歐陽建於〈言盡意論〉一文中曾寫道：「世之論者，以為言不盡意，由來尚矣。至乎通才達識，咸以為然。若夫蔣公之論眸子，

鍾、傅之言才性，莫不引此爲談證。」可見，當時的士人幾乎都曾意識到、甚至談論過言能否盡意的問題，而除了歐陽建等少數人以「違衆先生」自居，主張「言盡意論」之外，諸如蔣濟、鍾會與傅嘏等「雷同君子」則絕大多數是高舉著「言不盡意」的大纛的，他們不論是談論眸子、或論才性，率皆援引了言不盡意的論點以做爲談證。

言、意間關係命題的探討，雖非始於正始，然而到了正始之際，由於受到了玄學思潮討論無名之道能否以具體的概念或形象來加以表達的影響，此一論題卻獲得了士人們的空前重視。現今留存下來最早談論言不盡意的正始資料，見諸於《三國志·荀彧傳》注引《晉陽秋》中所述荀粲的一段話：

> 粲諸兄并以儒術論議，而粲獨好言道，常以爲子貢稱夫子之言性與天道，不可得而聞，然則六籍雖存，固聖人之糠秕。粲兄俣難曰："易亦云：聖人立象，繫辭焉以盡言，則微言胡爲不可得而聞見哉！"粲答曰："蓋理之微者，非物象之所舉也。今稱立象以盡意，此非通于意外者也，繫辭焉以盡言，此非言乎繫表者也；斯則象外之意，繫表之言，固蘊而不出矣。"

不同於其兄長的以儒術爲議論之源，獨好言道的荀粲認爲性與天道才是最精微者，而夫子既不言性與天道，則儒家典籍無異於糟粕。爲了說明聖人也言天道，荀粲之兄荀俣以孔子說《易》爲例，提出了象與辭可以表達微言之問題，於是引發了荀粲對於「言不盡意」的議論。荀粲認爲，理之微者是難以用言、象以表達的。言、象所能表達的只是表象，象外之意與繫表之言這種眞正深層的意義，是難以表達的。

荀粲雖有上述之言，然而眞正將「言不盡意論」的意義加以大大發揮的則是王弼。在闡述如何擺脫漢儒那般繁瑣牽強的解釋，而正確地理解並閱讀《周易》的同時，王弼提出了對於「象」與「意」、以及「言」與「象」關係的重要說法。他在《周易略例·明象》中說道：

> 夫象者，出意者也。言者，明象者也。盡意莫若象，盡象莫

> 若言。言生於象，故可尋言以觀象。象生於意，故可尋象以
> 觀意。意以盡象，象以言著。故言者所以明象，得象而忘言。
> 象者所以存意，得意而忘象。猶蹄者所以在兔，得兔而忘蹄；
> 筌者所以在魚，得魚而忘筌。然則言者象之蹄也，象者意之
> 筌也。是故存言者，非得象者也。存象者，非得意者也。象
> 生於意而存象焉，則所存者乃非其象也。言生於象而存言
> 焉，則所存者乃非其言也：然則忘象者乃得意者也，忘言者
> 乃得象者也。得意在忘象，得象在忘言。故立象以盡意，而
> 象可忘也。重畫以盡情，而畫可忘也。

從表面上看來，王弼是認為「象」能「盡意」、而「言」是能「盡象」的，因此，「言」透過「盡象」便有機會達到「盡意」的效果。然而，王弼之所以肯定言能盡意，主要在進一步點明「言」的作用係在於「明象」，「得象」即可以「忘言」；而「象」的作用則在於「存意」，「得意」則可以「忘象」。在此基礎上，他繼續申論，強調如若不「忘言」則無以「得象」，不「忘象」則無以「得意」。亦即，「忘言」與「忘象」是「得象」與「得意」的必要條件，否則所存之「象」便非「盡意」之「象」，所存之「言」亦非「盡象」之「言」。

對王弼而言，「意」與「象」的了解與掌握雖然不能脫離「象」與「言」，然而，要真正地達到「得意」與「得象」的境界，最終卻不能不「忘象」與「忘言」。亦即，對「意」的真正掌握，是一種既需要「象」、同時卻又必須超越「象」的理解；而對「象」的真正了解，也是一種既須要「言」、但又必須超越於「言」的領悟。因為，任何固定而具體的「象」與「言」總是有限的，是不能窮盡所有的「象」與「言」，而義理抽象之後，任何具體的物象與語言皆可以捨棄。這就意味了，王弼所謂的「得象」與「得意」，已經不再是具體的「象」與「意」，而係指涉了具有普遍意義的「象」與「意」。他之所以提出此論，旨在打破「象」與「言」的有限性，提醒人們須進一步透過「忘象」與「忘言」的內在審美體驗，去把握那無法以具體、有限的「象」與「言」去說明的「意」與「象」。

相對於王弼等人對「言不盡意」的堅持，歐陽建等人則提出了「言盡意論」。歐陽建說道：

> ……理得於心，非言不暢；物定於彼，非言不辨。言不暢志則無以相接，名不辨物則鑒識不顯。鑒識顯而名品殊，言稱接而情志暢。原其所以，本其所由，非物有自然之名，理有必定之稱也。欲辨其實則殊其名，欲宣其志則立其稱。名逐物而遷，言因理而變，此猶聲發響應，形存影附，不得相與為二矣。苟其不二，則言無不盡矣，吾故以為盡矣。

乍看之下，歐陽建的「言盡意論」是相當有道理的，所謂的「名逐物而遷，言因理而變」，兩者「猶聲發響應，形存影附」，講的是再平常不過的道理。然而，歐陽建顯然不懂得王弼所談之「意」，並非一般名物所外顯的「意」，而是那作為形而上人格本體的「意」，亦即「無名」之「道」、亦即「無限」。道作為無限，統包了一切的名物，因此它不能以「逐物而遷」的一般性語言去予以概括。因此，歐陽建對王弼等的攻難顯然未能正中要害，並沒能與王弼在同一層次產生對話的效果。基本上，若就對具體日常事物之表達而言，歐陽建所謂的言能盡意之說法是有其合法性的，然若就王弼所言對形而上本體的表述而言，則歐陽建的論述則顯然是相當牽強的，遠不如王弼等的「言不盡意」論來得深邃。

王弼等正始名士以「言不盡意」為主的玄學論述，在詩歌等藝術創作對於美的掌握而言，實有莫大之啟發。玄學家普遍認為美即是無味之味，即是無限的表現，然而美作為無限的表現卻是感性而具體的，亦即不能脫離有限而有所展現。但是，任何的有限卻有其侷限性，無法充分而完全地表現無限，因此，成功的詩歌等藝術創作便須找到一種方法，尋求透過有限以充分而完全地把無限所具有的境界表現出來。誠如李澤厚與劉綱紀指出者，此一方法即是使用「藝術」的「語言」：

> 雖不能用確定的名言概念把無限說出來，但卻能夠通過藝術

的語言引起比語言所說出的更多的無盡的感受，從而使人們在內心的情感體驗中趨向和接近於無限。相反，如果企圖用確定的名言概念去規定無限，那恰恰就失卻了無限，從而也就失卻了藝術的美。〔註66〕

主張藝術創作應透過「藝術符號」（亦即「表現符號體系」）、而非一般語言的「邏輯符號體系」以表達人類普遍情感的美國當代著名美學家蘇珊·朗格（Susanne K.Langer, 1895～1982），亦有類似的看法：

> 對於這樣一些內在的東西，一般的論述——對詞語的一般性運用——無論如何是呈現不出來的，即使談及，也只能是一種一般的或浮淺的描繪。那些真實的生命感受，那些互相交織和不時地改變其強弱的張力，那些一會兒流動、一會兒凝固的東西，那些時而爆發、時而消失的欲望，那些有節奏的自我連續，都是推論性的符號所無法表達的。主觀世界呈現出來的無數形式以及那無限多變的感性生活，都是無法用語言符號加以描寫或論述的，然而它們卻可以在一件優秀的藝術作品中呈現出來。〔註67〕

　　朗格關注的焦點，雖非正始玄學家對無限的追求，然其認為言不盡意、希冀透過藝術捕捉表象以外深層意義的企圖，卻與正始玄學家有異曲同工之處。依照此一原則，詩歌等文學創作必須儘量透過有限而具體的言、象所構成的「藝術性語言」，揭露具有普遍意義的象與意。因為藝術性語言是不同於一般性語言的，藝術性語言雖不能完全脫離日常一般運用的語言，然而藝術性語言以其特具的多義性是可以盡意的，而一般性語言則是無法盡意的。亦即，藝術性語言以其所特具的符號聯想性，可以提供讀者以一種想像的盡情馳騁，從而在自身的聯想境界中達到對無限的接近。就正始詩歌創作之情形而言，已出

〔註66〕見李澤厚、劉綱紀《中國美學史》第二卷。台北：谷風出版社，民國76年12月台一版，頁146。

〔註67〕引自蘇珊·朗格《藝術問題》。北京：中國社會科學出版社，1983年出版，頁128。

現希冀透過有限之藝術性語言以揭露無限所具有之普遍性意涵的手法。其中，尤以阮籍最具代表性，其雜有玄味的詩歌創作，便藉由意象的操弄與隱喻，以表現物象之外所具有的普遍性弦外之音。而嵇康的詩歌創作，雖然離「言不盡意」的境界尚有一段距離，但根據王應麟《玉海》卷三十六著錄可知，他曾有過「周易言不盡意論」的發表，故嵇康在理論上應該也是主張「言不盡意」的。畢竟，除了歐陽建等少數人之外，「言不盡意論」幾乎已成了正始時期名士們在理論上對於「言、意」關係的共識。在此狀況下，它會成為藝術創作論的重要指導原則，並貫穿至阮籍等詩人實際的創作之中，一點都不令人覺得奇怪。

二、阮籍與嵇康在「言不盡意」下的詩歌審美實踐與落差

　　受到荀粲、王弼等「言不盡意論」的影響，正始之際的詩人，已出現了希冀在詩歌創作中，透過藝術性語言以追求普遍無限之道的企圖。這樣的情形尤以阮籍為最，阮籍雖然不見留存有關於「言不盡意」的直接論述，然而，從其詩歌創作中卻不時可見這種意念之實踐。阮籍之詩歌語言向來以隱蔽多義著稱，劉勰在《文心雕龍・明詩》篇中即說道「阮旨遙深」，鍾嶸《詩品》亦稱：

> 而詠懷之作可以陶性靈，發幽思。言在耳目之內，情寄八荒之表，洋洋乎會于風雅，使人忘其鄙近，自致遠大，頗多感慨之詞，厥旨淵放，歸趣難求。

而劉熙載《藝概》更云：

> 阮嗣宗詠懷。其旨淵遠，其屬詞之妙，去來無端，不可蹤跡……。

　　至於嵇康雖以急切好言見諸於世，然曾寫有「周易言不盡意論」，而其在〈四言贈兄秀才入軍詩〉十八首之十四中也說過「俯仰自得，游心太玄。嘉彼釣叟，得魚忘筌」的話語，十分類似王弼在談論言、意關係時的比喻，皆是出自《莊子》的典故。故可知嵇康

在理論上，亦是不反對言不盡意論的。當然了，若就其詩歌創作本身所呈現的清峻風格觀之，則顯然與言不盡意的美學理想有一段距離，可說是理論與實踐本身的矛盾或衝突。然而，嵇康之詩雖然頗重自然、不事雕琢，但並非完全摒除藻飾、不加修辭。事實上，他對於一般之修辭用法，如比喻、對偶、疊字等亦常加以採用，尤其是比喻更見其功力。是以，鍾嶸雖認為其「過為峻切，訐直露才，傷淵雅之致」，但亦不忘稱讚其「託諭清遠，良有鑒裁，亦未失高流矣」。因此可以這麼說，「言不盡意」可說是潛藏在阮籍與嵇康內心中的理想詩美觀，他們莫不希望藉由特殊語言、技巧的運用，呈顯出詩歌形象以外的深遠之意，從而完成了他們作為一個玄學家對於自然無限之道的徹底追尋。

　　值得注意的是，「言不盡意」雖是阮籍與嵇康共同的詩美理想，但綜觀兩人之創作，卻又有實踐程度上之差異。嵇康詩歌雖然多見對玄理的追求，亦可見諸多比喻之妙用，例如，在嵇康寫給其兄嵇喜的〈五言贈秀才詩〉全篇中即以「雙鸞」為喻。先以雙鸞比翼雙飛於世外比喻偕隱之樂：

　　　　雙鸞匿景曜，戢翼太山崖。抗首漱朝露，晞陽振羽儀。長鳴
　　　　戲雲中，時下息蘭池。

再以雌鳥為世所羈、單雄孤飛哀鳴隱喻與兄分離之苦：

　　　　自謂絕塵埃，終始永不虧。何意世多艱，虞人來我維。雲網
　　　　塞四區，高羅正參差。奮迅勢不便，六翮無所施。隱姿就長
　　　　纓，卒為時所羈。單雄翩獨逝，哀吟傷生離。徘徊戀儔侶，
　　　　慷慨高山陂。

又如〈述志詩二首〉其一亦以「潛龍育神軀」與「焦朋振六翮」喻其清高。然而，由於其詩中絕大多數係採用簡潔樸素之字句與白描直述之法，例如：

　　　　微風清扇，雲氣四除。皎皎亮月，麗於高隅。興命公子，攜
　　　　手同車。龍驥翼翼，揚鑣踟躕。肅肅宵征，造我友廬。光燈
　　　　吐輝，華幔長舒。鸞觴酌醴，神鼎烹魚。絃超子野，歎過綿

　　駒。流詠太素，俯讚玄虛。孰克英賢，與爾剖符。（〈四言詩〉
　　十一首之十一）

加以詩中普遍採用了較為生硬的道家和養生用語，如「沖靜得自然，
榮華安足為」〔註68〕與「玄居養營魄，千載長自綏」〔註69〕等，因此，
與阮籍相較，嵇康的詩歌創作平心而論是離「言不盡意」的詩美理想
有一段距離的，顯示出實踐與理想間所產生的落差。

　　而阮籍的詩歌創作可說是言不盡意論影響下追求藝術性語言的
極度發揮。誠如鍾嶸《詩品》「言在耳目之內，情寄八荒之表」所形
容者，阮籍之詩可謂是局部清晰而整體朦朧，獨特的藝術性語言給予
了讀者無限想像的空間，這主要可從以下兩方面看出：

　　首先，阮籍之詩歌相當重視比興等象徵性手法的運用。繼承了莊
子、楚辭等浪漫主義文學之創作風格，他在詩作中或以歷史神話象
徵、或以自然事物隱喻，迂迴而曲折地表達了他對事物的看法、以及
自身的深切情感，從而形成了鮮明而意義豐饒的詩歌意象。對他而
言，大量象徵性語言的運用乃是構成詩歌美感的重要基礎。例如〈詠
懷詩八十二首〉其二：

　　二妃遊江濱，逍遙順風翔。交甫懷佩環，婉孌有芬芳。猗靡
　　情歡愛，千載不相忘。傾城迷下蔡，容好結中腸。感激生憂
　　思，萱草樹蘭房。膏沐為誰施，其雨怨朝陽。如何金石交，
　　一旦更離傷。

按《列仙傳》：「江妃二女者，不知何所人也，出遊於江漢之湄，逢鄭
交甫，見而悅之，不知其神人也。謂其僕曰：『我欲下請其佩。』僕
曰：『此間之人皆習於辭，不得，恐罹悔焉。』交甫不聽，遂下與之
言曰：『二女勞矣！』二女曰：『客子有勞，妾何勞之有？』交甫曰：
『橘是柚也，我盛之以笥，令附漢水，將流而下，我遵其傍，采其芝
而茹之，以知吾為不遜也。願請子之佩。』二女曰：『橘是柚也，我

〔註68〕嵇康〈述志詩二首〉其一。
〔註69〕嵇康〈述志詩二首〉其二。

盛之以笥，令附漢水，將流而下，我遵其傍，采其芝而茹之。』遂手解佩與交甫。交甫悅，受而懷之，中當心，趨去數十步，視佩，空懷無佩，顧二女，忽然不見。」〔註70〕表面上看，阮籍此詩所述乃是《列仙傳》所述江妃二女與鄭交甫在江漢之湄偶遇贈佩的情節。然而，誠如王壬秋：「阮詩好以香草美人，迷離其旨，有騷之遺音」一段話語所指出者，阮籍之創作此詩實別有所寄，旨在藉神話以鋪陳出內心中曲折之情感。而由於其詞相當隱晦，歷來之人多有不同之解讀。方東樹認爲「此即『初既與予成言，後悔遁而有他』、『交不忠兮怨長』之恉，然不知其爲何人而發。」〔註71〕另，元人劉履則認爲係用以譏刺司馬昭所作者：「初司馬昭以魏氏託任之重，亦自謂能盡忠於國。至是專權僭竊，欲行篡逆，故嗣宗婉其詞以諷刺之」。

又如〈詠懷詩八十二首〉其八：

> 灼灼西隤日，餘光照我衣。迴風吹四壁，寒鳥相因依。周周尚銜羽，蛩蛩亦念飢。如何當路子，磬折忘所歸。豈爲夸譽名，憔悴使心悲。寧與燕雀翔，不隨黃鵠飛。黃鵠遊四海，中路將安歸。

此詩首四句看似寫景，實則另有深意，張銑即推測云：「隤日，喻魏野，尚有餘德及人。迴風喻晉武，四壁喻大臣，寒鳥喻小臣也。」姑且不論張銑所解讀者是否正確，其有所託諭倒是顯而易見的。是以，下句馬上以神話中的鳥獸「周周」與「蛩蛩」如何互助作爲對照，襯托出當時作官的「當路子」何等趨炎附勢、背叛故君，終至落得「憔悴心悲」與「中路安歸」的下場。最後，在詩末申明己志，寧願如燕雀般居於下位，也不願如黃鵠般高舉遠揚。

這種運用象徵比喻的手法，在阮籍詩作當中幾乎隨處可見，他最擅長透過象徵性的語言，將所感受到的政治氣氛與時代壓力轉換爲形象表現。縱觀阮籍〈詠懷詩八十二首〉等詩作，所使用的意象

〔註70〕劉向《列仙傳》卷上「江妃二女」條。
〔註71〕方東樹《昭昧詹言》卷三。

莫不具有一定的象徵性意義，例如他即常以玄鶴、鴻鵠等飛鳥高翔
之意象比喻對自由之渴望；以木槿、桃李零落之意象表示繁華的轉
瞬即逝；以空堂生荊之意象比喻家國衰敗，滿朝奸佞；以天網四籠
之意象表示政治敗壞、社會黑暗之情形。而正由於這些充滿了多層
次象徵意涵意象的使用，加上諸多典故涵義的多樣聯想性，遂使得
阮籍的詩歌充滿了「厥旨淵放，歸趣難求」的特點，十分符合言不
盡意的詩歌美感表現。

其次，生活在政治極度黑暗中的阮籍，雖時常藉由醉酒等放浪行
徑以避禍，然而對於政權的更迭、以及人命的朝不保夕等現狀，他於
內心深處是存有著一股不妥協態度的。爲了避免惹禍上身，而又能藉
詩歌以行譏刺，阮籍在語言中大量使用了遯辭譎譬，因而使得他的詩
歌創作形成了文多隱避、難以情測的特質。例如〈詠懷詩八十二首〉
其十六：

> 徘徊蓬池上，還顧望大梁。綠水揚洪波，曠野莽茫茫。走獸
> 交橫馳，飛鳥相隨翔。是時鶉火中，日月正相望。朔風屬嚴
> 寒，陰氣下微霜。羈旅無儔匹，俛仰懷哀傷。小人計其功，
> 君子道其常。豈惜終憔悴，詠言著斯章。

全詩遙指在司馬氏竊國、而魏室逐漸式微的變故過程中，忠耿之士的
孤立無援，以及小人貪功近利的情形。最後更明白道出己志，指出君
子雖然道消，但仍然不以憔悴爲可惜，可謂是託諭婉轉而又蘊涵了深
切的情懷。又如〈詠懷詩八十二首〉其六十七：

> 洪生資制度，被服正有常。尊卑設次序，事物齊紀綱。容飾
> 整顏色，磬折執圭璋。堂上置玄酒，室中盛稻梁。外厲貞素
> 談，戶內滅芬芳。放口從衷出，復說道義方。委曲周旋儀，
> 姿態愁我腸。

全詩旨在諷刺世俗僞善的禮法之士，謂其雖然道貌岸然，卻極盡醜詆
之能事。阮籍表面上藉酒醉而避世，然而對司馬氏廟堂之上的虛假醜
態卻是十分不以爲然的，因而透過詩歌的創作，以意在言外的方式予
以揭露。這樣的書寫方式，所採用的乃是一種「遯辭以隱意，譎譬以

指事」〔註72〕的創作手法，具有深藏不露的諷戒之義，在在加深了阮籍詩歌所具有的隱晦特質。

除了比興象徵手法、以及遯辭譎譬的大量使用以外，阮籍在其詩歌中亦大量採用了對比的手法，試圖透過語義的對比與轉折來賦予全詩更多的涵義。例如〈詠懷詩八十二首〉其三即以桃李與秋風飛藿及堂上荊杞相互對照，帶出欲上西山歸隱的志節：

> 嘉樹下成蹊，東園桃與李。秋風吹飛藿，零落從此始，繁華有憔悴，堂上生荊杞。驅馬舍之去，去上西山趾。一身不自保，何況戀妻子？凝霜被野草，歲暮亦云已。

又如，〈詠懷詩八十二首〉其七十五即以「芳草」與「冥靈木」兩個意象作為對比，賦予了全詩以豐富的意義層次：

> 梁東有芳草，一朝再三榮。色容艷姿美，光華耀傾城。豈為明哲士？妖蠱諂媚生。輕薄在一時，安知百世名。路端便娟子，但恐日月傾。焉見冥靈木，悠悠竟無形。

此外，阮籍更嘗試了藉由詩組的方式來加重原先迷離的色彩。〈詠懷詩八十二首〉所構成的詩組，即是最佳的例子。在整個詩組之中，阮籍扣緊了「悼宗國將亡」、「刺權奸」與「述己志」等幾個主題一再地創作〔註73〕，因而賦予了全詩流變、哀傷一再重複的印象，加深了阮詩整體朦朧、意味無窮的特色。

總而言之，在荀粲與王弼等名士玄學清談的影響下，「言不盡意」雖是阮籍與嵇康理想中詩美的創作圭臬，然而，就實際的詩歌創作狀況而言，卻是阮籍更能貫徹此一理論。藉由比興等象徵性手法、透過遯辭詭譬、加上對比轉折的語法、以及特殊詩組的結構性重複原則，阮籍不僅建構了其詩「厥旨淵放」的特色，更在詩歌中為讀者開創了一個無盡妙解的世界，可謂是言不盡意藝術語言的絕佳典範。

〔註72〕 劉勰《文心雕龍‧諧讔》。

〔註73〕 參閱吳天任〈正始文學與阮籍詠懷〉。《中國詩季刊》第十六卷第四期，民國 74 年 12 月，頁 14～頁 40。

第四章　西晉詩歌中的審美意識 ——
細怨美感的投射與自然宏麗
的展現

第一節　西晉政治社會的傾軋及詩歌創作意義的改變

一、周旋於皇權與世族政治傾軋下的「素族」文士

　　大儀斡運，天迴地游。四氣鱗次，寒暑環周。星火既夕，忽
焉素秋。涼風振落，熠燿宵流。

　　吉士思秋，實感物化。日與月與，荏苒代謝。逝者如斯，曾
無日夜。嗟爾庶士，胡寧自舍？

　　仁道不遐，德輶如羽。求焉斯至，眾鮮克舉。大猷玄漠，將
抽厥緒。先民有作，貽我高矩。

　　雖有淑姿，放心縱逸。出般于游，居多暇日。如彼梓材，弗
勤丹漆。雖勞樸斲，終負素質。

　　養由矯矢，獸號于林。蒲蘆縈繳，神感飛禽。末伎之妙，動
物應心。研精耽道，安有幽深。

　　安心恬蕩，棲志浮雲。體之以質，彪之以文。如彼南畝，力
未既勤。嘉穎致功，必有豐殷。

　　水積成川，載瀾載清。土積成山，歊蒸鬱冥。山不讓塵，川
不辭盈。勉爾含弘，以隆德聲。

高以下基，洪由纖起。川廣自源，成人在始。累微以著，乃
物之理。緹牽之長，實累千里。

復禮終朝，天下歸仁。若金受礪，若泥在鈞。進德修業，輝
光日新。隰朋仰慕，予亦何人。（張華〈勵志詩〉九章四言）

　　縱橫西晉文壇的一代宗師張華，在歷盡艱辛，功成名就之後，寫
下了這首著名的〈勵志詩〉。此詩共分九章。第一章「大儀斡運，天
迴地游」係以時光易逝起興，而在第二章藉由「吉士思秋，實感物化。」
等句帶出了希望後進亦能珍惜生命，進而立德立功的期盼。第三章「仁
道不遐，德輶如羽」等句，則寫庶士應該以先賢先聖作為榜樣，以克
服修德之不易。第四章及第五章則指出材料不經磨鍊無法成器，故而
庶士修德進業應努力而刻苦地鑽研。第六章「安心恬蕩，棲志浮雲。
體之以質，彪之以文」數句乃是對其所崇尚的人格理想的寫照，此章
與以下的第七章及第八章，皆一再指出了庶士應該不斷地努力，千萬
不要自滿與懈怠。最後一章，則是描寫庶士經由奮鬥後功成名就、風
光雲集的得意氣象。

　　此詩主旨雖只是在鼓勵後進應當進德修業、鍥而不捨，認為只要
經由努力，有朝一日便會有所成就，並得到大家的認可，然而，詩中
卻也在不經意間透露了當時「庶士」此一階層所可能有的仕進之途。
回顧歷史，西晉政壇是存在著世族與素族之區分的。由於西晉政權係
篡魏而來，司馬氏集團在一開始即對權貴勛舊進行了拉攏的工作，賦
予他們重要的祿位、以及官僚世襲的權炳，因而造成並鞏固了龐大的
特權家族，世族從此佔據了政經上絕大部分的利益。但是，司馬氏政
權雖然以五等爵制、九品中正等方式保障了世族的利益，幾乎造成了
「上品無寒門，下品無世族」〔註1〕的後果，卻不至於像東晉般對寒
素人士採取幾近完全排除的態度。為了維持君權至高獨尊的地位，司
馬氏政權施行了平衡統治的原則，除了高舉名教之大纛、推行了崇儒
的相關政策外，也採取了拔擢寒素的政策，藉由舉孝廉、秀才、寒素

〔註1〕 見劉毅〈上疏請罷中正除九品〉。

等名目，爲部分素族士人提供了仕進的機會，並讓其成爲名教道統的護衛者，從而制衡世族，並達到正當統治的效果。

誠如張華詩中所揭示者，除了與權勢和特權緊緊相連的世族之外，西晉社會亦存在著自漢末以來因爲社會變動而形成的素族士人。以陸機及其弟陸雲來說，他們原先雖爲東吳大族，父親陸抗、祖父陸遜分別貴爲孫吳的大司馬與丞相，然在入晉後卻淪爲「希世無高符」﹝註2﹞的典型素族，因此在退居十年苦讀詩書之後，須得北赴洛陽，憑藉太常張華的舉薦，方有機會再度周旋、活躍於權力的舞台之上。再如潘岳、左思等人，則更是父祖俸祿爲兩千石以下的官僚子弟，並無官爵可以世襲，因此也是屬於寒素的階層，他們皆須透過當朝權貴的保薦，才有可能在官場上取得一定的成就。

當時的「寒素」一詞，並非像「素族」一詞在南朝之際含有輕蔑的意思，其在西晉之際品評的標準上反而是被認可的。《晉書》在評介當代的人物時，即經常以能否舉寒素作爲一個評判的標準，因其象徵著學業優博、有才有德的意涵。誠如錢志熙的研究所指出者，西晉之際所謂的「世族」與「素族」，在某種意義上乃是相對而言的。其最主要的區別，乃是視其仕進方法之不同而定的：世族所指者，係以世祚、權勢作爲倚靠而進入仕途者，其通常在起家之際即能憑藉著父祖之封蔭而見官；至於素族，則指那些並無父祖餘蔭可資倚靠，而必須憑藉著學業優博、以及德行著稱方能進入仕途的人﹝註3﹞。其中，除了像皇甫謐之類的人物因爲聲名特別響亮而可能直接被中央朝廷徵召外，絕大部分的人都須經由地方官府的採錄，方才有機會擠進公門。而其在仕進之初，除了聲名較高者有機會被封疆大吏或權貴聘爲幕僚外，多半只能擔任地方政府的官吏。以此標準視之，除石崇﹝註4﹞

﹝註2﹞　陸機〈赴太子洗馬時作詩〉。

﹝註3﹞　參見錢志熙《魏晉詩歌藝術原論》。北京：北京大學出版社，1993年1月出版，頁215～頁216。

﹝註4﹞　石崇係石苞之子，石苞原本出身寒門，然爲司馬昭所重用，並在諷魏禪晉的事件中有功，已經擠身成爲司馬氏世族統治集團的成員之

等少數人外，西晉之際的主要文人，例如傅玄、張華、張載、張協、張亢、陸機、陸雲、潘岳、潘尼、左思、束晳、皇甫謐、魯褒、王沈、趙至、成公綏與褚陶等，莫不屬於寒素士人，十分不同於東晉之際文人盡屬世家大族的情形。

由於缺乏父祖勳業的庇蔭，西晉之際寒素士人追求仕進的過程是相當辛苦的。他們往往受到了當時政局的左右，而須要隨時變更其所依附的人物，因此在在對包含了詩歌在內的文學發展產生了莫大的影響。西晉一朝凡五十二年（西元 265～西元 316 年），武帝司馬炎在位之際（泰始、咸寧、太康與太熙年間），雖然堪稱太平，然而武帝一旦駕崩（太熙元年（西元 290 年）四月），惠帝即位後（改元永熙、元康），西晉皇朝便逐漸陷入了紛爭不斷的厄運。由於對曹魏滅亡教訓的錯誤認知，司馬氏在取得政權後，除了分封異姓權貴而鞏固了世族的力量之外，更大封宗室二十七人爲王，並賦予其各自設置軍隊的權力，因而形成了諸王擁兵自重、割據一方的情形。他們競相網羅黨羽以擴充自己的勢力，伺機搶奪皇位，從而上演了一齣又一齣骨肉互相殘殺的慘劇，著名的八王之亂〔註5〕即是箇中的高潮。八王之亂之所以發生，主要源起於武帝皇后之父楊駿與惠帝皇后賈氏兩者間的爭端。武帝駕崩之前，楊駿趁機取得了輔政的大權，都督中外諸軍，惟其旋即於惠帝元康元年（西元 291 年）被賈后密召楚王瑋、並聯合了淮南王允所殺，輔政大權於是落入了汝南王亮與衛瓘的手中。這樣的情況維持沒有多久，賈后又指使楚王瑋殺掉了汝南王與衛瓘，並以矯召之罪名誅除了楚王瑋，進入了以賈后爲主，賈模、裴頠與張華爲輔的「元康政治」（西元 291 年~西元 300 年）。賈后的一連串舉動，肇致了司馬氏諸宗室的不滿，趙王倫於是於永康元年（西元 300 年）起

〔註5〕 廣義的諸王亂政雖始於元康元年（西元 291 年）楚王瑋誅汝南王亮，然而較大規模的征戰卻始於永康元年（西元 300 年）趙王倫之起兵誅除賈后。

兵殺了賈后，並廢惠帝而自立，改元建始（西元 301 年，爲晉惠帝永寧元年）。對此，齊王冏、成都王穎、河間王顒，長沙王乂等紛紛出兵討伐，從此引發了諸王之間的大戰。最先是趙王倫兵敗自殺，而由齊王冏壟斷了朝政（迎惠帝復位，改元太安（西元 302 年）），但他隨即於太安元年被河間王顒與長沙王乂所聯合攻殺。其後，控制了洛陽的長沙王乂又遭到河間王顒與成都王穎的圍攻、並被東海王越所誅滅（永興元年（西元 304 年））。不久，東海王越挾惠帝進攻成都王穎，雖未成，但旋即又於永興二年（西元 305 年）再度起兵，並於光熙元年（西元 306 年）攻入長安（成都王穎與河間王顒於是年分別爲劉輿及南陽王模所殺）。東海王越於是將惠帝挾持回洛陽，並毒殺之而另立晉懷帝（西元 306 年），次年改元永嘉，終於結束了長達六年的八王之亂〔註6〕。

　　八王之亂雖然結束了，然而西晉皇室卻從此元氣大傷，除了各地紛亂四起外，北方亦相繼出現了以匈奴人爲中心的亂事，從此揭開了五胡亂華的序幕，並導致了西晉皇室的滅亡。而在此一連串兵荒馬亂的過程中，寒素士人的處境其實是相當艱辛狼狽的。不同於建安之際曹氏父子對文學的愛好，司馬氏集團既不愛好文學，也不尊重作家，因此寒素士人們除了必須體察上意、周旋於權力的縫隙以外，還經常要隨著局勢的變遷而更改依附的權貴，若稍有不慎，則難免會罹患殺身之禍。西晉著名的詩人除了張協、張載等得以全身而退以外，例如張華、石崇、潘岳、陸機、陸雲與劉琨等皆陸續遭到殺害而成爲政爭底下的犧牲品〔註7〕。這樣一種局面，對詩歌等文學的發展不論是在

〔註 6〕上述相關史實請參閱林瑞翰《魏晉南北朝史》。台北：五南圖書出版公司，民國 79 年 5 月初版，頁 155～頁 218。

〔註 7〕張華於趙王倫殺賈后時遇害，時爲永康元年（西元 300 年）；石崇則在趙王倫壟斷朝政時，因拒絕中書令孫秀之指索寵妾綠珠，而爲秀所陷，同時爲秀所陷害而遇難者尚有潘岳及歐陽建；陸機則是投靠成都王穎、領軍與長沙王乂戰於鹿苑大敗後，反爲穎命牽秀秘密捕殺於軍中（太安二年（西元 303 年）），死時年方四十三歲，而同時

內容或形式風格層面的影響都是相當大的，因為當時的寒素之士正是詩歌等文本的最重要創作者，他們的命運與心態正是詩作風格形成的關鍵因素。

二、素族文士儒、玄揉合的心態結構及其對文學的影響

西晉之際的政壇，除了藉由父祖之蔭而佔據了高官厚祿的世族子弟外，亦不乏一些以寒素出身終而位致通顯的素族人士。魏晉之交的著名文人傅玄、以及前文所曾提及的張華即是最為明顯的典型。其餘如主編《魏書》的王沈〔註8〕、官至司徒的魏舒與山濤〔註9〕、官至太尉的劉寔〔註10〕、以及「太康末拜司空，領太子太傅」〔註11〕的石鑒等，亦是知名之例。他們的仕進之途，乃是從致力於儒業、文章　學問，並修德求仁以獲得時譽而開始的，主要希冀藉此以應薦舉、或應策試而步入仕途。他們多半謹身守禮、善於處世，且在思想與行為舉止方面與統治者保持了相當的一致性，以便獲得賞識而一圓飛上高枝之夢。他們的人格模式與心態結構固然與當時的世族子弟大不相同，也與正始之際充滿了任誕氣質的嵇康、阮籍等有所不同。在他們的身上雖仍偶爾可見建安文士弘道濟世志願的顯現，然卻少了那麼一點氣概，胸襟也不及建安諸前輩們的宏大。他們主要著眼的是一己的功名，在意的更是自身的前途。此種對於功名的熱望，除了張華的〈勵志詩〉外，亦可在陸機等人的詩作中見之：

　　但恨功名薄，竹帛無所宣。（陸機〈長歌行〉）

被殺害者尚有其子蔚、夏、以及其弟陸雲；劉琨則是西晉末年少數留於北方抗擊劉淵、劉聰等胡人的將領，其敗於石勒後，遂與鮮卑段匹磾締結婚約以共扶晉室，後因其子得罪了段匹磾受牽連而遇害。參閱林瑞翰《魏晉南北朝史》。台北：五南圖書出版公司，民國79年5月初版；鍾優民《中國詩歌史》。高雄：麗文文化事業股份有限公司，民國83年5月初版。

〔註8〕　《晉書‧王沈傳》。
〔註9〕　《晉書‧魏舒傳》、《晉書‧山濤傳》。
〔註10〕　《晉書‧劉寔傳》。
〔註11〕　《晉書‧石鑒傳》。

日重光，身歿之後無遺名。(陸機〈日重光行〉)

月重輪，功名不勗之。(陸機〈月重輪行〉)

生亦何惜，功名所歎。(陸機〈秋胡行〉)

　　所以會有這種現象，與當時的政治局勢脫不了關係。不同於曹魏正始之際相對寬鬆的政治氣氛，司馬氏掌權後對名士階層採取了相當嚴厲的措施。他們所殺的皆是很著名的士人，例如何晏、桓範、夏侯玄、諸葛誕、以及嵇康等人。殺何晏那次，根據史載，乃是「天下名士去其半」；而殺嵇康那一次，則使向秀「失圖」。從司馬氏的觀點來說，在玄風大熾的正始之後，要使天下名士能夠臣服，向來主張「越名教而任自然」的嵇康可說是非殺不可。因為一個政權是否穩定，統治是否具有正當性，與士人意識形態的是否臣服關係密切，而殺嵇康，正足以收到殺雞儆猴的效果。其除了可以藉此使意識形態桀驁不馴的名士為之屈服，還可以間接地強調名教的重要性。司馬氏所加諸於嵇康的罪名雖然很小，但是引起的反響卻相當地大。殺嵇康而向秀失圖，說明了司馬氏掌權後留給天下名士的選擇空間已經相當有限，名士們除了進入司馬氏的政權之中，並（至少在表面上）服膺其所標舉的意識形態以外，其實已沒有什麼其他的選擇了〔註12〕。

　　面臨著如此險惡的政治局勢，一代士風會有所轉變是很自然的事。這樣一種變化，從向秀個人心態結構的轉變即不難一窺究竟。曾經與嵇康一起過著「任自然」生活的他，心態上曾是如此地自適而愜意，然而這一切在嵇康被殺之後，卻已變得不再可能。向秀在〈思舊賦〉中對舊地重遊、以及舊事重提的深刻眷戀即一再透露出了對故人嵇康的悲涼思念之情。事實上，對於嵇康的被殺，向秀在心靈中一直存在著一種揮之不去的陰影。嵇康的死，對向秀而言昭示著一個現實：若持續採取著不與當局合作的路線，則最終亦會有如同嵇康一般的悲慘下場。經過了痛苦的抉擇之後，他選擇了入洛向司馬氏表示臣

〔註12〕　參見羅宗強《魏晉南北朝文學思想史》。北京：中華書局，1996 年 10 月初版，頁 75～頁 76。

服的道路，做了晉朝的官。自此之後，吾人再難從西晉士人的身上找
到如嵇康般越名教而任自然式的人物，也不再找得到如阮籍般終生臨
深履薄、內心苦痛的人物了〔註13〕。

這種士無特操的情形，到了司馬炎篡魏、西晉正式成立後更是自
然而普遍。西晉素族士人與政權基本上是採取著一種合作的態度。他
們雖曾發出了為世所牽的無奈之情（例如陸機即曾在入洛之前發出了
「借問子何之，世網嬰我身」〔註14〕的沉痛話語），然而在絕大部分
的時間中，他們對於時事是噤聲不語的。這乃是因為在司馬氏的高壓
統治下，他們所關心者，主要在於一己的前途與功名，而為了追求功
名，他們必須依附、周旋於眾多權貴之間。他們雖然亦強調任自然，
卻轉而主張合名教與自然於一體，不再承受著違反名教之罪名，因而
養成了一種不同於建安詩人、也不同於正始名士的人格特質與心態結
構。即是錢志熙所謂的「儒玄結合」的人格模式、以及「柔順文明」
的心態結構〔註15〕。

由於著重的是對功名的追求，以寒素為主的西晉文人群體，展現
出了一種與世族截然不同的人格模式與精神特質。當時以世族為主的
玄學名士（例如元康之際集中於王衍等人周圍的一批人）雖然不屑儒
學，但儒學並沒有因此而一蹶不振。其在抖落了東漢嚴格經學的外
衣、轉而強調博涉而能文辯的才能後，重新成為司馬氏政權尊崇的對
象及素族文人奉行的圭臬。雖然司馬氏政權骨子裡仍是以道家的柔克
之術與法家的狠硬之法作為施政的基礎，但儒學仍是名教的最重要支
撐，扮演了意識形態上合法化、正當化的角色。在此狀況下，素族文
士所以尊奉儒學是不令人意外的，早期依附君權、而在後期依附權貴

〔註13〕 參見羅宗強《魏晉南北朝文學思想史》。北京：中華書局，1996年10
月初版，頁77；羅宗強《玄學與魏晉士人心態》。台北：文史哲出
版社，民國81年11月初版，頁181～頁187。

〔註14〕 陸機〈赴洛道中作詩二首〉之一。

〔註15〕 參見錢志熙《魏晉詩歌藝術原論》。北京：北京大學出版社，1993
年1月出版，頁236～頁261。

諸王拔擢的他們，在思想層次上乃是司馬氏崇儒政策的主要奉行者。謹言守禮、博學而富有文采，可說是他們生活表現乃至人格模式外顯的重要一面。

　　然而除了儒學之外，西晉文人亦受到了玄學的影響。身處在上層世族多尙玄風的環境中，他們是不可能不受玄學影響的。事實上，儒玄揉合乃是這時期寒素之士人格的必然模式。因爲要爲司馬氏所認可並佔得一席之地，禮教的外表、以及道家的柔變都是不能缺少的。從晉武帝司馬炎的〈轉華嶠爲秘書監典領著作詔〉、〈追贈王沈司空詔〉、〈以荀顗爲司徒詔〉、〈許鄭沖致仕詔〉、〈以庾純爲國子祭酒詔〉、〈追贈羊祜詔〉與〈以山濤爲侍中詔〉等對於臣子的品評可知，「儒行」〔註16〕、「恬遠清虛」〔註17〕、「博聞多識」〔註18〕、與「思心通遠」〔註19〕乃是其對人物的評鑑標準，大體吻合了《晉書》各傳中對西晉人物的品評模式。因此，儒與玄、禮教與自然的結合，可說是西晉之際對於士人人格理想的普遍要求。

　　這種人格模式雖然將儒與玄、禮教與自然加以結合，然而其所個別展現者，卻都不是嚴格意義下的儒家人格和道家人格。這只是一種將儒家和道家某些特質加以強調放大並強加在一起的人格模式，爲的是迎合居於上位的統治者對於人才的要求。就儒家部分而言，其捨棄的是通儒、大儒所具有的貞剛堅毅與致遠宏大的精神，而專取其對於忠孝禮儀等繁文縟節的注重；就道家部分而言，則捨棄了老、莊所具有的浪漫批判精神，而特取其謙柔損益之義，表現在外，即是一種對言談風流的雅尙與容止之美的重視。這是一種折衷、調和色彩相當濃厚的人格模式，充滿了謹身守禮、儒雅尙文、宅心玄遠而又通達機變的行爲表現，雖較漢儒多了一點通脫與文采，卻又不似建安文士那般

〔註16〕　見〈以庾純爲國子祭酒詔〉。
〔註17〕　見〈許鄭沖致仕詔〉。
〔註18〕　見〈轉華嶠爲秘書監典領著作詔〉。
〔註19〕　見〈以荀顗爲司徒詔〉及〈以山濤爲侍中詔〉。

具有任氣使才的慷慨之情〔註20〕。

　　素族士人「儒玄結合」的人格模式，其深層的心態結構即是「柔順文明」〔註21〕。西晉時代的人，受王弼釋易的影響是很大的。王弼注《周易》，多著重發揮其柔順謙損之義，因而對素族士人「柔順文明」心態結構的形成產生了具體而重大的影響。王弼在注未濟卦六五爻辭「君子之光」時曾經說道：

> 夫以柔順文明之質，居於尊位，付與於能，而不自役，使武
> 以文，御剛以柔，斯誠君子之光。

他在注素來被稱爲「臣道」之坤卦六五的爻辭「黃裳、元吉」時亦曾說道：

> 黃，中之色也；裳，下之飾也。坤爲臣道，美盡於下。夫體
> 無剛健，而能極物之情，通理者也。以柔順之德，處於盛位，
> 任夫文理者也。垂黃裳以獲元吉，非用武者也。極陰之盛，
> 不至疑陽，以文在中，美之至也。

王弼在注釋中特別強調，六五之所以能「極陰之盛」而「不至疑陽」，一來須有「柔順之德」，同時亦必須「任夫文理」、以及「文在中，美之至」，亦即必須「柔順」與「文明」兼具。其實不僅王弼注易係在強調「柔順文明」，整篇《易傳》的主要傾向更是強調「柔順文明」，熟暗易學的西晉士人，自然是很容易從《易傳》與王弼的注釋中獲得這種思想並內化爲其特殊的心態結構的。傅玄在〈周易詩〉中所透露對易的理解，實具有典型的代表性：

> 卑以自牧，謙而有光。進德修業，既有常典，輝光日新，
> 照於四方。

　　總而言之，西晉的素族士人普遍具有著「儒玄揉合」的人格模式以及「柔順文明」的心態結構，其表現在外的乃是謹身守禮、儒雅尚

〔註20〕 參見錢志熙《魏晉詩歌藝術原論》。北京：北京大學出版社，1993
　　　　 年1月出版，頁236～頁260。

〔註21〕 仝上注。

文、宅心玄遠與通達機變，因而從總體看，顯得比較缺乏剛毅堅貞與豪邁自由的精神。其所以如此，在於此一群體特別具有依附的特性，例如陸機〈園葵〉中以葵自喻的詩句即表達了當時士人無依無靠、隨勢起伏的窘境。不管是西晉前期的依附於司馬氏朝廷，還是後期的依附於權貴與諸王，素族文士這種行徑是十分不利於其獨立與自由人格的培養的。他們一來必須不能太有主見，必須柔順而不過分強調一己的意志與情感，否則便容易仕途無望，甚或招致殺身之禍；在此同時，亦須以博學和文學適度地表現自己，以求獲得在位者的賞識。在此情況下，文學不是成爲爲上位者潤色鴻業、歌功頌德的工具，便是成爲純粹形式自娛的產物。於是期盼這些文士能運用詩歌等文學來表現廣闊的社會生活與關懷，顯然是一種奢望；同時，期盼他們能藉詩歌抒發一己內心強烈的情感與意志也是相當不容易的。素族文士並不是沒有感受到社會生活的種種艱難與不平，也不是完全缺乏情感，只是由於身處在特殊的政治漩渦之中，以及長期養成的屬於依附者的柔順文明心態結構，使得他們只能朝向較爲形式化、典型化的文學發展，即使要表露屬於個人性的事物，也要顯得折衷與婉轉。難怪，西晉詩歌作爲一種美學文本，在表現出高度形式化而高雅綺麗的特色同時，卻缺乏如建安詩歌般令人激盪迴旋、久久不能自已的力量。畢竟，這是一個詩歌等文學缺乏激情與浪漫精神的時代！

三、詩歌成爲仕進的工具或自娛的遊戲

建安時代，詩歌等文學創作是屬於鄴下文士統治集團的盛事，王粲、徐幹與應瑒等人雖然是屬於魏室的文學侍從，但卻頗受曹操、曹丕的看重。魏武帝曹操與文帝曹丕以人主之尊，不僅橫樂賦詩親自參與了詩歌的創作，更與諸文士一同藉公讌唱遊譜出了詩歌史上膾炙人口的樂章。到了齊王芳即位後的正始之際，雖然因爲名士談玄、注玄風氣的勃興，使得建安之際盛行的樂府詩與五言詩一度淪爲玄學美文的附庸，但仍不乏狂放不羈之士藉由詩歌道出了他們對於生命的感

慨，身爲竹林七賢領袖的嵇康與阮籍即是典型的代表。處於曹魏宗室
與司馬氏集團相互爭鬥的慘烈局面之中，他們非但沒有失去了志節，
也沒有因此失去了對自然之道熱切追求的理想。他們藉由美文、尤其
是詩歌說出了他們對於窈窕淑清人格之美的永恆追求。這是一個相當
黑暗的時代，但仍有充滿了理想狂放不拘而極度孤獨的士人，在權力
的狹縫中，因極度堅持而喪失了生命者（如嵇康），也有藉由喝酒裝
瘋而忠於自我的情感與志節者（如阮籍）。詩歌作爲一種文學美學文
本，雖是苦悶的象徵，卻也記載了最爲深沉的人生感動，爲美學精神
做了最豐富的積澱。

　　反觀西晉，似乎是一個較缺乏理想的時代，難怪羅宗強會說，「這
是這樣一個時期：沒有激情，沒有準的，沒有大歡喜，也沒有大悲哀。」
〔註22〕之所以如此，與當時的士風是密切相關的。西晉之際，玄風仍
相當盛行，司馬氏雖反對嵇康越名教式的自然，但卻不反對與名教融
而爲一、講究美姿飄逸的所謂自然風尚，而位處於上層的世族子弟則
是談玄的主要推手。只是名士中人雖然言必稱玄遠，但卻沒有能眞正
超然於物外者。而名教之士的代表人物如何曾之流，其生活之奢靡違
禮，亦是人盡皆知之事。西晉一代的世族名士關心的乃是自己一身的
得失，誠如石崇所言：「士當身名俱泰，何致甕牖哉」〔註23〕，當時
的名士們可謂是一窩蜂的求名、求利、保身、追求飄逸，其生活可謂
是極盡放蕩、奢華之能事，張華〈輕薄篇〉說道：

> 末世多輕薄，驕代好浮華。志意既放逸，賞財亦豐奢。被服
> 極纖麗，肴膳盡柔嘉。童僕餘粱肉，婢妾蹈綾羅。文軒樹羽
> 蓋，乘馬鳴玉珂。橫簪刻玳瑁，長鞭錯象牙。足下金鑮履，
> 手中雙莫耶。賓從煥絡繹，侍御何芬葩。朝與金張期，暮宿
> 許史家。甲第面長街，朱門赫嵯峨。蒼梧竹葉清，宜城九醞
> 醝。浮醪隨觴轉，素蟻自跳波。美女興齊趙，妍唱出西巴。

〔註22〕 引自羅宗強《魏晉南北朝文學思想史》。北京：中華書局，1996 年
　　　　 10 月初版，頁 75。
〔註23〕 《晉書‧石苞傳附石崇傳》。

一顧傾城國，千金寧足多。北里獻奇舞，大陵奏名歌。新聲
逾激楚，妙妓絕陽阿。玄鶴降浮雲，潭魚躍中河。墨翟且停
車，展季猶咨嗟。淳于前行酒，雍門坐相和。孟公結重關，
賓客不得蹉。三雅來何遲，耳熱眼中花。盤案互交錯，坐席
咸諠譁。簪珥咸墮落，冠冕皆傾邪。酣飲終日月，明燈繼朝
霞。絕纓尚不尤，安能復顧他。留連彌信宿，此歡難可過。

一代名士的風操如此，如何能奢望其有什麼遠大的理想呢？相對於世
族的奢華無度，寒素文人雖然生活較為簡樸，但是由於其所特具的依
附者性格，卻也使其不可能有太多的理想與熱情。對他們來說，最重
要的是揣摩在位者的旨意，並適時地提出恰當的言論以求表現，而不
是抒發一己情感與理想。

　　不同於世族、世冑子弟藉由世祚、權勢即得以邁入仕途，並在一
開始便往往能以朝官起家，素族必須憑藉著「學業優博」與「德行著
稱」方能出人頭地。因此，雖然當時的世族子弟十分看不起經史文章
等實學，不屑于著述，而將生活重心投注在清談貴遊之上，然而許多
有志於社會晉升的寒素之士卻紛紛投入了業儒與攻文的活動，並因此
獲致了一定的聲名。事實上，當時在文壇享有盛名者，主要即屬於寒
素之士。誠如錢志熙所指出者，他們之所以成為文人，並非因為其原
本即為文人之故，而是因為他們的寒素出身，注定了他們必須選擇這
條道路方能有所成就，對他們來說，攻文與業儒相同，只是仕進的一
種方法〔註24〕。由此可見，西晉諸多文士與政治活動間具有極為密切
的關連。政治與功名，可說是他們生命中極為重要的一環。

　　由於著重的是對功名的追求，以寒素為主的西晉文人群體，展現
了一種與世族截然不同的人格模式與精神特質，並因此影響了詩歌等
文學創作的面貌。當時以上層世族為主的玄學名士雖然十分輕視儒
學，可是儒學並沒有因此衰落，反而重新成了司馬氏集團名教統治的
合法支撐與素族文士奉行的準則。主要依附君權拔擢的他們，在意識

〔註24〕參見錢志熙《魏晉詩歌藝術原論》。北京：北京大學出版社，1993
　　　年1月出版，頁217。

形態上可說是司馬氏統治集團崇儒政策主要的奉行者，謹言守禮、博學而富有文采，乃是他們生活表現中相當重要的一面。在此情況下，是甚難期待他們有什麼遠大的理想，更遑論士操風骨的展現。

然則，除了儒學之外，西晉文士亦受到了玄學的影響，身處在上層世族多尚玄風環境中的他們，是不可能自外於玄學流風的。他們於是將儒學與玄學進行了揉合，以三玄中的《易經》為主要基礎，發展出了一種「柔順文明」的精神特質與心態結構，強調柔順謙損之義，以適應現實官場中虛偽多變的生活。他們雖與漢儒一樣強調明經致用、服膺禮教，卻多了一份通脫與文采。他們雖如正始玄學家一般追尋根本、研精入微，卻不及其深刻；亦不像嵇康、阮籍般外形放浪而內心中充滿了激越之情。他們雖與鄴下文士一般飽受顛沛流離之苦，卻少了後者弘道濟世的精神以及對社會人群廣博的同情。基本上，這是一種折衷的、具有相當調和色彩的人格模式與精神特質，相當程度構成了當時詩賦等文學生成以及文論發展的溫床。

在此狀況下，以詩歌為主的文學不管在風貌或功能上其意義都已經有所轉變。相對於世族名士對於玄學清談的重視，文學則是較被忽視的一環。但由於統治者鴻業潤色之所需，廟堂祭儀、朝廷大會、以及公讌場合皆需作詩為襯，包含了詩歌在內的文學，卻成了素族士人極端關注的部分。希望學而優則仕的他們，總是藉由詩歌等文學創作而獲致了一定的聲名，於是包含了詩歌在內的文學不是成了文士們晉升的工具，便是成為其抒發個體細怨或形式自娛的遊戲。很顯然地，在這樣一個轉變中，詩歌作為一種美學文本的內涵是變窄了，視野也變小了，它不再承載著詩人對於家國與社會改造的無限熱情與理想，也不再那麼直接地宣洩著詩人慷慨激昂的情感，而成了一種技藝。然而，吾人仍不難從那看似千篇一律的程式化詩歌中一探西晉素族士人特有的美學世界，因為他們並非沒有情感與寄託，而是特殊的處境與心態結構，讓他們採取了這樣一種看似折衷而典雅的詩歌美感表現之道。

第二節　陸機〈文賦〉的出現及其所開展的美學理論

一、〈文賦〉中所展現的時代意義 —— 儒玄揉合思想下對詩歌等「文學」進行想像的「理論」著述

　　魏晉可說是一個藝術、美學發展逐漸走向「人的覺醒」與「文的覺醒」的時代，在此過程中，作為藝術美學創作一環的詩歌等文學亦不例外。除了建安七子、阮籍與嵇康、以及太康八詩人等曾經創作過許多膾炙人口的文學作品外，屬於文學批評的文論發展同時也邁入了一個嶄新的里程。其中，陸機的〈文賦〉無疑是十分關鍵的一環。承接了曹丕《典論・論文》「文以氣為主」的命題，陸機在〈文賦〉中提出了「詩緣情而綺靡」的理論，進一步闡明了魏晉以降「文的自覺」的思想潮流。他非但延續了漢末以降對人生無常感慨的內涵，同時更大大地強調了感官形色美的價值，可說是中國美學發展過程中，開始有意識地從審美的角度對文藝創作進行考察的第一步。他不僅是西晉一代詩歌創作經驗在理論上的總結與修正，同時也反過來對當時詩歌的創作造成了相當大的影響。

　　整體而言，陸機不脫西晉一般文人儒玄揉合、柔順文明的人格及精神特質，也曾對賈謐有過諂媚，然由於他畢竟係東吳名將之後，具有較高的政治眼光與理想，因而不同於一般無所不用其極的鑽營之徒，也不同於與其齊名、但思想卻遠較其淺薄的潘岳。陸機的思想具有如下兩種特色：一方面，他具有著儒家「志匡世難」〔註25〕的特殊理想，這使得他對正始玄學「貴無」之立場是持有異議的，基本上是較接近同時代裴頠「崇有論」之立場。二方面，由於經歷了亡國之痛以及西晉政治的種種艱險，陸機除了儒家之理想外，亦多了一份與道家相通的對於人生短暫與世事無常的歎逝之情，其配合上《易傳》中對於自然四時的觀察與體會，便顯得超越玄遠。事實上，陸機自入洛之後即陸續受到玄學的滋養，因此其生命情調中，除了儒學的主調之

─────────────

〔註25〕《晉書・陸機傳》。

外，亦沾染著「超然自引」〔註26〕的成分，並且愈到生命後期而愈強烈。

值得注意的是，一如西晉其他的文士，陸機思想中雖有超然自引之成分，然其最終之希望卻仍在於「謹聞命於王孫」〔註27〕，期盼能「顯列業乎帝臣」〔註28〕。因而不同於阮籍、嵇康所呈現出的那般高潔的志趣。在此情況下，陸機雖然從事了不少文學創作，亦以文名著稱於世，然而，文學一如儒業，也是他整體仕進中的一部分，因此，他雖然不愧為西晉一流的大文學家，一部份的詩、特別是賦，也抒發了和亡國經驗相連的那種對於人生的憂患和鄉土的熱愛，以一種平易而又儒雅的形式，表現了生命的感受。但整體而言，他的詩歌基本上卻較像是理念演化的結果，多了一份人工式的論證而少了一份自然情思的流露。因而難具有如〈古詩十九首〉、建安文學、以及阮籍〈詠懷詩〉那般深刻感人的力量。就其作為一個依附於政權的文人而言，詩賦創作的主要任務在潤色鴻業、歌功頌德，因此頗難見到其以文學來表達對廣闊社會生活的關懷，也難見到其內在的激情與慷慨昂揚的氣勢。這種文學，必然趨向於講究形式、崇尚外表之高華與典雅。

陸機〈文賦〉可說是其詩歌等文學創作追求雅麗風格的理論展現，是一種對於詩歌等文學創作應該如何才好、才美的想像。這種對於文學的想像，自然不脫當時文學的特殊角色的影響，也與素族文人儒玄揉合、柔順文明的心態關係密切，可說是一種素族文人與現實互動後，對於文學規範、典律的曲折反映。〈文賦〉主要仍受到傳統儒家講究文學社會功能的影響，只是，它已拋棄了傳統儒家對於文學特色的輕視，轉而重視形式與辭采，因而大大地突顯了文學的美學價值。〈文賦〉中雖言及「頤情志於典墳」，然其立論及情思則更多可見受玄學易、老滲透之痕跡，可說是其整體文風的具體展現，也是西晉

〔註26〕引自陸機〈豪士賦〉。
〔註27〕引自陸機〈七微〉。
〔註28〕仝上註。

素族文人儒玄揉合、柔順文明之精神的具體反映。

二、「詩緣情而綺靡」所呈顯的美學世界及其對詩歌創作的影響

〈文賦〉主要表徵了陸機之輩的文人對理想文學的想像，同時，也蘊涵了一種特有的美學觀。通觀〈文賦〉全文，這種美學意識的呈現，主要是以玄學易、老概念的「自然」作爲本體論而進行思考的，包含了對具有永恆之美的詩歌等文學特色的闡述；它是以個人才氣爲主、注重想像、靈感的創作論，以及尚未超越儒家教化觀點的文學功用論。這些論調雖不一定得以全然實現在詩歌的創作中，但卻是從詩歌等文學創作的經驗中總結得出的結晶，同時也影響了後續詩歌的創作，二者之間具有明顯的鏡像關係。今分述如下：

1、以易、老「自然」為基礎的文學美學本體論

〈文賦〉雖是一篇以詩歌之情采等文學特徵作爲主要討論對象的論文，卻不像雅克布遜（R.Jakobson）等俄國形式主義者般純就文學論文學、主張形式可以自主的文學理論論述〔註29〕。〈文賦〉通篇莫不充滿了玄學、乃至儒學滲透的痕跡。一如摯虞在〈文章流別論〉中將文章與天地萬物之文相聯繫的作法〔註30〕，陸機在〈文賦〉之中，亦是把文辭之美提到「與天地乎並育」的高度來加以歌頌的：

> 普辭條與文律，良余膺之所服。……彼瓊敷與玉藻，若中原之有菽。同橐籥之罔窮，與天地乎並育。

誠如李澤厚與劉綱紀所指出，句中「普」字顯然與《周易·乾卦》：「見龍在田，德施普也」之說法脫不了關係，意爲「天」普施文辭與法則

〔註29〕 參閱鍾嘉文譯（泰雷·伊格頓原著）《當代文學理論》（英文原著：Terry Eagleton, 1983, Literary Theory: An Introduction, Oxford, UK: Blackwell Publishers）。台北：南方叢書出版社，民國77年1月初版，頁9～頁10。

〔註30〕 王運熙、顧易生主編《中國文學批評通史 ── 魏晉南北朝卷》。上海：上海古籍出版社，1996年12月出版，頁121～頁122。

於人世，確是陸機本人所佩服不已者〔註31〕。對他而言，詩歌等文學之美本於天地，有如中原之生長有豆是十分自然的事。也像老子所言天地便是一個大風箱，「虛而不屈，動而愈出」〔註32〕，具有無窮生發之特色。如此觀點可印證他對藝術創造不止求於可見可聞之形與音的說法：

> 課虛無以責有，叩寂寞而求音。

他指出藝術創作所追求的「有」與「形」乃是從「虛無」和「寂寞」中所產生的「大象」和「大音」，由於其是對天地的根本揭示，因此是至美的「象」與「音」。質言之，人間至美之文乃是本於自然的「天文」，是由天地、自然無窮無盡的化育而生成的，具有超越人間的永恆之美，包括詩歌在內之任何的「人文」，皆是效法「天文」而得的結果。

可見陸機心中存在著一個本體意義上的「天」的概念，藉由對「動態」自然的觀察，他不僅發現了天地運行的規律，同時也發現了詩歌等文學創作反映此種規律應有的原則：

> 遵四時以歎逝，瞻萬物而思紛。悲落葉於勁秋，喜柔條於芳春。

這種對於外在自然有所感應，並用以象徵人事、寄託情志的觀點，亦可從其〈感時賦〉中見之：

> 悲夫冬之爲氣，亦何憯懍以蕭索。天悠悠其彌高，霧鬱鬱而四幕，夜綿邈其難終，日晼晚而易落。數層雲之葳蕤，墜零雪之揮霍；寒冽冽而寢興，風謖謖而屢作；鳴枯條之泠泠，飛落葉之漠漠；山崢嶸以含瘁，川蜿蜒而抱涸；望八極以矚淰，普宇宙而寥廓。伊天時之方慘，曷萬物之能歡。魚微微以求偶，獸岳岳而相攢；猿長嘯於林杪，鳥高鳴於雲端。矧余情之含瘁，恆睹物而增酸。歷四時以迭感，悲此歲之已寒。

〔註31〕 參見李澤厚、劉綱紀主編《中國美學史》第二卷。台北：谷風出版社，民國76年12月臺一版，頁324～頁327。

〔註32〕 見《老子‧第十章》。

撫傷懷以嗚咽，望永路而汍瀾。

這種「感物論」的觀點，承襲了漢儒董仲舒以來強調「天人合一」、「天人感應」的說法，認為自然界的存在及其運行的方式即在於向人間昭示著人類生命情調、行為模式、乃至於詩歌等文學創作所應遵循的規範。這與西晉素族文士普遍存在對於自然萬物觀察的方式脫不了關係。基本上，這是一種以易、老玄學為本，但不違背儒家傳統、亦為司馬氏政權所認可的「體自然」觀點。素族文士雖亦如玄學名士般追求超脫現實，但由於寒素的出身，又讓其無法自外於現實的種種利害。因此他們除了研究謙損、柔順等易、老的人生哲學外，亦多涉獵天道變化等課題，以觀照人生之盛衰。因此，儘管正始以降玄學以貴無為本體的發展已暗含了對天人感應論的否定，卻沒有使得崇儒的文人根本脫離天人感應的漢儒自然觀，反而在易、老中尋得對此種觀點的支持。就西晉文士而言，他們對理論的興趣並不在於思辨本體的有或無，而是在於探研宇宙間自然萬物生成的道理、以及天地變化、陰陽運行的規律，並嘔思以華麗的言辭以具現這種對於規律的觀察。不僅〈文賦〉係以此為基礎，傅玄、張華、陸機、陸雲、張載、張協、潘岳等人的詩歌中亦多瀰漫了這種體自然的情調，相當不同於東晉詩人多從對「靜態」山水自然的觀照出發，並藉其悟道與體現性靈的方式。

2、追求「尚巧貴妍」及「音韻自然」的文美觀

〈文賦〉乃是以對動態自然的觀察作為基礎的，在感物論的超越性開顯中，陸機將文學提昇到了一種本體論的境界，認為其係上天無窮生發秩序的展現，人間之詩文只是對這種天文的反映與遵循。因此，創作、尤其是創作一篇好的作品實在是十分困難的，因為這牽涉到了對天文的感知與體會。在此，陸機預設了一種理想的詩文典型，而他藉著〈文賦〉，勾勒了他心目中這種具有永恆之美的典型。

　　什麼是好的作品呢？好的作品須有什麼樣的特色呢？對陸機來說，好的作品首先必須符合「意稱物」、以及「文逮意」的原則，藉由「物」、「意」、「文」三者間關係的界定及闡發，陸機陳述了他對於理想作品的觀點：

> 每自屬文，尤見其情。恒患意不稱物，文不逮意，蓋非知之難，能之難也。

陸機顯然對文章所應具有的情感意念是十分重視的，「意」即指作者所欲表達的情感意念。而「意」之構成主要源自於對外在自然萬「物」的感應。面對著變化無端的外在物事，創作者須藉由情景交融的過程，充分地掌握到物的特性，以作爲文學表現的基礎。換句話說，若是不能適切地掌握到外在的「自然之道」，就不能稱得上是好的作品。所以在西晉詩人的創作中，不時可見對四時、自然以及音聲等「物」的描繪與歌詠，如傅玄〈雜言詩〉：「雷隱隱，感妾心，傾耳清聽非車聲。」即是一例。陸機這種觀點，自是其感物論之顯現。而他除了強調「意」與「物」本身外，更關切到了兩者間的「關係」，具有永恆特質的好作品，是須掌握到「關係」層面的，此即是「巧」的表現：

> 其爲物也多姿，……其會意也尚巧。

　　這種對於「關係」的強調，亦展現在其對「文須逮意」的觀察之中。陸機首度從文學創作的角度提出了對「文」與「意」間關係的界定，直接涉及應如何以文學語言這種物質媒介將構思、情感傳達出來的問題。對他而言，只有情感意念是不夠的，還須透過豐富而有變化的文學形式將其表達出來，否則即不成爲好的文學。在此，他從文學創作的角度，提出了「文須逮意」的觀點，不僅點出了創作中「意」的關鍵性，影響了後續的文論以及諸如謝赫《古畫品錄》等畫論，同時也提高了「文」的重要性，爲魏晉美學朝向「文的覺醒」的發展奠定了重要的基礎。陸機對於「文」的表現是十分講究的，「逮意」之文，雖然可以有各種變化，但須符合「貴妍」的原則：

> 其爲體也屢遷……，其遣言也貴妍。

換句話說，必須以一種諸如「綺靡」的特殊風格來展現的，追求的是
一種繁富而豔麗的形式美感。此可從陸機對詩、賦、碑、誄、銘、箴、
頌、論、奏、說等十種文體的討論見之：

> 詩緣情而綺靡，賦體物而瀏亮，碑披文以相質，誄纏綿而悽
> 愴，銘博約而溫潤，箴頓挫而清壯，頌優游以彬蔚，論精微
> 而朗暢，奏平徹以閑雅，說煒曄而譎誑。

這樣的說法，無疑是對「會意尚巧」與「遣言貴妍」觀念的進一步申
論與運用。以文學史或藝術史對於內容與形式之傳統討論視之，陸機
在〈文賦〉中事實上已提出了相當於「內容」與「形式」的兩個範疇，
除了指出兩者間要相稱的美學判準外，亦個別陳述了內容方面必須尚
巧、具有情感，同時形式方面必須貴妍，力求綺靡之觀點。其雖不若
俄國形式主義者對於形式的極端歌頌，卻已打破了傳統儒家重教化而
輕文學美的窠臼，開啓了由形式之美本身來體察文學美學的可能發
展。

　　陸機對包含了詩歌創作在內之好文章必須緣情而綺靡的闡述，是
配合著他對文章之病的舉發而進行的。〈文賦〉中即列舉了「含清唱
而靡應」、「應而不和」、「和而不悲」、「悲而不雅」、以及「雅而不豔」
五種文病：

> 或託言於短韻，對窮跡而孤興。俯寂寞而無友，
> 仰寥廓而莫承。譬偏絃之獨張，含清唱而靡應。
>
> 或寄辭於瘁音，言徒靡而弗華。混妍蚩而成體，
> 累良質而為瑕。象下管之偏疾，故雖應而不和。
>
> 或遺理以存異，徒尋虛以逐微。言寡情而鮮愛，
> 辭浮漂而不歸。猶絃么而徽急，故雖和而不悲。
>
> 或奔放以諧合，務嘈囋而妖冶。徒悅目而偶俗，
> 固聲高而曲下，寤防露與桑間，又雖悲而不雅。
>
> 或清虛以婉約，每除煩而去濫，闕大羹之遺味，
> 同朱絃之清汜。雖一唱而三歎，固既雅而不豔。

凡此種種，莫不對應了他對文學一方面應注重內容、應有豐富誠摯的

情感，另一方面應要求形式、要求繁富艷美之詞藻的論點。此皆是對尚巧、貴妍之進一步應用，在在印證了陸機的確是從審美之角度以體察詩歌及文學的，並且展現了極高的文學鑑賞力。比較可惜的，陸機在〈文賦〉中雖然是揭示了情感/內容（會意尚巧）與修辭/形式（遣言貴妍）並重的原則，然而綜觀西晉包括陸機本人在內等詩人的詩歌創作，若與建安時代之曹操、曹丕、曹植、王粲等人以及正始之際的阮籍與嵇康等詩人相比，則對於情感等內容抒發之功力，顯然呈現出較為不足的現象，未能完全體現〈文賦〉理論對會意尚巧的要求。

此外，陸機對於五種文病的批評，都是以音樂作為比方，乃是陸機對音樂愛好之展現，也是曹丕《典論·論文》以「樂」比喻文學思想的進一步發展。事實上，陸機可說是中國文學史上較早注意到音韻聲律的作家：

> 暨音聲之迭代，若五色之相宣。

對他來說，永恆性之美文必須要能掌握到音韻自然的變化，音聲之美與色彩之美是相通一致的，皆是有助於文章之光彩與美麗的。因此「詩緣情而綺靡」中的「綺靡」一辭，應不僅指文彩的美麗繁盛，也包含了音韻的美感在內，可說是永明詩人沈約等對音韻進行理論探索的先聲。

3、以「想像」、「靈感」為主，強調個體「用心」、「能動」與「才氣」的創作論

除了闡述具有永恆性之美文（包括了詩歌在內）須具有會意尚巧、遣言貴妍、以及音韻符合自然的特色外，陸機在〈文賦〉中亦揭示了一個以想像靈感為中心，強調個體用心、能動與才氣的創作過程。

陸機雖然嘗試對美文的原則進行解析，但並不認為文學創作過程是一種一成不變的機械式過程：

> 佇中區以玄覽，頤情志於典墳。遵四時以歎逝，
> 瞻萬物而思紛。悲落葉於勁秋，喜柔條於芳春。
> 心懍懍以懷霜，志眇眇而臨雲；詠世德之駿烈，

> 誦先人之清芬。游文章之林府，嘉麗藻之彬彬。
>
> 慨投篇而援筆，聊宣之乎斯文。……
>
> 體有萬殊，物無一量，紛紜揮霍，形難為狀。

從作者對外物感懷、產生意念、到找到最恰當的組織、文辭，藉之將意念表達而出的整體過程，乃是充滿了各種可能的變化的。其中，尤其牽涉到了一個「想像」馳騁的構思階段，更讓創作的過程充滿了各種偶然的可能性。

「想像」一辭雖然早在《楚辭・遠遊》中就已經出現：「思故舊而想像兮，長太息以掩涕。」曹植〈洛神賦〉中也說：「遺情想像，顧望懷愁」。謝靈運〈登江中孤嶼〉亦云：「想像崑山姿，緬邈區中緣。」然而，陸機的〈文賦〉卻是首次對「想像」在文學藝術創作中所扮演的功用作一精闢的描繪者：

> 其始也，皆收視反聽，耽思傍訊，精騖八極，心遊萬仞。其致也，情瞳矓而彌鮮，物昭晰而互進，傾群言之瀝液，漱六藝之芳潤，浮天淵以安流，濯下泉而潛浸。於是沈辭怫悅，若游魚銜鉤，而出重淵之深；浮藻聯翩，若翰鳥纓繳，而墜層雲之峻。……觀古今於須臾，撫四海於一瞬。

「收視反聽」指的是一種排除外界干擾，將全部感覺與意念高度集中、全神貫注的狀態；「耽思傍訊」則是靜思聯想，意味著藝術想像的進行是包含著思考的作用在內的。陸機點明了文學乃是想像的產物，藉由想像，創作者主體能夠「精騖八極，心游萬仞」，得以突破時間與空間的限制，上達太虛與天地萬物共遨遊，古今、四方等時空之隔皆在其間消逝得無影無蹤。這種對於想像的重視，亦可在東晉大畫家顧愷之所提的「遷想妙得」〔註33〕中見之，劉勰《文心雕龍・神思》中更出現了「神思方運，萬塗競萌」一詞，成為想像的專用語。

想像構思之後，創作的過程便進入了「選義按部，考辭就班」的階段，涉及的是如何組織語言文字，將構思所得的意念加以表達出來

〔註33〕見〈魏晉勝流畫贊〉，《歷代名畫記》卷五。

的問題。對此，陸機認為應該要設身處地地沉入到物境所在，對種種形色及聲音進行細膩的體驗，從而讓腦海中浮現出豐富而生動的各種形色聲音，方能加以選擇，最終鎔鑄成一個所欲創造的完整形象：

> 然後選義按部，考辭就班，抱景者咸叩，懷響者畢彈。或因枝以振葉，或沿波而討源，或本隱以之顯，或求易而得難，或虎變而獸擾，或龍見而鳥瀾，或妥帖而易施，或岨峿而不安。罄澄心以凝思，眇眾慮而為言，籠天地於形內，挫萬物於筆端。始躑躅於燥吻，終流離於濡翰，理扶質以立幹，文垂條而結繁。信情貌之不差，故每變而在顏。思涉樂其必笑，方言哀而已歎。

陸機認為應該要設身處地地沉入到物境所在，對種種形色及聲音進行細膩體驗而擷取意象、以進行創作的進步觀點，從其〈赴洛道中作詩二首〉以及〈赴太子洗馬時作詩〉等詩的表現而言，已可見理論付諸實踐的蛛絲馬跡。這一理論亦可在同時期潘岳、張協等人的詩歌中見之。例如潘岳為哀悼亡妻所寫的〈悼亡詩〉三首，可見其描繪身歷空室、追想往事情景的功力。其一謂：

> 望廬思其人，入室想所歷。幃屏無髣髴，翰墨有餘跡。流芳未及歇，遺掛猶在壁。悵怳如或存，迴遑忡驚惕。

而張協經由感物寫景、尤其是寫雨的功力更是一流：

> 浮陽映翠林，迴飆扇綠竹。飛雨灑朝蘭，輕露棲叢菊。（〈雜詩十首〉其二）
> 騰雲似涌煙，密雨如散絲。寒花發黃采，秋草含綠滋。（〈雜詩十首〉其三）

可見文學美學理論與實際創作間互相生發的複雜關係。

在說明了創作過程後，陸機進一步指出這一創作過程之成功與否，與「靈感」的是否獲得密切相關。他認為若是創作者與外界的感應開通，則靈感源源而來，創作也就成功可期。陸機雖不能確定靈感「開塞之所由」，然在〈文賦〉中，卻首次對靈感出現與消逝時作者的心理狀態作了細膩而生動的描述：

> 若夫感應之會，通塞之紀，來不可遏，去不可止。藏若景滅，行猶響起。方天機之駿利，夫何紛而不理。思風發於胸臆，言泉流於唇齒。紛葳蕤以遝遝，唯毫素之所擬。文徽徽以溢目，音泠泠而盈耳。及其六情底滯，志往神留，兀若枯木，豁若涸流，攬營魂以探賾，頓精爽於自求。理翳翳而愈伏，思軋軋其若抽。是以或竭情而多悔，或率意而寡尤。雖茲物之在我，非余力之所戮。故時撫空懷而自惋，吾未識夫開塞之所由也。

他認為在藝術的創作過程中，由「應感」之是否「通塞」所具現的靈感現象是十分關鍵的，其具有來去不可捉摸、行藏不可把握的倏忽特質。

綜觀陸機對想像、組織選辭、以及靈感現象之闡述，不難看出在他心目中創作的過程是一個具有主體「能動性」的過程，可說是一種以人之心靈為中心、而與外界物事不斷感應生發的創作論。他認為藉由想像、神思的馳騁，創作者得以主動地超越了各種限制而與天地共遨遊。創作對他而言，因而是一個能動個體主動提昇自己而與天地合一的過程。在此過程中，作者的是否「用心」至為重要。包括了詩歌在內的好文章是否能夠寫就，是必須以作者用心為基礎的，是以他說道：「余每觀才士之所作，竊有以得其用心」。由此可知，創作主體之所以具有能動性，能夠主動地想像、構思、運用語言，全在於「心」之故。而也正因為有著能動心靈的存在，創作者方才能夠與外物產生感應，搭起橋樑以接通靈感的到來。在此，陸機顯然將心靈的能動性提到了一相當自覺的高度。綜觀西晉詩歌創作對於文辭之美的極度講究，顯然是相當符合陸機對於能動、自覺之心的強調的，這或許是魏晉作為一個「文的覺醒」以及「人的覺醒」時代必然的結果吧！

值得注意的是，陸機雖認為創作主體具有心靈的能動性，但並不意味了此一心靈主體即因此能掌握一切。從陸機對靈感現象來去飄忽無蹤、通塞不由自主的話語可知，此一心靈主動的想像能力仍是有其限制的。對他來說，創作的過程，有部份仍必須得力於「上天」之作

用。是以他會將靈感說成是「天機」，並說「方天機之駿利，夫何紛而不理」。這點肯定是與他將「自然」視爲本體的觀點脫不了關係的，因爲具有心靈力量、能感時應物的能動個體，仍是處在自然本體中的一部份，它不僅反映著上天之運作，根本上更是其不可分割之一部份。在此，心與物、與自然、與天，根本就是一元的整體，不同於西方傳統美學將心物二元對立、主客分裂的觀點。

在此狀況下，陸機會對個體「才氣」投予相當的重視是十分自然的。由於創作過程是如此充滿了各種不確定的因素，因此，只有具有才氣的詩人或藝術家 —— 亦即「才士」，方能掌握天上永恆之文的特質。而且，具有不同才能的藝術家其表現出來的結果也是各自不同的：

> 體有萬殊，物無一量，紛紜揮霍，形難爲狀。辭程才以效伎，意司契而爲匠，在有無而僶俛，當淺深而不讓，雖離方而遯圓，期窮形而盡相。故夫夸目者尚奢，愜心者貴當，言窮者無隘，論達者唯曠。

此種觀點顯然是曹丕《典論・論文》中「文以氣爲主」觀點的延續，強調的是對藝術家天賦氣質、個性與才能之重視。不過，陸機雖頗重視作者才氣之影響，卻不至於否認後天學習的重要性，是以他主張：「頤情志於典墳」，並著述〈文賦〉以儘可能地提供一條學習的道路。此一論點雖非〈文賦〉論述之中心，卻在後來被許多人進一步地發揮，例如劉勰在《文心雕龍・體性》篇中便提出「才、氣、學、習」爲影響文章四大因素的觀點。

此外，陸機在〈文賦〉中甚至提出了創作基本上是一種可以具有愉悅享受過程的觀點。對他而言，創作雖然免不了因文思枯竭、未能創作出好作品而感到痛苦與遺憾，然卻也是一種具有愉悅感受的過程：

> 伊茲事之可樂，固聖賢之所欽。課虛無以責有，叩寂寞而求音。函綿邈於尺素，吐滂沛乎寸心。言恢之而彌廣，思按之

而逾深。播芳蕤之馥馥，發青條之森森，粲風飛而飆豎，鬱
雲起乎翰林。

「伊茲事之可樂」即言創作所引起的快感，陸機雖言「固聖賢之
所欽」，但卻是一種有別於儒家因倫理教化而產生的愉快之感。對他
來說，愉快無假他求，包括詩歌在內的文學藝術創作活動本身即是一
種極大的快樂。透過心靈的感受，透過能動主體與天地萬物之會通，
在看似廣漠虛無的造化之境中尋求大音、大象的存在，進而將所得的
意念轉化為華美的文辭，讓文辭所散發出來的光彩粲然如風飛飆立、
鬱然如雲起翰林，即能獲得一種心靈的愉悅，強調的是一種由藝術本
身、由審美活動本身所引起的至高愉悅的感受。故西晉詩人普遍將創
作之精力投置於文辭創新之現象是有必要慎重予以評估的，它甚有可
能是具有著極為特殊的審美意涵的：一方面，這固然意味了詩歌創作
已被提高到一自覺的高度；同時，也揭櫫了能動主體對詩歌創作所可
能帶來的審美快感的竭力追求。

總而言之，陸機在〈文賦〉中，已然揭示了一種具有著本體論根
基的美學世界，而且與當時包括了詩歌在內的文學實踐發生了綿密的
互動關係。在其「尚巧、貴妍」、注重音韻自然的論述中，潛藏了對
文學形式之美的注重；而在其強調想像、靈感的論述中，則預設了對
於創作天才個體能動心靈力量的重視。而這兩點，與西晉詩人將精力
投注於美辭的追求，因而蔚成了魏晉時代「文的覺醒」、乃至於「人
的覺醒」的風潮，乃是具有著極大的關聯的。乍看之下，這樣的論述
與傳統儒家對美藝的看法是有著一定距離的，較接近於道家玄學的觀
點。然而，一如西晉詩人在詩歌中的表現，儒學的影響事實上是不曾
從〈文賦〉中消失的。此除了可從其對「頤情志於典墳」、「詠世德之
駿烈，誦先人之清芬」等陳述看出之外，亦可從陸機對文學作用之觀
點見之：

伊茲文之為用，固眾理之所因。恢萬里而無閡，通億載而為
津。俯貽則於來葉，仰觀象乎古人。濟文武於將墜，宣風聲

> 於不泯。塗無遠而不彌，理無微而弗綸。配霑潤於雲雨，象
> 變化乎鬼神。被金石而德廣，流管絃而日新。

從他所列舉的例子中，不難看到其所謂的「眾理」，包含著哲理與審美在內，目的在使人領會整個宇宙、人生以及社會與歷史之道理。其中，傳統儒家所講的政治倫理作用亦赫然在列：「濟文武於將墜，宣風聲於不泯」、「象變化乎鬼神」、以及「被金石而德廣」。可見，陸機尚未能清楚地區別文學的審美作用以及政治倫理作用兩者間的差異，他對文學作用的看法，顯然尚未能超越傳統儒家將文學視為教化工具的觀點，而這是與陸機當時所在的現實處境關係密切的。因為從某個角度來看，〈文賦〉一如詩歌等文學創作可說是西晉特殊政治情境下的一個產物，是素族文士處於艱難的仕宦環境中，對於詩歌等文學進行理想建構的理論，深深地烙印著時代的痕跡。

第三節　素族文士遊宦羈旅生活中的審美經驗

一、素族文士的日常社會生活結構及其特質

西晉之際，詩歌等文學之所以會有進一步的發展並積澱出了獨特的審美意識，主要係拜寒素士人的努力所賜。素族文士儒玄揉合、柔順文明的人格特質與心態結構雖然對詩歌作為一種美學文本的產生具有十分重大的影響，然而，兩者之間卻絕非是一種單純的武斷對應關係，而是必須透過「生活」作為一種脈絡而中介的。換句話說，並非有什麼樣的性格便會產生什麼樣的詩文，詩歌美學風格與個性之間的關係並非是如此地單純，而須更進一步將其擺置在詩人們獨特的生活結構脈絡中加以觀察、檢視，方能了解詩歌作為一種美學文本的生產所具有的絃外之音。簡言之，詩歌作為一種美學文本，乃是詩人們特殊社會生活的中介與產物，在此意義上，它承載了詩人們獨特的人格模式與心態結構、並遙指了詩人們時隱時露的深刻審美意欲。

就西晉素族文士而言，他們的生活方式是與張華〈輕薄篇〉詩中

所描述的奢華情形截然有別的。出身較爲寒微、社會地位較低、而且
深浸在儒家守禮思想中的他們，乃是以仕宦之追求作爲主要生活內容
的，並在此生活結構中，依照情境之不同而創作出了不同類型的詩
作。其主要可分爲如下幾方面：

1、郊廟詩歌等頌美文學的起草工作

由於西晉皇朝係由篡位而建立，十分需要強調禮儀以裝點門面。
在此狀況下，興禮作樂較前代有過之而無不及，故郊廟詩歌等頌美文
學的創作大行其道。而這種工作自然落到了善於業儒、攻文的素族士
人手中。相對於貴族子弟的只重清談而忽視文學，擁有相當文采的他
們除了要參加朝廷大會外，更責無旁貸地擔負起了廟堂詩歌的創作。
例如傅玄即寫有〈晉宗廟歌十一首‧夕牲歌〉：

> 我夕我牲，猗歟敬止。嘉薦孔時，供茲享祀。神鑒厥誠，博
> 碩斯歆。祖考降饗，以虞孝孫之心。

這些所謂的朝章國采、典言雅音，由於必須配之以樂、合之以舞，因
此通常係以樂府詩中的舞曲、鼓吹、樂歌、郊廟、燕射等詩歌類型而
出現的。其主要係以融會經誥之語，依循著《詩經》大雅、三頌之四
言體制作爲原則而寫就的。由於以溫婉和平、具有雅頌色彩的四言體
制爲宗，加上司馬氏統治集團的提倡，使得作品呈現出了高度雅化、
甚至程式化的傾向。

西晉時許多素族文士多有這種應制之作，其中尤以魏晉之交的傅
玄最具代表。晉武帝開國之初雖曾一度沿襲了舊魏的樂舞行郊祀於南
郊，然至泰始二年開始有改制郊祀樂章之議。當時由太樂令荀勗主
持，借重了長於樂府詩創作及曲律的傅玄創作了許多宗廟樂府詩歌。
《晉書‧樂志》記載道：

> 及武帝受命之初，百度草創。泰始二年，詔郊祀明堂禮樂權
> 用魏儀，遵周室肇稱殷禮之義，但改樂章而已，使傅玄爲之
> 詞云。

於是傅玄陸續作有〈郊祀歌三首〉（〈夕牲歌〉、〈迎送神歌〉與〈饗

神歌〉）等郊廟歌辭、以及〈四廂樂歌三首〉（〈正旦大會行禮歌〉、〈上
壽酒歌〉與〈食舉東西廂歌〉）等讌樂。而爲了配合郊祀所使用的雅
舞如宣文舞、宣武舞等的演出，傅玄亦寫就了〈宣文舞歌二首〉（〈羽
籥舞歌〉與〈羽鐸舞歌〉）、〈宣武舞歌四首〉（〈惟聖皇篇〉、〈短兵篇〉、
〈軍鎮篇〉與〈窮武篇〉）。甚至亦曾在晉武之命下，依漢時短簫鐃歌
改製鼓吹曲二十二首，如〈靈之祥〉（原爲〈朱鷺〉）、〈宣受命〉（原
爲〈思悲翁〉）與〈征遼東〉（原爲〈艾而張〉）等。另外，爲了記載
西晉撲滅以齊萬年爲首之氐羌外族動亂事件，潘岳亦應帝命作有〈關
中詩〉十六章。這些爲數甚多的宗廟樂府詩作，內容若非祖述晉代開
國諸君的豐功偉績，便是讚禱上天降福於晉，賜晉國壽；形式則多採
取類似於《詩經》的四言體，主要希望取其平緩雍容之氣象以適合雅
正場合之使用。

2、僚友間讌遊、贈答、應制、酬唱的詩作

西晉時文人集團林立，尤其在賈謐專政之際，由於他十分愛好文
學，便曾經招賓設讌，延攬群士。一時之間，除了傅玄、夏侯湛、成
公綏等人外，當時著名的文人如石崇、歐陽建、潘岳、陸機、陸雲、
繆徵、杜斌、摯虞、諸葛銓、王粹、杜育、鄒捷、左思、崔基、劉瑰、
和鬱、周恢、索秀、陳鵝、郭彰、許猛、劉訥、劉輿、劉琨等，莫不
圍繞在賈謐周邊，形成了一個團體，而有「二十四友」之稱號。這類
圍繞、依附在權貴周邊的文士，經常舉行社交活動，他們往往齊聚權
貴的別業祖餞飲宴、共覽山水並創作詩賦，共同譜出了官場仕宦間文
學創作生活重要的一章。例如寫有〈思歸隱並序〉的石崇，爲了在晚
年去官後能遊樂放逸、篤好林藪，便在河南金谷澗中建有河陽別業，
而成爲文士聚集酬唱詩文之處。金谷宴集是很有名的，石崇〈金谷詩
序〉記載道：

> 有別廬在河南縣界金谷澗中，去城十里，或高或下，有清泉
> 茂林，眾果竹柏藥草之屬，金田十頃，羊二百口，雞豬鵝鴨
> 之類，莫不皆備；又有水碓魚池土窟，其爲娛目歡心之物備

> 矣。時征西大將軍祭酒王詡當還長安，余與眾賢共送往澗
> 中，晝夜遊宴，屢遷其坐，或登高臨下，或列坐水濱，時琴
> 瑟笙筑合載車中，道路并作；及往，令與鼓吹遞奏，遂各賦
> 詩，以敘中懷，或不能者，罰酒三斗。

可見，當時彼此唱酬的詩作必定不少。至今還留下來的有潘岳的〈金谷集作詩〉、歐陽建的〈答石崇贈詩〉、曹攄的〈贈石崇詩〉、杜育〈金谷詩〉殘篇、以及棗腆的〈贈石季倫詩〉等。故詩歌創作在此生活脈絡中，乃是作爲留連宴樂之雅事而存在的，具有一定的社交作用。

這類詩作中，除了潘岳的〈金谷集作詩〉係五言體，記載了較多對外界山水景物的觀察體會外，其餘大部份皆爲四言體，甚少情感的流露，例如：

> 烈文辟公，時惟哲王。闡縱絕期，平顯幽光。内實慎徽，緝
> 熙有臧。出糾方慝，間督不揚。高山峻極，天造芒芒。(陸雲
> 〈太尉王公以九錫命大將軍讓公將還京邑祖餞贈此詩〉六首之一)

事實上，這類僚友間互相酬唱、贈答的詩作，在西晉的詩歌中，可算是數目最多的一類，幾乎所有詩人都有此類的詩作。例如陸雲即作有〈贈鄭曼季四首——谷風、鳴鶴、南衡、高岡〉、〈贈顧驃騎二首 － 有皇、思文〉、〈答吳王上將顧處微〉與〈太尉王公以九錫命大將軍讓公將還京邑祖餞贈此詩〉等，佔其詩作中的絕大份量。又如潘岳亦作有〈爲賈謐作贈陸機詩〉，而陸機亦有答詩。這些詩作中，多以稱頌、奉承爲主幹，因此情感的抒發往往只是一種點綴。故不難印證西晉詩文與政途間的密切關係，可說是素族文士追求仕進的產物與中介。

3、羈旅漂泊的生活、生命型態及相關的感懷詩作

素族文士雖有社交共遊之時，但其生活的主要型態以及生命的主要情調，卻是經常處於羈旅漂泊的狀態之中。其中一種情況是，爲了追求功名，他們必須遠離家鄉，前往京師洛陽以尋求出仕的機會。例如出身於南國吳地的陸機，在東吳滅亡而由世冑貴少淪爲編戶齊民

後，為了振興家族威望與實現儒家士人的理想抱負，即與其弟陸雲一
起北上洛陽，並從此不曾再回到家鄉。陸機〈東宮作詩〉所謂「羈旅
遠遊宦，託身承華側。撫劍遵銅輦，振纓盡祇肅。……慷慨遺安豫，
永歎廢寢食。思樂樂難誘，曰歸歸未克。憂苦欲何為，纏綿胸與臆。
仰瞻凌霄鳥，羨爾歸飛翼。」即是其情懷的寫照。

　　另一種情況是，官場上的不得意與不時的職務調動，使他們必須
一再地離鄉背井，遠別家庭與妻小。例如從小被鄉里視為奇童、二十
多歲即已享有文名的潘岳，在仕途上便相當不得志。而其在舉秀才
後，輾轉被編派為河陽令與懷縣令的地方小官，因而寫出了〈河陽縣
作詩二首〉與〈在懷縣作詩二首〉等篇章，道盡了羈旅遊宦的辛苦。
在此狀況下，寒素文士普遍懷有失望情懷　是可想而知的，潘岳於〈在
懷縣作詩二首〉之一中即有「虛薄乏時用，位微名日卑。驅役宰兩邑，
政績竟無施。自我違京輦，四載迄于斯。器非廊廟姿，屢出固其宜。
徒懷越鳥志，眷戀想南枝」的感慨。這種生命感慨，雖有如左思之流
藉由〈詠史〉之作直刺社會黑暗，道出了寒門備受冷落的寂寞與不平，
但絕大部分的素族士人，囿於其作為西晉政權意識型態擁護者的結構
性角色，只能抒發較屬個人方面的小我情感。難怪陸機要寫出〈門有
車馬行〉、〈答張士然詩〉、〈思歸賦〉與〈懷土賦〉等懷鄉的詩賦，而
傅玄、張華、潘岳、陸雲等人也要藉由詩歌沉溺于對故里妻小、兒女
情長以及友情等的回憶與眷戀之中，例如傅玄的〈明月篇〉、〈秋蘭篇〉
與〈歷九秋篇〉等樂府；張華的〈情詩〉與〈感婚詩〉等；潘岳的〈內
顧詩〉、〈悼亡詩〉、〈楊氏七哀詩〉、〈金鹿哀辭〉與〈思子詩〉等；陸
雲的〈為顧彥先贈婦〉與〈答張士然〉等；以及左思的〈嬌女詩〉等，
這些詩中蘊涵了西晉素族文士最貼切的審美經驗。

二、素族文士的審美姿態與品類

　　為了追求功名與利祿，素族文士往往必須離鄉背井，過著羈旅漂
泊的遊宦生活。在這樣一種以流動、遷徙為主的生活模式與生命情態

中，他們養成並展現出了一種具有機敏、甚至戒慎身體的特殊審美姿態，同時也體現了一種以感物、感情爲主、並進而歎逝的審美經驗。今條列敘述如下：

1、行路踽踽而未能停頓、安置的機敏身體與心靈

　　誠如巴赫德所指出者，身體比語言更眞實〔註 34〕。素族文士雖然具有著儒玄揉合、柔順文明的人格特質，然而他們的審美經驗卻不是毫無波折的，反而在官場看似平靜柔順的神情與應對中，潛藏了一副機敏、甚而是戒慎的身體與心靈來對待外物，以隨時應付不可逆料的危機。這種獨特的身體與心靈展露的是一種特殊的審美姿態及容止，此不難從其辭別親友與故里、繼而遠行以求仕進的應對過程見之。

　　他們的揮別故里與親友，經常是從一場難分難捨、欲行還止的出發行儀開始的：

> 靖端肅有命，假楫越江潭。親友贈予邁，揮淚廣川陰。撫膺解攜手，永歎結遺音。無跡有所匿，寂寞聲必沉。肆目眇不及，緬然若雙潛。(陸機〈赴太子洗馬時作詩〉)
>
> 牽世嬰時網，駕言遠徂征。飲餞豈異族，親戚弟與兄。婉孌居人思，紆鬱遊子情。明發遺安寐，寤言涕交纓。分途長林側，揮袂萬始亭。佇眄要遐景，傾耳玩餘聲。(陸機〈於承明作與弟士龍詩〉)
>
> 銜思戀行邁，興言在臨觴。(陸雲〈答兄機〉)
>
> 朱鑣既揚，四彎既整。駕言餞行，告辭芒嶺。情有邅延，日無餘景。迴轅南翔，心焉北騁。(潘岳〈北芒送別王世胄詩〉五首之五)

面對著爲「時網」所嬰而不得不往的茫茫前程，臨行之際所凝結的是

〔註 34〕　巴赫德寫道：「憑藉自己的語言，我什麼都能做到，而憑藉我的肉體卻不行。我用語言掩蓋的東西卻由我身體流露了出來。……我說了謊（因爲我閃爍其辭），但我不是在演戲。我的肉身是個倔強的孩子，我的語言是一個十分開化了的成年人……」。參閱汪耀進、武佩榮譯（R. Barthes 原著）〈墨境〉，《戀人絮語》（A Lover's Discourse）。台北：唐山出版社，民國 79 年 7 月初版，頁 50。

一種諸如「永歎結遺音」的哀傷情境，而透過「撫膺解攜手」、「興言在臨觴」、「寤言涕交纓」等細膩的動作與言語，更激起遠行者對於鄉里故人不忍離別的沉沉心緒。

經過了這樣一場難分難捨的餞別行儀之後，必須離別的時刻終於還是到來了，他們於是乘上了舟楫越過江潭、或是駕著車馬穿越山林，獨行踽踽地踏上了遠遊孤獨的道路：

> 總轡登長路，嗚咽辭密親。……行行遂已遠，野途曠無人。山澤紛紆餘，林薄杳阡眠。虎嘯深谷底，雞鳴高樹巔。哀風中夜流，孤獸更我前。悲情觸物感，沈思鬱纏綿。佇立望故鄉，顧影悽自憐。(陸機〈赴洛道中作詩二首〉之一)

> 遠遊越山川，山川脩且廣。振策陟崇丘，按轡遵平莽。夕息抱影寐，朝徂銜思往。頓轡倚高巖，側聽悲風響。清露墜素輝，明月一何朗。撫枕不能寐，振衣獨長想。(陸機〈赴洛道中作詩二首〉之二)

> 南望泣玄渚，北邁涉長林。谷風拂脩薄，油雲翳高岑。嚲嚲孤獸騁，嚶嚶思鳥鳴。感物戀堂室，離思一何深。佇立慨我歎，寤寐涕盈衿。惜無懷歸志，辛苦誰為心。(陸機〈赴太子洗馬時作詩〉)

從這些詩作中，不難看出他們的旅程是相當艱辛而孤苦的。這種有如「西流水」〔註35〕般的漂泊旅程是十分孤零的，難怪陸機會以「孤獸」自喻，展現出其無依無靠的生命窘境。素族文士這種對於「孤獨」的深刻體會，同樣地可由陸機〈園葵詩二首〉之一中，以葵的自喻見之：

> 種葵北園中，葵生鬱萋萋。朝榮東北傾，夕穎西南晞。零露垂鮮澤，朗月耀其輝。時逝柔風戢，歲暮商飆飛。

葵本為隨日而轉的植物，陸機以此比喻自身乃至於素族士人隨勢起伏、無依無靠的孤獨窘境。詩人在此刻展露了與在官場上言不及義的言談十分不同的深刻生命存在，從而開顯了一種屬於生命脈動的美學

〔註35〕陸機〈贈弟士龍〉：「我若西流水，子為東峙岳。」

境界。

　　而在這種孤獨的情境感受中，突顯的其實是一種對外界亟欲探索的機敏身體與心靈。從上舉詩中，吾人可以看出，不管是在辭別之際、抑或是踏上漫漫長路之後，他們一直都是保持著一種相當動態、敏銳、甚而戒慎的身體狀態的。無論是「揮淚」、「肆目」、「佇眄」、「傾耳」，還是「嗚咽」、「振策」、「陟崇丘」、「側聽」……，他們的身體感官，可說是隨時向外界保持著高度開放狀態的，並因此建構了一種「悲情觸物感」的特殊審美經驗。他們一方面十分敏銳，因而能夠配合著悲苦的心靈感受，而對外物如「谷風」、「油雲」等產生了移情的細膩體會；但另一方面，又十分地戒慎危懼，因而對外物的感受又不斷地返回自我內心，而產生了「沈思鬱纏綿」的哀傷與自憐。

2、身處異鄉暫容歇止的不平靜情懷

　　素族文士「悲情觸物感，沈思鬱纏綿」式的審美觀照，透露的是一種深藏於內心中的極度不平靜。這種因為孤苦所產生的愁緒、以及伴隨著此種艱辛所呈顯的動態身體，不僅存在於離別與行路之際，同時更延伸至其帶職上任之後。以至於他們在異鄉暫容歇止之際，雖不乏有登城流觀景色之類的舉動，但仍時時刻刻藉由感物而流露出不安、甚至是怨懟的心緒。張協即歎道：「此鄉非吾地，此郭非吾城。羈旅無定心，翩翩如懸旌」〔註36〕。潘岳也曾說道：

> 昔倦都邑游，今掌河朔徭。登城眷南顧，凱風揚微綃。洪流何浩蕩，修芒鬱岧嶢。誰謂晉京遠，室邇身實遼。誰謂邑宰輕，令名患不劭。人生天地間，百年孰能要。潁如槁石火，瞥若截道飆。齊都無遺聲，桐鄉有餘謠。福謙在純約，害盈由矜驕。雖無君仁德，視民庶不恌。（潘岳〈河陽縣作詩二首〉之一）
> 日夕陰雲起，登城望洪河。川氣冒山嶺，驚湍激巖阿。歸鴈

〔註36〕張協〈雜詩十首〉其七。

映蘭畤，游魚動圓波。鳴蟬屬寒音，時菊耀秋華。引領望京
室，南路在伐柯。大廈緬無覿，崇芒鬱嵯峨。總總都邑人，
擾擾俗化訛。依水類浮萍，寄松似懸蘿。朱博糾舒慢，楚風
被琅邪。曲蓬何以直，託身依叢麻。黔黎竟何常，政成在民
和。位同單父邑，愧無子賤歌。豈敢陋微官，但恐忝所荷。
（潘岳〈河陽縣作詩二首〉之二）

南陸迎脩景，朱明送末垂。初伏啓新節，隆暑方赫曦。朝想
慶雲興，夕遲白日移。渾汗辭中宇，登城臨清池。涼飆自遠
集，輕襟隨風吹。靈圃耀華果，通衢列高椅。瓜瓞蔓長苞，
薑芋紛廣畦。稻栽肅芊芊，黍苗何離離。虛薄乏時用，位微
名日卑。驅役宰兩邑，政績竟無施。自我違京輦，四載迄于
斯。器非廊廟姿，屢出固其宜。徒懷越鳥志，眷戀想南枝。
（潘岳〈在懷縣作詩二首〉之一）

登城望郊甸，游目歷朝寺。小國寡民務，終日寂無事。白水
過庭激，綠槐夾門植。信美非吾土，祇攪懷歸志。眷然顧鞏
洛，山川邈離異。願言旋舊鄉，畏此簡書忌。祇奉社稷守，
恪居處職司。（潘岳〈在懷縣作詩二首〉之二）

潘岳在河陽縣與懷縣為官之際所寫的詩作，雖未見明顯的不滿，
但羈旅不安與怨懟之情緒卻隱然其中。事實上，詩中的辭意越是謙
遜、越見其不平靜與怨懟之深，故會發出「徒懷越鳥志，眷戀想南枝」
的深刻嘆息。這種身處異鄉暫容歇止中所透顯的不平靜，對當時的素
族文士而言是相當普遍的，例如陸機在〈擬古〉詩十二首的〈擬明月
何皎皎〉中亦曾透露了如此的情懷：

安寢北堂上，明月入我牖。照之有餘輝，攬之不盈手。
涼風繞曲房，寒蟬鳴高柳。踟躕感節物，我行永已久。
遊宦會無成，離思難常守。

遠離故鄉追求仕宦的遊子，看似安寢於北堂之上，但機敏動態的身心
卻讓其感受到明月、涼風與寒蟬所帶來的悲悽之意，而在伸手欲攬明
月的細膩動作中，持續翻滾著看似安穩卻從來不曾平靜的思緒，從而
構成了一種「踟躕感節物」的深刻美學感受。

3、戒慎主體對客體現象進行投射的意識觀照

　　不管是在離別之際、行旅之中、還是已經遠赴外地爲官，素族文士的心靈中幾乎是未曾有過眞正的悠閒感受的。羈旅遊宦生活中的艱辛，讓他們只能以動態的身體、飄如浮萍的生命節奏去感知周遭的一切。這樣一種充滿了戒懼謹慎的心靈主體，只有在遠離人群、面對著屬於私我的一面時，方才有稍肆放鬆的時刻。難怪他們會將審美的關注投射於自然之物以及個人小我的情感之上。於是所感之「物」、以及所感之「情」，便成了他們最重要的審美對象與品類。

　　首先，從詩歌中可知他們對「自然之物」是充滿著審美的熱情的。諸如日、月、星、辰、風、雲、雨、露、雷、電等「天象」景觀一向是他們描繪與歌頌的對象。例如傅玄即作有〈眾星詩〉：

　　　　朗月共眾星，日出擅其明。冬寒地爲裂，春和草木榮。陽德雖普濟，非陰亦不成。

張協亦有描寫風、雲、雨、露等詩：

　　　　浮陽映翠林，回飆扇綠竹。飛雨灑朝蘭，輕露棲叢菊。（張協〈雜詩十首〉之二）

　　　　騰雲似涌煙，密雨如散絲。寒花發黃采，秋草含綠滋。（張協〈雜詩十首〉之三）

其他如陸機、陸雲等人在詩句中亦常見對此類天象之歌頌。

　　除了天象以外，諸如鳥獸、草木、器物等亦是其審美與吟詠的重要對象與品類：

　　　　鳳凰遠生海西，及時崑山岡。五德存羽儀，和鳴定宮商。百鳥並侍左右，鼓翼騰華光。（傅玄〈鴻鴈生塞北行〉）

　　　　啄木高翔鳴喈喈，飄搖林薄著桑槐。狸緣樹間喙如錐，嚶喔嚶喔聲正悲，專爲萬物作倡俳。（傅玄〈啄木〉）

　　　　盈盈荷上露，灼灼如明珠。（陸雲〈芙蓉詩〉）

　　　　寶劍神奇，鏤象龍離。通犀文玉，明珠錯地。光如電影，擬之則離。（傅玄〈歌〉）

其次，諸如愛情、親情與友情等屬於個人小我的情感亦是其審美投注

的重要對象。例如傅玄多有揣摩女子思君心態之作：

> 車遙遙兮馬洋洋，追思君兮不可忘。君安遊兮西入秦，願爲
> 影兮隨君身。君在陰兮影不見，君依光兮妾所願。(傳玄〈車
> 遙遙篇〉)

> 所思兮何在，乃在西長安。何用存問妾，香橙雙珠環。何用
> 重存問，羽爵翠琅玕。今我兮聞君，更有兮異心。香亦不可
> 燒，環亦不可沈。香燒日有歇，環沈日自深。(傳玄〈西長安
> 行〉)

張華則以描寫男女之間的綺艷情思而著稱：

> 明月曜清景，曨光照玄墀。幽人守靜夜，迴身入空帷。束帶
> 俟將朝，廓落晨星稀。寐假交精爽，覿我佳人姿。巧笑媚懽
> 靨，聯娟眄與眉。寤言增長歎，悽然心獨悲。(張華〈情詩五
> 首〉之二)

> 清風動帷簾，晨月照幽房。佳人處遐遠，蘭室無容光。襟懷
> 擁虛景，輕衾覆空床。居歡惜夜促，在戚怨宵長。拊枕獨嘯
> 歎，感慨心內傷。(張華〈情詩五首〉之三)

潘岳亦寫有〈內顧詩二首〉：

> 漫漫三千里，迢迢遠行客。馳情戀朱顏，寸陰過盈尺。夜愁
> 極清晨，朝悲終日夕。山川信悠永，願言良弗獲。引領訊歸
> 雲，沈思不可釋。(〈內顧詩二首〉之一)

左思則寫有〈嬌女詩〉：

> 吾家有嬌女，皎皎頗白皙。小字爲紈素，口齒自清歷。鬢髮
> 覆廣額，雙耳似連璧。明朝弄梳臺，黛眉類掃跡。濃朱衍丹
> 唇，黃吻瀾漫赤。嬌語若連瑣，忿速乃明懂。握筆利彤管，
> 篆刻未期益。執書愛綈素，誦習矜所獲。……

伴隨著這些「感」物、「感」情之作，他們進一步展露了對人生短促、
人壽終將有所盡期的感慨。這種對於一己生命感到無常的歎逝情懷，
是他們詩作中常見的內容，表達出了對於生命時間「存在向度」(註

〔註37〕 海德格（王慶節、陳嘉映譯）《存在與時間》。台北：久大文化股份
有限公司、桂冠圖書股份有限公司，1990 年 1 月初版。

37）的特殊敏感：

> 靈龜有枯甲，神龍有腐鱗。人無千歲壽，存質空相因。朝露
> 尚移景，促哉水上塵。丘塚如履綦，不識故與新。高樹來悲
> 風，松柏垂戚神。曠野何蕭條，顧望無生人。但見狐狸跡，
> 虎豹自成群。孤雛攀樹鳴，離鳥何繽紛。愁子多哀心，塞耳
> 不忍聞。長嘯淚雨下，太息氣成雲。（傅玄〈放歌行〉）
>
> 人生天地間，百年孰能要。（潘岳〈河陽縣作詩二首〉之一）
>
> 寒往暑來相尋，零雪霏霏集宇。悲風徘徊入襟，歲華冉冉方
> 除。我思纏綿未紓，感時悼逝悽如。（陸機〈上留田行〉）
>
> 置酒高堂，悲歌臨觴。人壽幾何，逝如朝霜。時無重至，華
> 不再揚。蘋以春暉，蘭以秋芳。來日苦短，去日苦長。（陸機
> 〈短歌行〉）
>
> 弱條不重結，芳蕤豈再馥？人生瀛海內，忽如鳥過目。（張協
> 〈雜詩十首〉其二）
>
> 秋風何冽冽，白露爲朝霜。柔條旦夕勁，綠葉日夜黃。……
> 高志局四海，塊然守空堂。壯齒不恆居，歲暮常慨慷。（左思
> 〈雜詩〉）

所以會有這種對於死生無常的特殊情懷，乃是主體透過「感」物、「感」
情，進而「感」時、與「感」生死的結果。

4、藉由過往時空沉入回憶之流

　　有感於羇旅遊宦的艱辛與漂泊，素族文士透過了對物象與小我情
感的意識投射，昭顯了戒慎主體對時間與生命無常的感慨。值得注意
的是，這樣一種藉由感物、感情、進而歎逝的意識投射動作，往往更
意涵了對過往時空中特殊人、事、地、物的眷戀。例如陸機在其詩作
中即經常藉由體察時物流露出了一股濃厚的思鄉情愁：

> 朝遊遊層城，夕息旋直廬。迅雷中宵激，驚電光夜舒。玄雲
> 拖朱閣，振風薄綺疏。豐注溢修霤，潢潦浸階除。停陰結不
> 解，通衢化爲渠。沈稼湮梁潁，流民泝荊徐。眷言懷桑梓，
> 無乃將爲魚。（〈贈尚書郎顧彥先詩二首〉之二）
>
> 門有車馬客，駕言發故鄉。念君久不歸，濡跡涉江湘。投袂

赴門塗,攬衣不及裳。撫膺攜客泣,掩淚敘溫涼。借問邦族
間,惻愴論存亡。親友多零落,舊齒皆凋喪。市朝互遷易,
城闕或丘荒。墳壟日月多,松柏鬱芒芒。(〈門有車馬客行〉)

又如潘岳,則在妻子亡逝之後,將情感投射在對她的悼念上:

之子歸窮泉,重壤永幽隔。……望廬思其人,入室想所歷。
幃屏無髣髴,翰墨有餘跡。流芳未及歇,遺掛猶在壁。悵怳
如或存,迴遑忡驚惕。……春風緣隙來,晨霤承簷滴。寢息
何時忘,沈憂日盈積。庶幾有時衰,莊缶猶可擊。(〈悼亡詩三
首〉其一)

而陸雲亦藉由贈答詩的寫作陳述了朋友顧彥先對其妻子的眷念:

我在三川陽,子居五湖陰。山海一何曠,譬彼飛與沉。日想
清慧姿,耳存淑媚音。獨寐多遠念,寤言撫空衿。彼美同懷
子,非爾誰爲心。(〈爲顧彥先贈婦四首〉之一)

不管是對鄉土還是妻兒等的眷念,這些詩作展露出來的乃是一種
藉由夢境、白日夢與想像等力量,重新去感知既有事物的舉措。誠如
法國哲學家巴希拉(G.Bachelard)在《空間詩學》(*The Poetics of Space*)
中指出者:

爲了穿越年歲,去感知我們對我們所出生之房子的依戀,夢
比思考來得有力。它是結晶了我們遙遠記憶的潛意識力量。
〔註38〕

他又認爲:

爲了分析在一個形上學層級中我們的存有,……必須在正統
心理分析取向的邊緣,將我們重要的記憶去社會化,並且加
入至白日夢的層級……。因爲對這種研究而言,白日夢比夢
來得更爲有用。〔註39〕

在此基礎上,巴希拉說道:

那些白日夢中稍縱即逝的靈光,明示了由古老得幾乎不能再
回憶的塵封往事與記憶所構成的綜合體。……在這個邈遠的

〔註38〕 Bachelard, G., 1969, The Poetics of Space, Boston: Beacon Press, p.16.
〔註39〕 Bachelard, G., 1969, The Poetics of Space, Boston: Beacon Press, p.9.

地帶中，記憶和想像保持了彼此的聯繫，並各自助長了彼此的深度。〔註40〕

事實上，正是藉由想像、白日夢（daydream / reverie）等，他們深深地沉入了回憶的流裡，並重新獲得了創造的力量。在此，回憶正是一種詩般的語言，一種如詩般具有創造力的行動。而透過了這種如詩般記憶的中介，主體與已逝的過往世界重新建立起了一種深層的意義勾聯，並在其中重構了美學意識得以積澱的深厚土壤。

三、素族文士以世俗私我情感爲主的細怨審美內涵

除了郊廟之歌、僚友頌詩等應制唱和之作以外，西晉素族文士的詩作中時常可見對自然之物以及諸如愛情、親情與友情等屬於個人小我情感的歌頌。可見，與自然之物及個人小我情感的互動經驗，乃是西晉素族文士詩作中最關切的主題之一。而這種關切，更導向了他們對於人生短促、人壽終將有所盡期的歡逝。在此狀況下，他們於是藉由想像以及白日夢等，將主體沈入了回憶的流裡，讓其暫時地解脫了外物所帶來的沉重壓力，從而積澱出了獨特的審美意識與經驗。

這是一種以世俗私我情感爲主的美感積澱，夾雜了素族文士潛意識中的生平細怨。從他們的詩作中，不難發現有一股怨懟的氛圍瀰漫其中，例如任河陽縣令的潘岳在登城南顧之際，即曾發出了「誰謂宰邑輕，令名患不劭」〔註41〕的自我安慰之詞。詩中雖不見強烈的憤恨之辭，然而卻瀰漫了一種自怨自艾的情緒。難怪鄧仕樑會說潘岳「雖未見怨言，而怨在其中矣。」〔註42〕事實上，潘岳的口氣越是謙沖，則越見其怨之深。再以陸機爲例，其詩大體而言雖令人讀來有整麗內斂之感，但仍有部分的詩、特別是賦（如〈述先賦〉、〈懷土賦〉與〈思歸賦〉等）表達了國破家亡對人生憂患的感慨、以及對鄉土眷戀卻不得歸的哀怨。其餘如左思、張華等的詩作中，亦不難發現此種隱然脈

〔註40〕Bachelard, G., 1969, The Poetics of Space, Boston: Beacon Press, p.5.

〔註41〕潘岳〈河陽縣作詩二首〉之一。

〔註42〕見鄧仕樑《兩晉詩論》。香港：中文大學，1972，頁92。

動其間的生平細怨，訴說著西晉素族文士在其看似平穩的生活中，所
體會的獨特生命感受。

他們之所以會有這種生平細怨產生，主要肇因於仕途的不順遂以
及私我人生的失落。擅長攻文、業儒的素族士人雖然是滿懷著功名心
的一群，但除了少數外，他們仕進之途往往並不是如想像中那般順利
的。相對於以父蔭取仕的世族子弟，他們雖然十分地努力，但結果卻
往往是不盡如人願的。對當時素族文士所處的情勢，張載在其〈榷論〉
中說道：

> 夫賢人君子將立天下之功，成天下之名，非遇其時，曷由致
> 之哉！……故當其有事也，則足非千里，不入于輿；刃非斬
> 鴻，不韜于鞘。是以駑蹇望風而退，頑鈍未試而廢。及其無
> 事也，則牛驥共牢，利鈍齊列，而無長途犀革以決之。此離
> 朱與瞽者同眼之說也。處守平之世，而欲建殊常之勳；居太
> 平之際，而吐違俗之謀，此猶卻步而登山，鶩章甫於越
> 也。……今士循常習故，規行矩步，積階級，累閥閱，碌碌
> 然以取世資。若夫魁梧儁傑，卓躒倜儻之徒，直將伏死巖岑
> 之下，安能與步驟共爭道理乎！至如軒冕黼黻之士，苟不能
> 匡化輔政，佐時益世，而徒俯仰取容，要榮求利，厚自封之
> 資，豐私家之積，此沐猴而冠耳，尚焉足道哉！

如果說張華的〈勵志詩〉是晉初素族文士熱衷於功名的讚辭，那麼，
張載的〈榷論〉則標誌著他們功名心的開始失落以及幻想的開始破
滅。難怪左思會說道：

> 鬱鬱澗底松，離離山上苗。以彼徑寸莖，蔭此百尺條。世冑
> 躡高位，英俊沈下僚。地勢使之然，由來非一朝。（〈詠史詩八
> 首〉其二）
> 習習籠中鳥，舉翮觸四隅。落落窮巷士，抱影守空廬。出門
> 無通路，枳棘塞中塗。計策棄不收，塊若枯池魚。外望無寸
> 祿，內顧無斗儲。親戚還相蔑，朋友日夜疏。蘇秦北游說，
> 李斯西上書。俛仰生榮華，咄嗟復彫枯。飲河期滿腹，貴足
> 不願餘。巢林棲一枝，可為達士模。（〈詠史詩八首〉其八）

而潘岳更以自己的親身遭遇說明了這種情形：

> 微身輕蟬翼，弱冠忝嘉招。在疚妨賢路，再升上宰朝。猥荷
> 公叔舉，連陪廟王寮。長嘯歸東山，擁耒耨時苗。幽谷茂纖
> 葛，峻巖敷榮條。落英隕林趾，飛莖秀陵喬。卑高亦何常，
> 升降在一朝。徒恨良時泰，小人道遂消。譬如野田蓬，斡流
> 隨風飄。(潘岳〈河陽縣作詩二首〉之一)

此詩先敘身世，再則寫景，並藉景抒情，而意在其中矣。起首六
句，乃是對自身家世以及早年遊宦生活的描述。「長嘯歸東山」一句，
則是寫二十多歲之際才名滿貫，卻為眾所疾，反而不得不歸居東山、
棲遲十年的困頓狀況。故知其長嘯東山，風物景觀雖美，但內心中卻
充滿了怨懟之情。是以潘岳要發出「卑高亦何常，升降在一朝」以及
「徒恨良時泰，小人道遂消」的感慨。蓋西晉表面安泰，但個人的才
識反而沒有發揮的餘地。難怪潘岳要以「蓬草」自喻，說出了「譬如
野田蓬，斡流隨風飄」的話語。野田之蓬，正是素族寒士出身卑微、
無依無靠的具體表徵，其在時勢的強烈牽引下，只能隨風漂泊而無力
掙脫，在在暗示了仕途遊宦之路獨行踽踽的孤苦與悲零，顯現的是一
種對於私我人生失落的悲歎。

而在這樣一種自怨自艾情緒下所散發出來的悲歎，終究只是一種
對於一己前程與命運的關注。對他們來說，求取一己的功名乃是最重
要的事，因此要在詩作中反映出對政權的批判、以及對社會、國家與
芸芸眾生的大愛，幾乎是不可能的。這樣的狀況從陸機的例子便不難
窺知，陸機即使是經歷了亡國之痛，但他的詩作中總是缺少了一分批
判精神的。因抗晉復吳在當時已不可能，而陸機之入洛，已是決定與
當權新朝合作的表現，更何況入晉之後他也得到了差強人意的待遇。
因此，與亡國相聯的那種對於人生憂患以及對於鄉土眷戀的情愫雖曾
在其詩賦中出現，但他是絕不可能以復吳的姿態與晉相對，而在詩中
大發亡國之痛的。

簡而言之，西晉之際素族文士藉由詩作所呈顯的，乃是一種以世

俗私我情感作爲內涵的審美經驗。由於長期處於遊宦行旅之中,他們養成了一種戒愼機敏的主體,並藉之而與外在的物事有了特定的互動。而在他們對外在物事進行主體意識投射的過程中,隱約可見一絲帶有對自我生平遭遇的哀怨深隱其間。它雖是一種情感的抒發,卻只是以一己的命運作爲關注對象,因而缺乏對社會及人類的大愛,同時也缺乏任性使才的宏偉氣勢。

第四節　天道宇宙自然的宏麗之美

一、感物論與西晉文士的自然觀

　　西晉素族文士的詩歌中,經常出現「感物」、「悟物」、與「物感」等字眼。例如,傅玄即曾說過「感物懷思心,夢想發中情」〔註43〕與「感物動心增哀」〔註44〕之類的話語。張華則說道:「懷思豈不隆,感物重鬱積」〔註45〕、「吉士思秋,實感物化」〔註46〕以及「悟物增隆思」〔註47〕。而陸機也曾說道:「感物戀堂室,離思一何深」〔註48〕、「悲情觸物感,沉思鬱纏綿」〔註49〕、「載離多悲心,感物情悽惻」〔註50〕、「感物多遠念,慷慨懷古人」〔註51〕、「感物百憂生,纏綿自相尋」〔註52〕以及「憂來感物涕不晞」〔註53〕。至於潘岳則說:「悲懷感物來」〔註54〕,而張協也說過:「感物多所懷,沈憂結心曲」〔註

〔註43〕傅玄〈青青河邊草篇〉。
〔註44〕傅玄〈歷九秋篇〉十二首之八。
〔註45〕張華〈雜詩三首〉其三。
〔註46〕張華〈勵志詩〉九首之二。
〔註47〕張華〈答何邵詩三首〉其三。
〔註48〕陸機〈赴太子洗馬時作詩〉。
〔註49〕陸機〈赴洛道中作詩二首〉其一。
〔註50〕陸機〈東宮作詩〉。
〔註51〕陸機〈吳王郎中時從梁陳作詩〉。
〔註52〕陸機〈贈尚書郎顧彥先詩二首〉其一。
〔註53〕陸機〈燕歌行〉。
〔註54〕潘岳〈悼亡詩三首〉其三。

55〕與「感物多思情」〔註56〕。「感物」之類的辭語經常出現在西晉詩人的詩作之中，其實透露了「感物論」乃是他們普遍的一種觀點，也是重要的美學範疇之一。他們除了在詩中直接運用「感物」與「悟物」等的字眼外，更經常在詩中藉由天象的運行以及自然萬物與節氣的變化來寄託崇替之感。例如：

> 志士惜日短，愁人知夜長。攝衣步前庭，仰觀南雁翔。玄景隨形運，流響歸空房。清風何飄颻，微月出西方。繁星衣青天，列宿自成行。蟬鳴高樹間，野鳥號東廂。纖雲時髣髴，渥露沾我裳。良時無停景，北斗忽低昂。常恐寒節至，凝氣結為霜。落葉隨風摧，一絕如流光。（傅玄〈雜詩三首〉其一）
> 暑度隨天運，四時互相承。東壁正昏中，涸陰寒節升。繁霜降當夕，悲風中夜興。朱火青無光，蘭膏坐自凝。重衾無暖氣，挾纊如懷冰。伏枕終遙夕，寤言莫予應。永思慮崇替，慨然獨拊膺。（張華〈雜詩三首〉其一）
> 春秋代遷逝，四運紛可喜。寵辱易不驚，戀本難為思。我來冰未泮，時暑忽隆熾。感此還期淹，歎彼年往駛。（潘岳〈在懷縣作詩二首〉其二）
> 逴矣垂天景，壯哉奮地雷。豐隆豈久響，華光但西隤。日落似有竟，時逝恆若催。仰悲朗月運，坐觀琁蓋迴。盛門無再入，衰房莫苦開。人生固已短，出處鮮為諧。慷慨惟昔人，興此千載懷。升龍悲絕處，葛藟變條枚。寤寐豈虛歎，會是感與摧。弭意無足歡，願言有餘哀。（陸機〈折楊柳行〉）
> 日征月盈，天道變通。太初陶物，造化為功。四月惟夏，南征觀方。凱風有集，飄颻南窗。思樂萬物，觀異知同。（陸雲〈失題〉八首之二）
> 秋風何冽冽，白露為朝霜。柔條旦夕勁，綠葉日夜黃。明月出雲崖，皦皦流素光。披軒臨前庭，嗷嗷晨鴈翔。高志局四海，塊然守空堂。壯士不恆居，歲暮常慨慷。（左思〈雜詩〉）
> 靈象運天機，日月如激電。秋風兼夜戒，微霜淒舊院。嘉木

〔註55〕張協〈雜詩十首〉其一。
〔註56〕張協〈雜詩十首〉其六。

> 殞蘭圃，芳草悴芝苑。嚶嚶南翔鴈，翩翩辭歸燕。玉肌隨爪
> 素，噓氣應口見。斂襟思輕衣，出入忘華扇。睹物識時移，
> 顧已知節變。（張載〈秋詩〉）
> 朝霞迎白日，丹氣臨暘谷。翳翳結繁雲，森森散雨足。輕風
> 摧勁草，凝霜竦高木。密葉日夜疏，叢林森如束。疇昔歎時
> 遲，晚節悲年促。歲暮懷百憂，將從季主卜。（張協〈雜詩十
> 首〉其四）

這是一種藉由對天道運行、四季節候以及自然萬物的觀察，以窺知人間世事興衰變化之理的觀點，充分反映了西晉素族士人對外在自然萬物作爲一種客體進行探研的理趣。

感物說雖大興於西晉，但早在〈樂記〉中即可見此一理論發軔的痕跡：

> 凡音之起，由人心生也。人心之動，物使之然也。感於物而
> 動，故形於聲。

〈樂記〉主張，任何音聲之得以形成，乃是因爲人的心靈受到了外物的感動而產生的結果，可見感物論乃是〈樂記〉的立論基礎。〈樂記〉之後，許多的作家、評論者亦多有類似的思想。例如東漢王延壽〈魯靈光殿賦序〉即云：「嗟乎，詩人之興，感物而作。」而漢末劉熙《釋名・釋典藝》則云「感物而作謂之興」，皆已注意到詩人受外物而感動的狀況。建安之際的曹丕則著有〈感物賦〉，賦中描寫他藉由所種諸蔗「涉夏歷秋，先盛後衰」而得悟人事無恆常之理的情形。西晉之時，繼有陸機〈文賦〉談到了創作中「瞻萬物而思紛」的感物狀態。而到了南朝劉宋之際，根據《宋書・傅亮傳》的記載，傅亮作有〈感物賦〉，藉由「飛蛾翔羽，翩蜎滿室，赴軒幌，集明燭者，必以燋滅爲度」的情境，闡述了作者藉微物以喻從政險阻的心情。其後，劉勰對「感物」亦有深入的論述，他在《文心雕龍・明詩》篇中指出了「人稟七情，應物斯感，感物吟志，莫非自然」，而《文心雕龍・物色》篇更集中闡述了從感物到起興的規律，諸如「物色之動，心亦搖焉」、「物色相召，人誰獲安」、「詩人感物，聯類不窮」等。而鍾嶸〈詩品・

序〉則有更爲簡潔的表述：「氣之動物，物之感人，故搖盪性情，形諸舞詠」。正是在此基礎上，唐代王昌齡於其所著的《詩格》中進一步提出了「感興」的概念，主張第九勢的「感興勢」爲十七勢之一，認爲「感興勢者，人心至感，必有應說，物色萬象，爽然有如感會」，可說是更加強調了主體從感物至發爲文辭過程中的能動作用。

　　西晉素族士人所持的感物之說是有著特定的自然觀作爲基礎的。所謂的自然觀乃是指涉著特定群體對自然界的基本認識以及其在面對著自然萬物時所體現的特殊思維邏輯。誠如錢志熙所指出者，西晉素族士人係以一種「立象盡意」的方式在對待著自然界的萬事萬物。他們之所以從自然萬物中取象，主要是希望能從自然中探知天道的運行，找到自然現象與天道之間的某種「類比」關係。在此前提下，他們藉由詩歌等文學創作論述、表現自然，主要側重在能體現天道之理，因而他們的意象選擇，以日、月、星辰等天體的運行以及花草樹木等所彰顯的季候變化居其大宗〔註57〕。而就季候變化這一題材而言，其所展現出來的內容雖是比較豐富且具有著情感內涵的，例如張協的〈雜詩十首〉其二與其三便充滿了體物的情感表現：「浮陽映翠林，回飆扇綠竹。飛雨灑朝蘭，輕露棲叢菊。」「騰雲似涌煙，密雨如散絲。寒花發黃采，秋草含綠滋。」但其背後仍是以對天道的探索作爲最終的目的，充分展現出一種窮究事理的傾向。以此觀之，西晉素族文士所持的感物說雖然涉及了主體與客體之間的關係，但尚非後世所強調的情景交融關係。因爲，前者只是單純地藉由物（客體）作爲橋樑而啓動理性思維或情感，而後者則已進入了主體與客體的相互意識投射以呈顯心靈的境界。

　　西晉詩歌感物論中所體現出來的自然觀，主要是以天人合一與天人感應的哲學作爲基礎的，仍不脫漢儒思想的範疇。當時玄學盛行下的本體論雖已見以貴無爲核心的論述出現，但玄學主張「自然無爲」

〔註57〕　參見錢志熙《魏晉詩歌藝術原論》。北京：北京大學出版社，1993年1月出版，頁274～頁290。

的自然觀卻只有到了東晉之後方才得到了充分的發展，因此並沒能促使西晉崇儒的文士從根本上脫離董仲舒等漢儒所秉持的天人感應、天人合一的自然宇宙觀。他們認為宇宙萬物和自然現象乃是一種形而上天道意志展現的產物，而且自然界存在與運行變化的方式即在向人間昭示著人類生命及社會應如何運作的原則。因此，人們應研究這種天道意志，以便作為人類在社會生活以及政治文化等方面的最高指導原則。正因為具有這種哲學思想，西晉士人不僅親身投入了對宇宙生成、天地運行的專門研究與著述（例如成公綏著有〈天地賦〉、摯虞著有〈思游賦〉、紀瞻著有〈易太極論〉等），更藉由詩歌等文學創作再三地闡述了他們藉由感物而對天道意志無限宏偉的深刻體認，從而為吾人提供了追索其美學思想的可貴痕跡。

二、西晉詩人以描繪自然圖式作為對現實的永恆逃避

誠如上文所述，西晉素族文士在詩歌創作中，經常展露了對於外在自然現象的盎然興趣，不管是傅玄、張華、陸機、陸雲，還是潘岳、張載、張協與左思等，在其創作中，無不顯現了其藉由天體運行及季候變化以觀人間世事崇替興衰之理的深厚旨趣。然則，為何會有這種情形產生呢？一方面固然係由於西晉士人普遍具有著一種以天人合一為基礎的自然宇宙觀、相信天道意志與人間萬事具有著類比關係；但另一方面，卻也與素族文人遊宦生活所具有的羈旅漂泊特性脫不了關係。誠如上述，遊宦乃是素族文士典型的生活模式，而伴隨著這種生活歷程而來的，經常是一種羈旅漂泊的生命情態，加以仕途夢想的破滅，他們內心中往往充滿了不平靜感。因此，他們會落入對外在物事、甚而私我情感有所感應、發揮的境地。而最重要的，為了使主體能獲得恆久的寄託，為了讓心靈能享有長遠的平靜，他們往往在有所感動之初，即藉由情感的適度收斂，從而超越當下的時空經驗，轉為對形而上世界的永恆追求。換句話說，他們經常是以所感之物作為開端，轉而邁向對於不可見超越之理的無窮追求。其表現在詩歌創作上

的特色，除了自然事物經常入詩以外，便是詩歌的程式化：

> 日重光，奈何天迴薄。日重光，舟舟其遊如飛征。日重光，
> 今我日華華之盛。日重光，倏忽過，亦安停。日重光，盛往
> 衰，亦必來。日重光，譬如四時，固恆相催。日重光，惟命
> 有分可營。日重光，但惆悵才志。日重光，身沒之後無遺名。
> （陸機〈日重光行〉）

> 玉衡既已驂，羲和若飛凌。四運循環轉，寒暑自相承。冉冉
> 年時暮，迢迢天路徵。招搖東北指，大火西南昇。悲風無絕
> 響，玄雲互相仍。豐冰憑川結，零露彌天凝。年命時相逝，
> 慶雲鮮克乘。履信多愆期，思順焉足憑。慷慨臨川響，非此
> 孰為興。哀吟梁甫巔，歎息獨拊膺。（陸機〈梁甫吟〉）

> 天地不獨立，造化由陰陽。乾坤垂覆載，日月曜重光。治國
> 先家道，立教起閨房。二妃濟有虞，三母隆周王。塗山興大
> 禹，有莘佐成湯。齊晉霸諸侯，皆賴姬與姜。關雎思賢妃，
> 此言安可忘。（成公綏〈中宮詩二首〉之二）

一再反覆、以及類似訓誡說教的主題與句式，在在可見詩歌創作傾向
程式化的風尚。而在此趨向程式化的詩句中，外界自然現象顯然只是
擔任著一種情感或思維發端的角色，具有著一種橋樑的作用，其主要
在於讓主體有所興發、有所感悟，以利他們對於天道宇宙萬物之理的
描述與探索。事實上，也只有沉溺於對自然圖式之美的探索與勾勒之
際，他們才能較為徹底地忘懷因為羈旅漂泊所帶來的流離不安。畢
竟，對自然天道的研究，乃是意味了對於人世變遷之理的進一步了解
與掌握。對他們來說，縱使「祿命懸天難明」〔註58〕，知命本身是一
件相當困難、甚至近乎不可能的事，但仍當勉力為之。因為盡人事而
聽天命的舉動本身，即能帶給他們一種看似得以掌握自身命運的虛幻
滿足感，讓他們得以在想像中，超越當下所處的碎裂時空與易變現
實，而轉向對於永恆真理的企求。

　　西晉士人將生命的起伏寄託於對自然圖式的描繪與探索，與其在

〔註58〕傅玄〈歷九秋篇〉十二首其十二。

仕途不順之際所萌生的歸隱思想一般，皆是一種對於現實世界的逃避。當時左思、張載與閭丘沖等人有感於宦途的無常，即曾出現了歸隱的心聲：

> 杖策招隱士，荒塗橫古今。巖穴無結構，丘中有鳴琴。白雪停陰岡，丹葩曜陽林。石泉漱瓊瑤，纖鱗或浮沈。非必絲與竹，山水有清音。何事待嘯歌，灌木自悲吟。秋菊兼餱糧，幽蘭間重襟。躊躇足力煩，聊欲投吾簪。（左思〈招隱詩二首〉之一）

> 出處雖殊塗，居然有輕易。山林有悔吝，人間實多累。鸒雛翔穹冥，蒲且不能視。鸛鷺遵皋渚，數為繒所繫。隱顯雖在心，彼我共一地。不見巫山火，芝艾豈相離。去來捐時俗，超然辭世偽。得意在丘中，安事愚與智。（張載〈招隱詩〉）

> 大道曠且夷，蹊路安足尋。經世有險易，隱顯自存心。嗟哉巖岫士，歸來從所欽。（閭丘沖〈招隱詩〉）

即便是仕途較為平順者，如陸機與張華等亦有招隱詩之寫作：

> 明發心不夷，振衣聊躑躅。躑躅欲安之，幽人在浚谷。朝采南澗藻，夕息西山足。輕條象雲構，密葉成翠幄。激楚佇蘭林，回芳薄秀木。山溜何泠泠，飛泉漱鳴玉。哀音附靈波，穨響赴曾曲。至樂非有假，安事澆淳樸。富貴苟難圖，稅駕從所欲。（陸機〈招隱詩〉）

> 隱士託山林，遁世以保真。連惠亮未遇，雄才屈不伸。（張華〈招隱詩二首〉之一）

> 棲遲四野外，陸沈背當時。循名掩不著，藏器待無期。羲和策六龍，弭節越崦嵫。盛年俛仰過，忽若振輕絲。（張華〈招隱詩二首〉之二）

可見，避世乃是浸淫於玄學中的素族文士們相當普遍的思想。

對自然圖式進行描繪與探索，雖不若歸隱般訴諸直接的行動，但卻與歸隱有著規避現實的同樣效果。事實上，除了張載等少數人能真正付諸實行外，以西晉素族士人對功名所具有的旺盛企圖心，歸隱不過是其仕途遭受挫折後的自我安慰之辭。換句話說，他們大多只是想

像罷了，並未見付諸眞實的行動。以此觀之，他們詩中出現對自然圖式的描繪，連同其遊仙詩，皆可視爲他們逃避現實的延伸。他們遊仙詩中亦充滿了對自然景物的描述，這是因爲具現著不可見超越天道的自然景象，正如仙境般，成了西晉士人逃避塵世興衰的最終歸宿。

有必要進一步指出的是，他們透過自然圖式對於不可見超越之理的追求，與他們在詩歌等創作過程中對於華麗詞藻的追求，乃是一體的兩面。對他們來說，誠如陸機在〈文賦〉中所揭示者，人間至美的詩文乃是效法天文，是屬於天道自然開顯的一部份。在此基礎上，天道宇宙自然圖式所具有的絢爛華美景象，正提供並滿足了西晉素族士人藉由遣辭造句等形式技巧以表現文學之道的最大想像。而一旦這種想像形成，則更將反過來鞏固他們對自然宇宙至麗美景的永恆想像，並在其中積澱出他們對美的特殊看法。

三、西晉詩人以描繪自然圖式所展現的「宏麗/至麗」之美

在西晉素族士人眼中，自然現象以其所呈顯的天道至理，反映著人世的興衰崇替，成了他們最後冀求的歸宿。他們認爲若是四時代謝順暢，則國祚人運自當興隆：

日躔星紀，大呂司辰。玄象改次，庶眾更新。歲事告成，八蜡報勤。告成伊何，年豐物阜。豐禋孝祀，介茲萬祜。報勤伊何，農功是歸。穆穆我后，矜茲蒸黎。宣力薔畝，沾體暴肌。飲饗清祀，四方來綏。充牣郊甸，鱗集京師。交錯貿遷，紛葩相追。摻袂成幕，連衽成帷。有肉如丘，有酒如泉。有肴如林，有貨如山。率土同懽，和氣來臻。祥風叶順，降祉自天。方隅清謐，嘉祚日延。與民優游，享壽萬年。（裴秀〈大蜡詩〉）

奕奕兩儀，昭昭太陽。四氣代升，三朝受祥。濟濟群后，峨峨聖皇。元服肇御，配天垂光。伊州作弼，王室惟康。顯顯兆民，蠢蠢戎羯。率土充庭，萬國奉蕃。皇澤雲行，神化風宣。六合咸熙，遐邇同歡。赫赫明明，天人合和。下罔遺滯，焦朽斯華。翹我良朋，如玉之嘉。穆穆雝雝，興頌作歌。（傅

玄〈答程曉詩〉

然而，若是四時運作不順暢，則作爲形而上最後基礎的「天」，顯然
將會降災於人世：

炎旱歷三時，天運失其道。河中飛塵起，野田無生草。一殞
重丘山，哀之以終老。君無半粒儲，形影不相保。(傅玄〈炎
旱詩〉)

徂暑未一旬，重陽翳朝霞。厥初月離畢，積日遂滂沱。屯雲
結不解，長溜周四阿。霖雨如倒井，黃潦起洪波。湍流激牆
隅，門庭若決河。炊爨不復舉，灶中生蛙蝦。(傅玄〈苦雨詩〉)

飛塵穢清流，朝雲蔽日光。秋蘭豈不芬，鮑肆亂其芳。河決
潰金堤，一手不能障。(傅玄〈飛塵篇〉)

從上述可知，他們顯然將宇宙自然視爲一個恆常運作的實體系
統。其主要具有如下的構成特徵：首先，大自然中諸如日、月、星辰
等天體可說是組成此一體系最核心的部分，而透過其所呈顯的現象，
將直接反映人世崇替興衰之情形。西晉詩人因而花了相當多的篇幅對
此現象進行描述，例如傅玄即作有〈日昇歌〉、〈兩儀詩〉及〈眾星詩〉
等。其次，風、雨、雷、電、雲、霧等氣象亦以其動態之姿，構成了
此一宇宙圖式關鍵的一環，並且相當直接地昭示著人間萬物的興衰之
理。再者，則是花草樹木、飛禽走獸、乃至各種有形的器物，其構成
了此體系中較爲邊緣的部分。惟其雖屬邊緣，但仍具有著反映天道意
志的功效，因此仍是他們探索、描繪不可或缺的對象。最後，此自然
圖式中最等而下之者，恐怕非「山水」莫屬了。在他們的眼光中，「山
水」以其靜態的表徵，乃是反映天道意志最不直接的一部份。因此西
晉士人甚少有關於山水方面的論述是相當自然的。至於「山水」重要
性的突顯以及山水詩的勃興，乃是東晉以後的事。經過了佛教東傳的
影響，佛學化的玄學方才開啓了東晉詩人「以玄對山水」的嶄新途徑。

值得一提的是，西晉士人心目中完美的自然宇宙體系其實是具現
著一定的品質的。換句話說，天道宇宙或有狰獰之時，然其一旦運轉
就緒，則將展現出一種在理想中方才具現的美的品質。而此，正反映

了西晉素族文士對「美」的一定想像與積澱，是他們審美意識的最直接展現。在他們心目中，此一理想美的品質，具有如下的特點：

首先，綜觀他們據以入詩的自然宇宙現象，可說是十分動態的，充滿了時空位移或季候變遷的特性：

> 天時泰兮昭以陽，清風起兮景雲翔。仰觀兮辰象，日月兮運周。俯視兮河海，百川兮東流。(傅玄〈失題詩〉)
>
> 邈矣垂天景，壯哉奮地雷。豐隆豈久響，華光但西隤。(陸機〈折楊柳行〉)
>
> 薺與麥兮夏零，蘭桂踐霜逾馨。祿命懸天難明。(傅玄〈歷九秋篇〉十二首其十二)
>
> 春可樂兮樂東作之良時。嘉新田之啓萊，悅中疇之發菑。桑冉冉以奮條，麥遂遂以揚秀。澤苗蘙渚，原卉耀阜。(夏侯湛〈春可樂〉)
>
> 秋可哀兮哀秋日之蕭條。火迴景以西流，天既清而氣高。壤含素霜，山結玄霄。月延路以增夜，日遄行以收暉。屏絺綌于笥匣，納綸縞以授衣。(夏侯湛〈秋可哀〉)

不管是天象、地貌，還是花草樹木，若非本身是動態的，即是反映了四時代謝的變遷之貌，十足展露了「天行一何健」〔註59〕的根本能動特性。張華便說道：「天行自西迴，日月曷東馳」〔註60〕，在他們眼中，理想的天道體系乃是能動而充滿著變化的。而靜態之物則是死寂而僵化的，是一種不圓滿的表現，也無法反映人間世事充滿了生機的運作。所以美的理想品質應當是「能動」而充滿了「變易」之感的。

其次，理想中的天道體系雖是能動變異的，然卻不意味著就因此沒有了秩序。他們認為理想的天道體系乃是有根本的秩序的，這主要展現在萬物的各就其位以及各順其時。是以傅玄會歌頌道：

> 兩儀始分元氣清，列宿垂象六位成。日月西流景東征，悠悠萬物殊品名。聖人憂代念群生。(傅玄〈兩儀詩〉)

〔註59〕傅玄〈天行篇〉。

〔註60〕張華〈失題詩〉。

事實上，也只有在宇宙萬物各就其位、各順其時的狀態下，人間世事方能展現出和諧美好的景況。故美的境界或美的品質也應當是兼具了能動與秩序特性的，易言之，是一種在動中展現而出的秩序感。

再者，理想的自然宇宙體系還必須是雄偉而廣闊的：

> 東光昇朝陽，羲和初攬彎。六龍並騰驤，逸景何晃晃。旭日照萬方，皇德配天地，神明鑒幽荒。 （傅玄〈日昇歌〉）
>
> 驚雷奮兮震萬里，威陵宇宙兮動四海，六合不維兮誰能理。
> （傅玄〈驚雷歌〉）

不管是日之騰耀東昇、驚雷之奮震威陵，皆展示了自然萬物所具有的雄偉壯闊的力量感。自然景物往往會在瞬間爆發出一種無與倫比的震撼，而帶給人一種類似崇高之美的無限感動。此外，在傅玄對仙境的描述中，亦曾出現「雲漢隨天流，浩浩如江河」〔註61〕的話語，描繪自然天體群聚而形成一種如江河般浩瀚撼人的景致，充分展現出了數大即是美的雄偉壯闊之感。可見充滿了力量的雄偉壯闊品質，亦是形成美的要素之一。

最後，對他們來說，美的品質還須是絢爛而充滿光輝的。他們在歌頌自然宇宙雄偉壯闊的同時，經常亦會伴隨著對於絢爛光輝之美的讚嘆。例如，傅玄即曾高歌：「東方大明星，光景照千里」〔註62〕；前述「六龍並騰驤」、「旭日照萬方」所展露出來的景況亦是例證之一。事實上，在西晉士人的眼中，理想的自然圖式所展現出來的乃是一幅無比絢爛而充滿了光輝的景象，亦即傅玄所謂「逸景何晃晃」的境界，以成公綏的話來說，即是一種「至麗」〔註63〕的壯美景象。而在這樣美質的映照下，人間也將會有同樣美質的呈顯，因此傅玄說道：「赫赫明明，天人合和」〔註64〕。

簡而言之，西晉士人心目中存在著一個對理想自然圖式的想像，

〔註61〕傅玄〈雲中白子高行〉。

〔註62〕傅玄〈眾星詩〉。

〔註63〕《晉書·成公綏傳》。

〔註64〕傅玄〈答程曉詩〉。

而藉由對此理想圖式的研究與探索，吾人不難發現他們所潛藏的對理想美質的特殊想像。對他們來說，這個理想的自然體系既是能動而充滿著秩序的，同時更是雄偉而充滿著絢爛光輝的，所謂的「雲漢隨天流，浩浩如江河」即是對此一景致的最佳描述，它往往展露出了「赫赫明明」的至麗美質。因此，對西晉士人而言，所謂的至美是存在於自然宇宙體系之中的，是一種至麗品質的客觀展現。

第五節　太康詩歌所展現的藝術風格及其創作進路

一、西晉詩歌創作的「準形式主義」傾向及其成因

陸機雖然在〈文賦〉中曾經提出了「詩緣情而綺靡」的理論，然而觀諸西晉素族士人的詩作，綺靡之風雖隨處可見，但關於作者個體情感的澎湃抒發卻是相當有限的。以影響西晉詩風甚鉅的傅玄為例，「緣情」之「情」，在他的詩中所指的即比較像是「情事」或「題旨」，而非那種深藏於詩人自己心中擾嚷不安、非吐不可的深刻詩情。傅玄所緣之情，若不是指涉了前人作品中的情事或本事（如〈秋胡行〉、〈青青河畔草〉與〈艷歌行〉等樂府詩），即是代人抒情（如〈善哉行〉與〈苦相篇〉等）。而就陸機本人的詩歌創作觀之，除了少部分的詩作（如〈赴洛道中作詩二首〉等）之外，所謂的「緣情」，亦只是緣題演寫罷了。他雖不若傅玄般死扣著本事而不知變通，但也只是善於在題目本來的意思上再作發揮，一如命題作文般而已。是以陸機的詩經常讓人讀來覺得缺乏內心中真摯的深情。他雖然極盡意象搜羅之能事以藉之滿足題旨，但由於係從先在的純粹理念出發，總令人覺得好像是一種演繹的公式，比較像是在推論、證明，而非情志的抒發，例如〈董逃行〉：

> 和風習習薄林，柔條布葉垂陰。鳴鳩拂羽相尋，倉庚嚖嚖弄音。感時悼逝傷心。日月相追周旋，萬里倏忽幾年。人皆冉冉西邁，盛時一往不還。慷慨乖念悽然。昔為少年無憂，常

怜秉燭夜遊。翩翩宵征何求,于今知此有由。但爲老去年道。盛固有衰不疑,長夜冥冥無期。何不驅馳及時,聊樂永日自怡。齋此遺情何之。人生居世爲安,豈若及時爲歡。世道多故萬端,憂慮紛錯交顏。老行及之長歎。

詩中的主旨在描寫事物的由盛而衰,藉以慨歎人生的短暫與世道的多變。爲了表達這種意念,陸機雖然設立了眾多的物象,試圖透過紛陳之意象與豐富之辭藻以盡其深意,但由於缺乏情感的滋發,總令人覺得好似欠缺了某種藝術的感染力。

傅玄與陸機俱爲西晉文壇重要的人物,對一代詩風有相當大的影響力。其詩作中所展露出來的輕忽情感表達而關注辭藻修飾的情形,可說具有著一定的普遍性。他們的著眼點多在於形式本身的創新,眾多擬古詩創作的目的在於「欲麗前人」〔註65〕一事即說明了這種狀況。總的來說,西晉時期雖有陸機提出了「會意尚巧」的論述,但與前代詩人相較,西晉詩人們對於詩情與詩境的開發與關注顯然是比較不足的。他們表現比較突出的部分,是在詩歌形式本身的創新之上,亦即著重在陸機所謂「遣言貴妍」的面向之上。難怪後世一些文學評論家會以著重形式美來論述太康之際詩歌創作的成果〔註66〕,因其所展現出來的效果,著實顯露出了「準形式主義者」的創作旨趣。

英國當代的文學評論家泰雷·伊格頓(Terry Eagleton)在《當代文學理論》(*Literary Theory*)的〈導論:文學是什麼?〉(*Introduction: What is Literature?*)一文中曾指出,所謂的(俄國)形式主義實際上便是將語言學運用於文學研究或書寫上的一種進路。形式主義者認爲,「文學不是僞宗教,不是心理學、也不是社會學,而是一種特殊的語言組織。它有自己的特殊規律、結構和手段(devices),應該研究的是這些事物本身,而不是把它們化簡爲其他事物。」〔註67〕

〔註65〕陸機〈遂志賦序〉。
〔註66〕例如王力堅〈西晉詩人——張協、陸機對藝術形式美的追求〉。《中國文化月刊》,第一九七期,民國85年3月,頁81~頁90。
〔註67〕摘引自鍾嘉文譯(泰雷·伊格頓原著)《當代文學理論》。台北:南方

伊格頓進一步指出，爲了研究或表現形式，形式主義者總是忽視了
文學的「內容」，「他們不僅不把形式視爲內容的表現，而且將這一
關係本末倒置：內容只是形式的『動因』（motivation），是爲某種特
殊的形式運用提供一種機會或一種便利。」〔註68〕綜觀西晉詩人的
創作初衷，雖非伊格頓筆下嚴格意義的形式主義（他們並不完全否
定內容與情思的重要性，甚至認爲詩應「緣情而綺靡」），但從其表
現結果看來，他們的詩歌卻都普遍體現了形式主義的創作旨趣。亦
即，他們在創作之際或多或少皆展現出了對形式本身進行經營的高
度興趣。因此，吾人不妨可以「準形式主義」的名號稱之。然則，
他們在詩歌創作中爲何會展現出這種準形式主義的傾向呢？其脈絡
性之成因到底爲何呢？

　　綜觀西晉詩歌發展之歷史，太康詩歌準形式主義化傾向之所以
形成，與西晉詩歌本身的雅化發展是脫不了關係的。西晉接收了魏
代廟堂文學的創作旨趣，一度流行於漢代的雅頌文學顯有回流之**趨
勢**。在這樣一種狀況下，漢末建安以降曾經獲得了相當發展的五言
詩，其地位反而是下降了。即便連五言詩體本身的創作，也受到了
雅頌文學的影響。有些作家如夏侯湛與陸雲，可說幾乎是放棄了五
言詩的寫作。

　　與建安時期相較，曹操等人雖然寫作了不少的四言詩，但主要是
受到了五言詩發達的影響，他們不僅將五言新詩體的精神貫注於四言
之中，更吸收了許多四言樂府的特色，而將詩作的重點置於抒情言志
之上。反觀西晉文人四言詩的創作，其直接的來源乃是魏代的廟堂文
學，主要屬於朝廷應制的廟堂歌詩，以及一般王公貴族公宴場合所作
的雅詩。其主要係以融匯經誥之語、依循《詩經》大雅與三頌之體裁
爲準則。這種情形，反映在理論上者，即是摯虞〈文章流別論〉中以

叢書出版社，民國77年1月初版，頁9。
〔註68〕摘引自鍾嘉文譯（泰雷・伊格頓原著）《當代文學理論》。台北：南方
　　　　叢書出版社，民國77年1月初版，頁10。

宗經思想為主來討論各種詩體、將其視為皆是《詩經》演變而來的論述〔註69〕。事實上，由於當時的統治者更曾在提倡儉樸的託辭下，下詔「禁樂府靡麗百戲之伎」〔註70〕，實地上禁止了當時仍舊流行的、具有一定生命力的民間樂府，不僅因而抑制了西晉士人從民間詩歌中汲取養分的可能，更鞏固了原先追求雅化的趨向。〔註71〕

　　這種注重古典、走向雅化的傾向，自然形成了詩歌創作導向程式化的結果。雅頌等四言體，成了眾人詩歌創作藉以依循的一定法門。事實上，四言詩歌的寫作在當時並不像五言體般乃是少數文人專擅之技能，而幾乎是人盡可為的例行事務，即便不從事詩歌創作的名公巨卿亦能以四言之語彼此應對往返。這種狀況會導致詩歌創作的日益形式主義化，乃是可以理解的。畢竟，在應制的過程中，內容早已流於千篇一律，並無特別的重要性，反而是對辭藻華麗的追求，常能收到取悅賓主、裝點門面的莫大功效。

　　總體而言，西晉詩歌雅化、程式化，因而導致準形式主義化的發展結果是相當明顯的，其對照於陸機藉由〈文賦〉大大提高了詩歌語言地位的情形，乃是相輔相成的，可說接續闡揚自漢末以降即已開展的屬於「文的自覺」的歷史進程。

二、「高雅綺麗」的藝術風格及其書寫進路

　　綜觀文學史的發展，西晉太康士人的詩作容或存在著屬於個人的差異（例如張華的溫麗、陸機的壯美、張協的雄渾綺靡……），但並沒有形成各人不可替代、令人目睹難忘的特殊風格。相較之下，其個體間的差異，並不像後來唐代李白、杜甫與王維之間的突顯，因此，整體時代所顯現出來的風貌反而是較為鮮明的，時代的風格顯然凌駕

〔註69〕參閱王運熙、顧易生主編《中國文學批評通史 —— 魏晉南北朝卷》。上海：上海古籍出版社，1996年12月出版，頁127。

〔註70〕晉武帝〈赦罪飭治詔〉，《全晉文》卷二。

〔註71〕參見錢志熙《魏晉詩歌藝術原論》。北京：北京大學出版社，1993年1月出版，頁269～頁274。

於個人的特色。〔註72〕

　　西晉太康詩歌的藝術風貌具有相當濃厚的古典主義特色,詩歌的創作不僅典雅高華,而且企求一種博奧與工麗的色彩,整體而言,具有一種「高雅綺麗」的藝術風格。《宋書·謝靈運傳論》說道:「降及元康,潘陸特秀,律異班、賈,體變曹、王,縟旨星稠,繁文綺合,綴平臺之逸響,採南皮之高韻。」其在形式上日趨華美,講究雕琢藻飾,專工排偶對仗,由是駢麗之風日益盛行詩壇,並因而成為南朝新體詩得以發展的先河。這種「高雅綺麗」的藝術風格,主要是透過如下的書寫進路而達成的:

　　首先,西晉詩歌由於有相當大的部份係為應制之作,因此多以《詩經》大雅與三頌為依歸,採取了四言的體制,從而促成了詩歌「高華典雅」之古典主義特色的形成。例如張華的〈太康六年三月三日後園會詩〉即以四言的端正體例配合上典雅的語言,形成了這種藝術效果:

> 暮春元日,陽氣清明。祁祁甘雨,膏澤流盈。習習祥風,啓滯導生。禽鳥翔逸,卉木滋榮。纖條被綠,翠華含英。
>
> 於皇我后,欽若昊乾。順時省物,言觀中園。讌及群辟,乃命乃延。合樂華池,袚濯清川。汎彼龍舟,泝游洪源。
>
> 朱幕雲覆,列坐文茵。羽觴波騰,品物備珍。管絃繁會,變用奏新。穆穆我皇,臨下渥仁。訓以慈惠,詢納廣神。好樂無荒,化達無垠。
>
> 咨予微臣,荷寵明時。忝恩于外,攸攸三期。犬馬惟慕,天實為之。靈啟其願,遘願在茲。于以表情,爰著斯詩。

　　其次,西晉詩人對詩歌中文字的處理十分考究,經常透過逐句、甚至於是逐字鍛鍊的細膩技巧以達成藝術上的效果。例如,陸雲即曾要求其兄陸機「一字兩字」損益己作〔註73〕。劉勰在《文心雕龍·麗辭》篇中即指出:「至魏晉群才,析句彌密,聯字合趣,剖毫析厘」,

―――――――――――――――――――――――――

〔註72〕　參見羅宗強《魏晉南北朝文學思想史》。北京:中華書局,1996 年
　　　　　10 月初版,頁 89～頁 90。
〔註73〕　陸雲〈與兄平原書〉。

說明了西晉詩人注重詩歌文字與文句處理技巧的情形。基本上,他們對於詩歌文字與文句的處理,計出現有幾項主要依循的原則:一來,由於受到雅、頌文學的影響,文字及辭語的使用以經誥之言為宗,希望達到「高雅」的目的,上引張華之例,即可印證。

　　二來,字斟句酌的另一個主要目的在於形成「綺麗」的效果,陸機〈文賦〉中的「遣言貴妍」所指即是,亦即鍾嶸在《詩品》中所謂的「巧用文字,務為妍冶」。例如傅玄即相當重視文藻的雕琢與華美:

> 有女懷芬芳,媞媞步東廂。蛾眉分翠羽,明目發清揚。丹脣
> 翳皓齒,秀色若珪璋。巧笑露懽靨,眾媚不可詳。令儀希世
> 出,無乃古毛嬙。頭安金步搖,耳繫明月璫。珠環約素腕,
> 翠羽垂鮮光。文袿綴藻黼,玉體映羅裳。容華既已豔,志節
> 擬秋霜。徽音冠青雲,聲響流四方。妙哉英媛德,宜配侯與
> 王。靈應萬世合,日月時相望。媒氏陳束帛,羔雁鳴堂前。
> 百兩盈中路,起若鸞鳳翔。凡夫徒踊躍,望絕殊參商。(〈有
> 女篇〉)

> 皎皎明月光,灼灼朝日輝。昔為春蠶絲,今為秋女衣。丹唇
> 列素齒,翠彩發蛾眉。嬌子多好言,歡合易為姿。玉顏盛有
> 時,秀色隨年衰。常恐新舊間,變故興細微。浮萍本無根,
> 非水將何依。憂喜更相接,樂極還自悲。(〈明月篇〉)

次如張華的〈情詩五首〉,不僅是情思繾綣,其中「翔鳥鳴翠隅,草蟲相和吟」(其一)、「巧笑媚懽靨,聯娟眸與眉」(其二)、與「蘭蕙緣清渠,繁華蔭綠渚」(其五)等詩句的遣辭用字更見妍冶之功,故《晉書》本傳稱其「辭藻溫麗」。再如提出「遣言貴妍」的陸機本人更是其理論的實際力行者:「羽旗棲瓊鸞,玉衡吐鳴和」〔註74〕、「玄雲拖朱閣,振風薄綺疏」〔註75〕、「修媠協姝麗,華顏婉如玉」〔註76〕以及「芳蘭振蕙葉,玉泉涌微瀾」〔註77〕等皆是明顯的例子。又如與

〔註74〕　陸機〈前緩聲歌〉。
〔註75〕　陸機〈贈尚書郎顧彥先詩二首〉其二。
〔註76〕　陸機〈贈紀士詩〉。
〔註77〕　陸機〈招隱詩二首〉其一。

陸機並駕齊驅，而在詞藻上趨於清淨的潘岳。他的〈金谷集作詩〉等的詞采都是很華美的：「迴溪縈曲阻，峻阪路威夷。綠池泛淡淡，青柳何依依。濫泉龍鱗瀾，激波連珠揮。前庭樹沙棠，後園植烏椑。靈囿繁石榴，茂林列芳梨。飲至臨華沼，遷坐登隆坻。玄醴染朱顏，但愬杯行遲」。此外，體物甚具功力的張協，亦在其「金風扇素節，丹霞啓陰期。騰雲似涌煙，密雨如散絲。」〔註78〕等詩句中展露了逐句鍛鍊的巧思，頗具雄渾綺靡的風格特色，難怪鍾嶸要稱其：「文體華淨，少病累。……詞采蔥蒨，音韻鏗鏘，使人味之亹亹不倦」〔註79〕。諸如上述的例子不勝枚舉，在西晉士人的詩歌中到處可見，以至於成爲一代之風格特色。

　　而除了追求高雅與綺麗之外，當時亦已出現了認爲文字或文辭有必要善盡其宣物功效的主張，陸機曾說過：「宣物莫大於言」〔註80〕。西晉詩人相當注重對於外物形相之摹寫是否能「窮形盡相」〔註81〕，例如張協的詩歌創作相當擅長於「巧構形似之言」〔註82〕，其詩作現存者雖然只有十五首，但寫景狀物即佔了相當大的部份：

> 蜻蛚吟階下，飛蛾拂明燭。……房櫳無行跡，庭草萋以綠。
> 青苔依空牆，蜘蛛網四屋。（〈雜詩十首〉其一）
> 朝霞迎白日，丹氣臨暘谷。翳翳結繁雲，森森散雨足。輕風
> 吹勁草，凝霜竦高木。密葉日夜疏，叢林森如束。（〈雜詩十首〉
> 其四）
> 澤雉登壟雛，寒猿擁條吟。溪壑無人跡，荒草鬱蕭森。投耒
> 循岸垂，時聞樵採音。（〈雜詩十首〉其九）
> 階下伏泉涌，堂上水衣生。……沈液漱陳根，綠葉腐秋莖。
> 里無曲突煙，路無行輪聲。環堵自頹毀，垣閭不隱形。尺燼
> 重尋桂，紅粒貴瑤瓊。（〈雜詩十首〉其十）

〔註78〕張協〈雜詩十首〉之三。
〔註79〕鍾嶸《詩品》。
〔註80〕參見張彥遠《歷代名畫記‧敍畫之源流》。
〔註81〕陸機〈文賦〉。
〔註82〕鍾嶸《詩品》。

飛澤洗冬條，浮飆解春澌。采虹縈高雲，文蚪鳴陰池。沖氣
扇九垠，蒼生衍四垂。(〈雜詩〉)

綜觀張協詩作中的諸多文辭，莫不體物入微，寫景如畫，實不愧為西
晉「善制形狀寫物之詞」〔註83〕的高手。又如陸機，其部份詩作亦頗
具摹狀之巧與形似之工：

深谷邈無底，崇山鬱嵯峨。……夏條集鮮藻，寒冰結衝波。
(〈從軍行〉)

凝冰結重磵，積雪被長巒。陰雲興巖側，悲風鳴樹端。(〈苦
寒行〉)

和風飛清響，鮮雲垂薄陰。蕙草饒淑氣，時鳥多好音。翩翩
鳴鳩羽，喈喈倉庚吟。幽蘭盈通谷，長秀被高岑。(〈悲哉行〉)

這種對巧構形似之言的追求，與西晉士人普遍具有的感物傾向是
脫不了關係的，更是其由感物邁向體物的重要關鍵。在這樣的基礎
下，西晉詩歌不僅展露了對宇宙萬物研精探微的一面，同時也顯現了
詞語雕琢的痕跡，從而鞏固了既有高雅綺麗的風格特色。

最後，他們亦大量使用了雙聲疊韻、聯綿詞、對偶及頂針的技巧，
成為詩歌所以準形式主義化、並獲致「高雅綺麗」藝術風格特色的重
要關鍵。其中，雙聲如「氤氳」、「咨嗟」、「荏苒」與「慷慨」等；疊
韻如「窈窕」、「綺靡」、「婆娑」、「葳蕤」等；雙聲兼疊韻則有「旖旎」
與「繾綣」等，皆常見於西晉詩人的詩歌之中。聯綿詞的運用如「逍
遙」、「延佇」、「容與」、「寤寐」、「踟躕」、「繽紛」、「嵯峨」與「纏綿」
等，則更是常見。至於頂針的修辭手法則如陸機的擬古詩作〈擬行行
重行行詩〉：

悠悠行邁遠，戚戚憂思深。此思亦何思，思君徽與音。音徽
日夜離，緬邈若飛沈。

陸機不僅在詩作的前兩句使用了疊字，更在接下來的三句中使用了頂
針的手法，因而在字面上造成了一種蟬聯而緊湊的語感。整體而言，

─────────────

〔註83〕鍾嶸《詩品》。

這些手法的使用非但加強了西晉詩歌綺靡的色彩，同時更予人一種音律纏繞的美感。

除了雙聲疊韻、聯綿詞與頂針之外，對偶的使用更是普遍。例如，陸機便將排偶大量地引入樂府詩的創作之中，如〈猛虎行〉中間即連用對句：「飢食猛虎窟，寒棲野雀林。日歸功未建，時往歲載陰。崇雲臨岸駭，鳴條隨風吟。靜言幽谷底，長嘯高山岑。急絃無懦響，亮節難為音。」〈君子行〉中間有十句亦全為對句：「近火固宜熱，履冰豈惡寒。掇蜂滅天道，拾塵惑孔顏。逐臣尚何有，棄友焉足歡。福鍾恆有兆，禍集非無端。天損未易辭，人益猶可歡。」而〈從軍行〉除了首尾四句之外，中間亦全部是對句，十分地整齊：「南陟五嶺巔，北戍長城阿。深谷邈無底，崇山鬱嵯峨。奮臂攀喬木，振跡涉流沙。隆暑固已慘，涼風嚴且苛。夏條集鮮藻，寒冰結衝波。胡馬如雲屯，越旗亦星羅。飛鋒無絕影，鳴鏑自相和。朝食不免冑，夕息常負戈。」其餘如〈梁甫吟〉、〈婕妤怨〉、〈折楊柳〉、〈門有車馬客行〉、〈君子有所思行〉、〈豫章行〉、〈苦寒行〉、〈齊謳行〉、〈長安有狹邪行〉、〈悲哉行〉、〈長歌行〉、〈塘上行〉、〈前緩歌行〉、與〈日出東南隅行〉都大量使用了對句。又如張協的〈雜詩十首〉其四，全詩十二句中竟出現了八句對句：「朝霞迎白日，丹氣臨暘谷。翳翳結繁雲，森森散雨足。輕風摧勁草，凝霜竦高木。……疇昔歎時遲，晚節悲年促。」大量對句的使用，不但對於音韻節奏之美感有所助益，而且直接形成了精巧典雅的效果，從而促成了西晉詩歌講究高雅的風格特色。

經過了如此的雕琢鍛鍊，西晉詩人往往成就了許多的「佳句」。例如：

> 襟懷擁虛景，輕衾覆空床。（張華〈情詩五首〉其三）
> 生從命子游，死聞俠骨香。（張華〈博陵王宮俠曲二首〉其二）
> 婉孌居人思，紆鬱遊子情。（陸機〈於承明作與弟士龍詩〉）
> 京洛多風塵，素衣化為緇。（陸機〈為顧彥先贈婦詩二首〉其一）
> 夕息抱影寐，朝徂銜思往。（陸機〈赴洛道中作詩二首〉其二）

飛閣纓虹帶，層臺冒雲冠。(陸機〈擬青青陵上柏詩〉)

川氣冒山嶺，驚湍激岩阿。歸雁映蘭畤，游魚動圓波。(潘岳
〈河陽縣作詩二首〉其二)

浮陽映翠林，回飆扇綠竹。飛雨灑朝蘭，輕露棲叢菊。(張協
〈雜詩十首〉其二)

佳句的存在，雖有可能因難以表現出全詩渾然一體之感，而使詩作產
生有句無篇的缺憾，但也往往使得全篇因而生輝。大體說來，他們乃
是刻意突破「難以句摘」的傳統而追求佳句之美的。陸機〈文賦〉說
道：「立片言以居要，乃一篇之警策。」可見，追求「苕發穎豎，離
眾絕致」﹝註84﹞的佳句，正是西晉士人有意識的創作之舉，也是漢末
以降文之日益自覺所必然導致的結果！

　　一言以蔽之，在朝著準形式主義化發展的大趨勢下，西晉太康、
元康之際的詩歌創作普遍展露出了一種「高雅綺麗」的藝術風格。這
種古典主義色彩濃厚的詩美觀之所以形成，主要是透過幾項書寫進路
而達成的：四言體的大量採行、甚至於其精神貫串至其他五言體詩歌
的情形，使得詩歌奠定了雅化的基調。在這樣的基礎下，太康詩人更
透過了對字句詞語的斟酌損益，賦予了詩歌高雅綺麗的品質特色。其
伴隨著雙聲疊韻、聯綿詞、頂針以及對偶等修辭技巧的巧妙運用，一
方面創造出了諸多的佳句，另一方面也呼應了陸機〈文賦〉對「遣言
貴妍」的重視，不僅具體地展現了文學邁向自覺過程中對形式之美日
益強調的美學觀點，同時也迂迴、曲折地展現了素族士人對於生命存
在的熱烈追求。

﹝註84﹞陸機〈文賦〉。